DIVINE FUREUR

Le Livre de Megan
Tome 2

MELISSA HAAG

À ma famille.
Merci pour votre soutien et votre patience durant toutes ces heures où je me suis cachée dans mon bureau pour terminer d'écrire cette histoire.

À tous ceux qui ont été impliqués dans mon processus d'écriture.
Merci de couvrir mes arrières. Je dors mieux grâce à vous tous !

DIVINE FUREUR

La vie à Uttira n'est pas facile pour Megan. Elle a beau enfin savoir ce qu'elle est, cela ne l'aide pas à maîtriser ses accès d'humeur, un trait de caractère bien malheureux qui risque fort de l'empêcher de poursuivre ses études. Ses crises de colère ne la dérangent pas autant que les curieux effets secondaires qui les accompagnent. Quand tout commence à prendre feu autour d'elle, elle sait qu'elle doit apprendre à contrôler ses capacités. Mais la seule personne qui puisse répondre à ses questions a abandonné Megan à Uttira il y a des mois.

Megan sait qu'elle doit retrouver sa mère dans le monde réel. Toutefois, le seul moyen de franchir la barrière magique qui entoure Uttira, c'est d'obtenir la marque de Mantirum. Une marque qu'elle ne recevra que si elle parvient à terminer ses études à l'académie Girderon. Afin d'entamer ses recherches, Megan doit apprendre à maîtriser sa mauvaise humeur... quoi qu'il en coûte.

CHAPITRE UN

Dans le silence total de la bibliothèque secrète de l'académie Girderon, mon cerveau avait envie d'exploser. Le texte expliquant les différents types de géants et la manière de les distinguer, même s'il n'aidait pas, n'était pas la seule raison de mon craquage mental imminent. Trop de pensées tourbillonnaient dans ma tête. Trop pour pouvoir réfléchir correctement.

En grommelant, je levai mes mains de l'épais et vieux volume pour me frotter le visage d'un air absent. Ce satané manuscrit se referma d'un coup sec et vola dans la pièce pour retrouver sa place sur les étagères.

— C'est une blague ?

Je me levai pour le récupérer, une fois de plus. Ce stupide sort de retour, qui maintenait la bibliothèque bien rangée et empêchait quiconque de partir avec l'un de ces précieux volumes incompréhensibles, me rendait aussi folle que toutes mes réflexions concernant le week-end précédent.

Rien n'avait vraiment changé depuis la mort de Trammer, mis à part mes pensées. Le Conseil, constitué d'Adira, des Quill, de Raiden et de quelques autres, avait décidé qu'en tant que furie, j'étais la meilleure candidate pour surveiller les humains restants jusqu'à ce qu'un nouvel agent de liaison soit trouvé. Je n'avais pas songé aux implications quand j'avais accepté. Or après tout un week-end pour y réfléchir, la responsabilité d'être un agent de liaison commençait à me taper sur le système. Il n'y avait qu'à compter le nombre de personnes qui étaient mortes depuis mon arrivée ici. À Uttira, tout semblait vouloir croquer dans un humain. Comment allais-je empêcher cela ?

En plus de ces questionnements, il y avait cette histoire avec Oanen, cette promesse qu'il avait réussi à me soutirer d'une façon ou d'une autre. À quoi pensais-je, bon sang ? Ma seule et unique tentative de relation amoureuse s'était soldée par un coup de poing épique. La dernière chose dont j'avais envie, c'était de lui sauter à la gorge à cause d'un accès de fureur étrange.

Non, ce n'était même pas cela le problème. Je savais, en tant que furie, que je ne punissais que les êtres aux intentions malveillantes, et Oanen n'en avait pas, loin de là. Il était génial. Parfait. Et j'étais terrifiée à l'idée de tout gâcher avec lui. Combien de types désiraient sortir avec une fille sujette aux sautes d'humeur et qui frappait avant de poser des questions ? Sans compter Oanen, j'étais presque sûre que la réponse serait « aucun ».

Le bouquin à nouveau en main, je retournai m'asseoir sur ma chaise inconfortable à la vieille table et me forçai à me concentrer pour reprendre ma lecture. Ce n'était pas facile. À la façon dont le volume avait été rempli, les informations ajoutées au compte-gouttes par différentes personnes au fil des époques, on ne le lisait pas comme un livre, mais plutôt comme un manuel de recettes avec des notes spécifiques.

Tous les géants n'en étaient pas, selon la définition standard des humains. Le terme pouvait décrire la taille de la créature, mais également son lieu de naissance. La plupart avaient la capacité de contrôler leur taille dès l'adolescence. Seuls quelques-uns avaient d'autres talents, en plus de celui de modifier leur apparence par magie. Certains s'entraînaient comme des guerriers, au cas où les dieux les appelleraient à nouveau pour combattre dans leurs conflits divers partout sur le globe.

Aucune des informations dans ses pages ne semblait de grande valeur. Je soupirai et me grattai le front tout en gardant une main ferme en plein milieu du volume.

De là où j'étais, au milieu d'une pièce de taille moyenne, je levai le nez vers les autres tomes alignés sur les étagères le long des murs de pierre. Adira m'avait suggéré d'en choisir un et de commencer à en lire le contenu dans l'ordre, pour ne rien manquer. Il y en avait vraiment beaucoup. Plus de cinq cents, au moins. Et s'ils étaient tous du même genre, je ne ferais que perdre mon temps.

Redressant les épaules, je me remis à lire en essayant d'ignorer les doutes qui ne cessaient de me tarauder.

Un coup soudain sur la vieille porte fit écho dans la bibliothèque et je sursautai. Non pas que le livre que j'étais en train de lire soit véritablement captivant, mais j'étais concentrée pour essayer d'absorber les mots.

En me levant, je me rendis compte que mon dos me faisait souffrir. J'étirai mon torticolis en marchant jusqu'à l'entrée, me demandant depuis combien de temps je lisais. Adira m'avait pris mon téléphone quand j'étais arrivée. D'après elle, pénétrer ici avec ce genre de technologie ne ferait que détruire l'appareil, à cause d'un sort empêchant les informations classifiées d'être copiées et partagées. Ce qui n'avait aucun sens pour moi. Déjà, il n'y avait rien d'important là-dedans, de ce que j'avais pu lire. Ensuite, qu'est-ce qui m'empêchait de raconter à quelqu'un ce que j'avais appris ? Néanmoins, je n'avais pas protesté. Lui donner mon téléphone, et en échange éviter les cours et les autres personnes, m'avait semblé un marché plutôt équitable.

J'ouvris en m'attendant à tomber sur Adira venue voir comment je m'en sortais, comme elle l'avait promis. Au lieu de ça, je trouvai Oanen appuyé sur l'encadrement de la porte, ses bras musclés croisés et ses cheveux dorés coupés court scintillant sous la lumière du couloir. Mon pouls s'accéléra d'un coup en le voyant. Je n'arrivais toujours pas à croire que j'avais accepté d'être sa petite amie.

Son regard bleu soutint le mien et un infime sourire étira ses lèvres.

— Tu as l'air surpris, dit-il. Tu t'attendais à quelqu'un d'autre ?

— Oui. Adira. Elle a dit qu'elle passerait me voir.

— Elle a mentionné l'avoir déjà fait, quand je l'ai croisée dans le couloir. À deux reprises, et tu lisais chaque fois.

— Quoi ? Elle n'est jamais entrée ici.

— Elle n'en a pas besoin avec ses portails, dit-il. Allez. Je me suis dit que tu oublierais de déjeuner si je ne venais pas te chercher.

Il se redressa et s'écarta de la porte pour me laisser sortir.

— Ce n'est que midi ? gémis-je.

J'avais l'impression d'avoir déjà passé toute la journée dans cette bibliothèque.

Il enroula son bras autour de mes épaules tout en marchant.

— Oui, ce n'est que midi. Il te reste encore trois bonnes heures de lecture.

J'entendis à peine ce qu'il me disait. Mon cœur tambourinait dans mes oreilles tandis que la sensation de son bras sur moi faisait passer ma température interne de « normale » à « nom d'un chien, qu'il fait chaud ici ».

Ses doigts descendirent et caressèrent nonchalamment mes bras quand il reprit la parole.

— Ne t'inquiète pas. On fera quelque chose d'amusant après pour se rattraper.

Tout un tas d'alarmes d'avertissement se réveillèrent dans mon crâne. Quelque chose d'amusant ? Qu'est-ce qu'il entendait par là ? Était-ce un code pour s'embrasser ? C'était trop tôt pour cela, pas vrai ? Avant de céder véritablement à la panique, je répondis :

— Tu me fais flipper.

Il soupira et laissa retomber son bras.

— Oui, je l'ai compris à ton rythme cardiaque. Je me demandais combien de temps tu tiendrais.

Je me tournai vers lui et lui cognai l'épaule.

— Ce n'était pas gentil.

— Non, c'est vrai, dit-il. Et pourtant, tu n'es pas en colère comme une furie, juste vexée comme une copine.

Je plissai les yeux.

— Est-ce que tu me testes ?

— Non. Je t'aide simplement, pour te montrer que je suis là et que tu n'as aucune raison de t'inquiéter. Tu ne deviendras pas folle de rage et tu ne me blesseras pas.

Il tendit le bras et me caressa délicatement la joue. Mon pouls, qui commençait à se calmer, remonta dans les tours et les lèvres d'Oanen se courbèrent à nouveau très légèrement.

— Non seulement ton cœur s'emballe, mais en plus je te fais rougir, dit-il doucement. J'aime ça.

Il ne me faisait pas simplement rougir, il transformait mes tripes en lave en fusion. Je reculai, brisant le contact pour aspirer un peu d'air frais.

— Tu as dit qu'on irait lentement. Et je ne suis même pas certaine d'être prête à toute forme de contact. Alors, garde tes mains pour toi.

Il fourra lesdites mains dans ses poches et fronça innocemment un sourcil.

— C'est un début.

Je repris la marche. Il resta à mes côtés tandis que nous circulions dans les couloirs bondés vers la cafétéria.

— Qu'as-tu apporté pour déjeuner ? demanda-t-il.

— Rien. Je pensais emporter un plateau.

Pourtant, quand je mis le pied dans le réfectoire, je sus que la file d'attente ne serait pas une bonne idée. Au moins un élève sur dix faisait ou pensait quelque chose qui réveillerait modérément ma furie interne. Seul, ce n'était pas suffisant pour provoquer un accès de rage. Collectivement, on n'en était pas loin.

— J'ai prévu un repas supplémentaire si tu préfères ne pas faire la queue, dit Oanen en me voyant hésiter.

— Oui, ce serait une meilleure option.

Nous traversâmes la cafétéria comble pour atteindre la cour presque vide. Quelques élèves bravaient l'air frais, étendus sur la pelouse jaunie, savourant leur déjeuner en extérieur. Eliana était déjà assise contre une murette près des arbres.

Dès qu'elle nous vit, son visage s'illumina de son éternel sourire timide et elle nous fit signe. Je le lui rendis, soulagée qu'elle paraisse en bonne forme. Depuis qu'elle avait entendu la remarque sévère de Trammer, qui avait traité les créatures vivant ici de parasites qui se nourrissaient d'humains, je m'inquiétais pour elle. Elle était déjà très sensible sur sa nature de succube, bien avant ce discours de haine.

— Comment se passent tes lectures ? demanda-t-elle quand je m'assis près d'elle.

Oanen me tendit l'un des trois sacs isothermes qu'elle avait apportés.

— Ça allait. Je m'attendais à de grands secrets. Au lieu de ça, c'est juste...

Mes lèvres continuèrent à bouger, mais aucun son n'en sortit.

— Ça fait partie du sort d'entrave de la bibliothèque, m'expliqua Oanen. Tu ne peux pas parler de ce que tu as lu.

Il déballa son sandwich et mordit à pleine bouche.

— Ne t'inquiète pas, dit Eliana. Tout ce qui est de notoriété publique finira par se débloquer après quelques jours et tu pourras en parler. C'est un sort d'un style différent. Difficile. Il n'est pas souvent utilisé à cause de ses travers.

Elle remarqua ma surprise et s'interrompit.

— Quoi ? demanda-t-elle.

— Comment sais-tu tout ça ? Tu y es allée récemment ?

Adira avait sous-entendu qu'en règle générale, l'accès était interdit aux élèves.

— Non. Je me suis tapé le cours de magie pour débutants il y a deux ans. Les espèces de druides parlaient du sort d'entrave. Sa pratique correcte requiert un niveau de maîtrise que peu d'autres possèdent en plus d'Adira.

Eliana ouvrit ostensiblement mon sac, posé sur mes genoux, et me tendit mon sandwich.

— C'était vraiment une très longue année.

Je déballai mon repas et jetai un œil à Oanen, qui avait déjà terminé une bonne partie du sien. Prenant une bouchée, je fis une pause pour la savourer et examinai le sandwich.

— Tu aimes ? demanda-t-il.

Je finis de mâcher et avalai, tout en étudiant la garniture de beurre de cacahuètes et morceaux de guimauve.

— Oui. C'est différent, mais bon. Qu'est-ce que c'est ?

— Un sandwich marshmallow-choco. Une recette que ma mère a gardée du temps des années soixante. Enfin, pour les marshmallow-choco normaux. Il n'y avait pas de beurre de cacahuètes au chocolat à l'époque.

Je pris une autre bouchée, appréciant la saveur délicieuse. Cela comblait cette envie de sucre que j'avais depuis des semaines à présent.

— Eliana a précisé que la nourriture de l'extérieur te manquait. J'ai pensé que ça pourrait aider.

Je regardai les restes du club-sandwich diététique à la dinde qu'il avait en main.

— Tu n'en voulais pas ?

Ses lèvres eurent à nouveau cet infime tressaillement, comme s'il souriait.

— Je te réserve le beurre de cacahuètes.

Son regard et le souvenir de la sensation de sa main sur mon bras augmentèrent à nouveau mon rythme cardiaque.

— Je vois Jenna là-bas. Je vais lui dire bonjour, lança Eliana en s'empressant de partir pour me laisser seule avec Oanen.

Je la rattrapai par le bras et me tournai vers elle, les yeux grands ouverts – probablement paniqués.

— Maintenant ? Je croyais qu'on déjeunait ensemble.

Elle leva les yeux au ciel et dégagea son bras.

— Oui. Il était question de sandwiches, pas de tenir la chandelle. Je reviendrai quand vous serez calmés.

Elle se dépêcha de partir. Embarrassée et coupable, je sentis le rouge me monter aux joues et je scrutai mon sandwich.

— Elle n'est pas en colère, dit Oanen. Elle a peur.

Il marqua une pause.

— Comme toi.

Je levai les yeux vers lui.

— Il ne faut pas que ce soit bizarre, ajouta-t-il. Je t'apprécie. Ton sourire. Ta façon de penser. Ton tempérament. Tout. Je crois que tu as peur de te dire que nous sommes ensemble parce que tu imagines un tas d'implications.

— Et qu'est-ce que ça implique ?

— Simplement de passer plus de temps ensemble pour apprendre à mieux nous connaître.

— C'est tout ?

— Pour l'instant ? Oui.

Pourquoi fallait-il qu'il réponde « pour l'instant » ? J'avais envie de gémir et de me couvrir le visage.

Il se pencha plus près.

— Je peux entendre ton pouls. « Pour l'instant », ça ne t'inquiète pas, n'est-ce pas ?

Je secouai la tête.

— Bien. Alors, mange ton sandwich, Megan, et arrête de te soucier de ce qui arrivera après.

Orientant mes pensées vers autre chose qu'un Oanen imposant et musclé au parfum d'été, le vent et tout ce dont j'avais envie de m'imprégner, je songeai à la bibliothèque et parvins à me calmer après quelques bouchées.

— Je n'ai rien trouvé à propos de l'histoire des dieux. Que peux-tu me dire là-dessus ? Enfin, ils ont existé, j'ai bien compris cela. Mais pourquoi tous nous créer pour partir ensuite ?

Il fourra dans son sac les boîtes de son repas.

— Je ne suis pas certain qu'ils soient simplement partis. Personne ne sait vraiment ce qui leur est arrivé. Ils ont juste cessé de nous guider.

— Tout d'un coup ? Comme s'ils étaient tous morts ?

Il secoua la tête.

— Les dieux ne meurent pas. Et je ne crois pas que ce soit arrivé d'un coup. Mais encore, personne ne le sait vraiment. Ça s'est passé il y a un très long moment. Certains d'entre nous vivent longtemps, toutefois je ne pense pas qu'il soit possible d'être aussi vieux. Tout ce que nous avons, ce sont des histoires qui ont été transmises par ceux qui étaient là à cette époque. Des histoires qui sont probablement dans ces livres.

Je grommelai.

— L'écriture dans ces livres est horrible. Ancienne. Difficile à lire.

— Et pas toujours en anglais, je suppose.

— Je n'en sais rien. Je ne suis pas allée très loin, avouai-je.

— Pourquoi veux-tu en apprendre plus sur les dieux ?

— À cause de quelque chose que j'ai lu. Certaines créatures ne semblent pas avoir de but clairement défini sans les dieux pour leur dire quoi faire.

— Oui. C'est en partie pour cela que le Conseil et des endroits comme Uttira sont nécessaires. Ils fournissent un but à ceux qui n'en ont pas, et aussi un sens des responsabilités à ceux dont les objectifs ne s'alignent pas avec la mission collective de rester cachés aux yeux des humains.

Eliana traversa la cour et nous rejoignit.

— Vous allez mieux maintenant ? demanda-t-elle, hésitant à s'asseoir.

— Ouais, dis-je rapidement.

Comme je ne voulais pas penser à ce qui l'avait fait fuir, je continuai ma conversation avec Oanen.

— Ça ne me convient toujours pas, malgré tout. Ils nous ont créés, nous ont fabriqué avec ces... instincts, puis ils se sont barrés, comme ça.

— C'est la nature des choses, répliqua-t-il avec un haussement d'épaules.

J'ouvris mon paquet de chips bio et en mâchonnai quelques-unes, perdue dans mes pensées pendant qu'Eliana se dépêchait d'avaler son déjeuner avant que la cloche retentisse.

Si nous devions nous surveiller les uns les autres et que les humains rendaient des comptes à des créatures comme moi, à qui les dieux, eux, rendaient-ils des comptes ?

CHAPITRE DEUX

— Tu en as presque fini avec le premier ouvrage sur les géants, je vois.

Je bondis légèrement en entendant la voix d'Adira et je me tournai pour lui jeter un regard mécontent.

— Le premier ? Il y en a encore d'autres remplis d'infos inutiles sur les géants ?

Elle gloussa.

— Tu les trouves peut-être inutiles pour l'instant, mais lorsque tu interpelleras un géant pour un méfait que tu auras découvert, quelle sera ta première pensée ?

— Je me demanderai de quelle espèce de géant il s'agit. Et surtout, s'il est du genre magique qui peut manipuler le temps et l'espace. Le livre semble dire que ce sont les plus dangereux.

— Ou les plus utiles. À quoi penseras-tu d'autre ?

— Je chercherai à savoir s'il est sous sa vraie forme ou s'il peut être encore plus grand.

— Et ces informations t'aideront à décider comment gérer un géant malveillant si tu tombes dessus, n'est-ce pas ?

— Je suppose.

Elle posa une main sur mon épaule.

— Tu en apprends plus que tu ne le penses. L'information et la connaissance ne feront que t'aider au fur et à mesure que tu développeras tes pouvoirs. Et dans ton rôle d'agent de liaison intérimaire. Voilà ce qui m'a poussée à t'interrompre avant qu'Oanen arrive : nous sommes inquiets pour Ashlyn. Peux-tu passer lui rendre visite quand tu auras fini ?

— Bien sûr.

Un coup retentit sur la porte et je tournai la tête dans cette direction, pressée d'échapper à la bibliothèque. Je regardai à nouveau vers Adira pour savoir si elle avait besoin que je fasse autre chose, mais elle était partie. Levant la main, je laissai le livre voler jusqu'à son emplacement sur l'étagère et m'empressai de prendre la tangente.

— Prête ? demanda Oanen lorsque j'ouvris.

— Oui. J'ai lu bien plus que je ne voulais aujourd'hui.

Je quittai la bibliothèque et la porte se ferma doucement derrière moi.

— Tu as envie de faire quelque chose ce soir ? demanda-t-il.

Pourquoi me sentais-je soulagée d'avoir une excuse pour refuser ?

— Je ne peux pas. Adira m'a demandé de passer voir Ashlyn. Mon devoir d'agent, je suppose.

C'était un devoir que je savais nécessaire. Depuis que l'oncle d'Ashlyn s'était tué, la laissant seule à Uttira, j'avais voulu lui parler, m'assurer qu'elle était toujours d'accord pour rester ici.

— Bien. Je vais t'y déposer, me dit-il.

En arrivant sur le parking des élèves, je vis que la voiture d'Eliana était déjà partie.

— Tu es sûr qu'elle n'est pas fâchée ? demandai-je à Oanen.

— Je lui ai dit qu'elle pouvait y aller. J'ai pris une autre voiture aujourd'hui.

— Oh, les malheurs de ta pauvre vie. Non seulement tu dois

décider quoi porter chaque matin, mais tu dois aussi décider quelle bagnole tu vas conduire.

Je levai les yeux au ciel et le suivis au fond du parking.

Au milieu des carrosseries rouges, bleues et noires rutilantes se trouvait une petite voiture orange. Même si elle était neuve et brillante, il lui manquait le tape-à-l'œil clinquant des véhicules de sport qui dominaient les lieux. Je souris quand il se dirigea droit vers elle.

— On s'encanaille ? demandai-je.

Ses lèvres frémirent et il m'ouvrit la portière sans un mot.

Seule avec Oanen pour la première fois depuis que je m'étais réveillée à moitié étalée sur lui, je n'étais pas certaine de ce que je devais faire ou dire. Pourquoi était-ce aussi gênant de l'apprécier ?

Heureusement, le trajet jusque chez Ashlyn ne dura pas longtemps.

— Je ne sais pas combien de temps ça va me prendre, lui dis-je quand il se gara.

— Ce n'est pas grave.

Il éteignit le moteur.

— Tu es sûr de vouloir attendre ?

— Je n'en ai pas l'intention. Je vais m'envoler. Tu pourras rentrer chez toi en voiture.

Il ouvrit la portière et sortit.

Fronçant les sourcils, je me dépêchai d'en faire de même. Il me retrouva sur le trottoir à l'avant du véhicule.

— Attends. Comment ça ? Tu me la prêtes ?

— Bien sûr.

Je plissai les yeux, franchement contrariée.

— Les demi-vérités et les réponses diplomatiques sont tout aussi bonnes que des mensonges. Et je ne fais pas dans le mensonge, répliquai-je.

— Très bien. Je n'aime pas ça non plus. Ce que j'aime, par contre, c'est faire des trucs pour t'agacer.

— Comme... ?

— Comme demander à mes parents de te fournir une voiture pour que tu ne restes pas coincée à attendre que quelqu'un joue les chauffeurs. En particulier puisque tu habites si loin de la ville.

— Donc... Tes parents m'ont acheté une voiture ?

Il demeura silencieux, les yeux dans les miens et les bras croisés.

— Je vais vraiment te frapper, le prévins-je.

— C'est moi qui l'ai achetée. Ils sont juste allés la chercher, répondit-il.

— Les gars n'achètent pas de voitures à leurs copines.

— Les bons gars, si.

Je respirai profondément, essayant de ne pas être en colère contre lui.

— Comme je vole et pas toi, tu as besoin d'un moyen de transport. À moins que tu préfères me chevaucher.

Ma bouche s'ouvrit en grand et mon cœur recommença à marteler ma poitrine.

Cette fois, il afficha un sourire assez grand pour dévoiler ses dents blanches.

— Tu es adorable, dit-il. Je pourrais rester là à te regarder rougir toute la journée, mais aucun de nous n'en tirerait quoi que ce soit.

Il retira sa chemise et me la lança. Je l'attrapai par réflexe.

— Qu'est-ce que tu fiches ? demandai-je quand il posa la main sur son pantalon.

— Je vais voler jusqu'à chez moi. Laisse les vêtements dans la voiture. Ça ne peut pas faire de mal d'avoir des habits de rechange sous la main.

Il baissa sa braguette et je tournai le regard vers les maisons alignées dans la rue.

— Tu n'es pas sérieux. Tu es debout sur le trottoir, en plein après-midi, à enlever ton pantalon pour que le monde entier puisse te voir te changer en griffon et t'envoler ? Qu'est-il arrivé à ton intention de garder notre présence secrète ?

J'aurais pu demander ce qui était advenu de sa pudeur, mais de toute façon, il n'en avait jamais vraiment eu.

— S'il y avait de nouveaux arrivants à Uttira, nous le saurions. Tous ceux qui pourraient nous regarder sont déjà au courant. Ils n'ont qu'à fermer les yeux s'ils ne veulent pas voir.

Je me demandais si je devais aussi fermer les yeux. Le problème, c'était que j'avais à nouveau envie d'admirer Oanen dans toute sa gloire. Terriblement. Ce qui ne manquerait pas de me faire rougir comme une pivoine. Je fis donc un compromis avec moi-même et détournai le regard. Je savais qu'il retirait son pantalon, sans pour autant distinguer les détails.

— Appelle-moi quand tu auras fini, si tu veux un peu de compagnie, dit-il en pliant ses vêtements avant de les poser sur la voiture.

J'acquiesçai sans le regarder jusqu'à entendre le battement de ses ailes. Avec une profonde inspiration pour me calmer, je tournai les talons vers la maison. Je ne parvenais pas à croire que cela ne faisait que quelques jours que j'étais venue ici.

Ashlyn ouvrit la porte après mon troisième coup, ses yeux noisette bouffis et injectés de sang. Sa peau pâle tachetée faisait ressortir le roux de ses cheveux blond vénitien soigneusement brossés.

— Ashlyn, je suis tellement désolée, lui dis-je.

La colère et le regret gonflaient en moi. Du genre normal, rien à voir avec les furies.

— Je sais qu'on ne se connaît pas très bien, mais voudrais-tu que je te tienne compagnie un moment ?

Elle acquiesça.

— Adira a mentionné que tu passerais peut-être.

J'entrai chez elle. La maison semblait étrangement normale étant donné ce que son oncle Trammer avait fait.

— Veux-tu quelque chose à boire ? demanda-t-elle poliment en fermant la porte.

— Non, merci.

Elle me guida jusqu'au salon et s'assit sur le canapé. Je ne savais pas quoi dire ni faire, alors je regardai autour de moi pour me donner le temps de réfléchir. Le livre que je l'avais vue lire la dernière fois était posé à côté, sur la table basse.

— C'est un bon livre, dit-elle, captant la direction de mon regard. Tu peux me l'emprunter si tu veux. Je l'ai déjà lu plusieurs fois.

— Je ne suis pas franchement un rat de bibliothèque, en particulier après aujourd'hui. Je suis restée coincée dans la bibliothèque super secrète de l'académie toute la journée, à déchiffrer des trucs qui n'ont aucun sens.

— Une bibliothèque ? Je n'y suis pas allée depuis des années.

Sa réponse nostalgique m'interloqua.

— Pourquoi des années ?

Elle me jeta un regard curieux.

— Une fois qu'un humain dit oui à Uttira, il ne peut plus en partir.

— Trammer sortait tout le temps.

Elle détourna le regard, déglutit difficilement, puis hocha la tête.

— Oui. Mais uniquement lui, car un sort l'empêchait de parler une fois qu'il passait la barrière.

— Alors, tu es coincée ici comme moi ?

Elle croisa à nouveau mon regard, fronçant les sourcils cette fois.

— Non, pas comme toi. Tu peux te rendre où bon te semble à Uttira. Aller à l'académie, te faire des amis. Clairement pas comme toi.

— Attends. Tu n'es pas obligée d'assister aux cours ?

— Obligée ? Je n'ai pas le droit d'y aller. Je suis inscrite, mais je dois effectuer tous mes devoirs en ligne. Les courses me sont livrées. À l'exception de mes autres tâches, je ne suis pas supposée quitter la maison.

La jalousie que j'avais ressentie à son encontre en apprenant qu'elle n'avait pas besoin de se rendre à l'école disparut lorsque je compris ce qu'elle me disait. Elle était prisonnière dans cette maison, enfermée avec son chagrin et aussi désespérée que moi d'échapper à ses contraintes. Sauf qu'elle ne l'avait pas choisi.

— Pourquoi décider de rester ici, alors ? demandai-je.

— Parce que c'est le seul monde que je connaisse. Et si je partais, je ne saurais rien. Peut-être même pas mon propre nom. Adira m'a expliqué comment le sort fonctionnait. Il te vole des journées entières. Des années. Il ne sélectionne pas quels souvenirs il efface. Il les prend tous. Je suis ici depuis toute petite. Je perdrais mon identité.

— Pourquoi ne pas simplement te jeter un sort afin que tu ne répètes rien ?

— Un sort d'entrave ? J'accepterais si c'était possible. Mais le Conseil a décidé qu'aucun mineur ne pouvait être lié par magie à Uttira. Cela empêche les parents humains de lier leurs enfants sans qu'ils en aient le choix.

— Quand auras-tu dix-huit ans ?

— Il me reste un an et demi, répondit-elle.

Les larmes aux yeux, elle cligna des paupières à plusieurs reprises.

— J'aurais aimé que mon oncle ne meure pas.

Je ne pouvais pas prétendre la même chose. Trammer avait commis de terribles actes et avait paru sous-entendre qu'il aurait fait encore plus s'il en avait eu l'occasion. Néanmoins, j'avais des remords pour le rôle que j'avais joué dans sa mort, étant donné à quel point Ashlyn en était affectée à présent.

— Je sais ce que ça fait d'être coincée là où tu ne veux pas l'être. Ça ne te dirait pas de venir chez moi ? On peut demander à Eliana si elle a envie de regarder un film et de passer une soirée entre filles.

Elle secouait déjà la tête.

— J'aime bien Eliana. Elle est gentille. Mais c'est dangereux pour moi de quitter la maison. Il y a une barrière pour ma protection. On ne peut pas me faire de mal ici.

L'injustice de sa situation agaçait mon humeur et cela se ressentit dans mon intonation quand je repris la parole.

— Et pourtant, le Conseil te force à aller au Roost.

— Il y a une barrière aussi.

— Bon, c'est ridicule, tout ça, dis-je en me levant. Je comprends pourquoi tu restes, mais tu vis comme si tu étais une prisonnière avec des tâches qui te sont attribuées avant ta libération.

— Quel autre choix aurais-je ?

Elle avait l'air fatiguée. Abattue.

— Je ne sais pas, mais je vais trouver. As-tu un papier sur lequel je pourrais écrire ? Je vais te donner mon numéro. Si tu as besoin de quoi que ce soit, appelle-moi. Et ce n'est pas une offre dans le vide. Appelle-moi.

Elle se leva et trouva un bout de papier et un stylo. J'écrivis rapidement mon numéro.

— Je te recontacte bientôt, Ashlyn.

Je tendis la main et lui attrapai doucement le bras.

Elle posa sa main sur la mienne.

— Mon oncle m'a dit que tu avais été élevée dans le monde humain. Merci de ne pas être l'un d'entre eux. D'être différente.

Je n'étais pas certaine de ma réponse, alors je lui adressai un sourire pathétique avant de partir. J'avais beau vouloir le nier, j'étais une créature des dieux. Malgré cela, je détestais les règles qui allaient de pair avec cette identité.

JE ME GARAI devant la maison des Quill et sortis en trombe de ma voiture. Ma colère n'avait fait qu'augmenter pendant le trajet. Pas au point d'être dangereuse, mais presque. Je ne comprenais pas pourquoi, exactement, puisqu'il n'y avait personne autour de moi.

Tambourinant à la porte d'entrée, j'attendis. Madame Quill ne me laissa pas dehors très longtemps.

— J'ai besoin de vous parler, à vous et votre mari, ainsi qu'à Adira.

— Entre. Tu as l'air contrariée.

— Je le suis, dis-je en mettant les pieds dans la maison.

Elle me guida immédiatement vers le bureau de monsieur Quill, où ce dernier était déjà assis.

Il leva les yeux quand nous entrâmes.

— Megan souhaiterait nous parler, à nous et à Adira.

Il quitta son fauteuil et sortit son téléphone de sa poche. Un bref appel plus tard et un portail s'ouvrit. Adira en émergea avec un doux sourire. Pour une raison inconnue, cela ne fit que piquer encore plus ma colère.

— Il n'y a pas de quoi sourire, dis-je. Je reviens juste de chez Ashlyn. Certaines créatures sont faites pour vivre en solitaire. Pas les humains. Pas Ashlyn. La situation que vous lui avez imposée est cruelle.

Adira fronça les sourcils.

— Cruelle ?

— Ces règles correspondent presque à une assignation à résidence. Elle est en deuil et complètement seule.

— C'est pour ça que nous t'avons envoyée lui rendre visite.

— Ça ne suffit pas. Si vous attachez de l'importance aux humains qui sont ici, alors commencez à mieux les traiter. Clairement pas comme des prisonniers dans leurs propres maisons. Vous dites apprendre aux étudiants de l'académie Girderon comment se mêler à eux, mais ce n'est pas le cas. Avec votre ségrégation, vous leur enseignez à se tenir loin d'eux et forcez les humains à rester dans de petits endroits spécifiques. Et en faisant ça, vous inculquez aussi à vos jeunes que les humains ont une certaine place dans la vie. Qu'ils sont inférieurs à nous. Les crimes de Trammer ne reposent pas sur ses épaules seulement. C'est le produit du traitement que sa famille et lui ont reçu. Si vous ne voulez pas que quelque chose comme ça se reproduise à l'avenir, il faut que les choses changent.

Je me sentais un peu mieux du fait qu'ils aient écouté tout mon laïus sans essayer de m'interrompre ni de défendre leurs actions.

— Que proposes-tu ? demanda Adira.

— Si vous voulez vraiment enseigner aux étudiants comment se mêler aux humains, donnez le choix à Adira d'assister aux cours de l'académie si elle en a envie. Vous avez dit que personne ne pouvait être blessé entre ces murs. Et puis, ne la privez plus de contact avec des gens de son âge.

— Le contact n'est peut-être pas ce qu'elle attend. De nombreux élèves ne contrôlent toujours pas leur instinct.

— Eh bien, ils sont là pour apprendre, non ? Et s'ils voient le personnel de l'académie la traiter avec respect et gentillesse, ils auront plus de chances d'en faire de même, pas seulement ici, mais également dans le monde réel.

— Y a-t-il autre chose ? demanda la fée.

— Oui, cette ville devrait avoir une bibliothèque. Assez grande selon les normes humaines.

— Une bibliothèque ne nous est d'aucune utilité, répliqua monsieur Quill.

Je luttai pour maîtriser mon agacement.

— Vous ne comprenez pas. Le but de tout cela est d'entraîner la prochaine génération à se mélanger aux autres, non ? Une bibliothèque est un lieu normal. La plupart des villes en ont. Les humains normaux y vont tout le temps.

— Tu t'y es déjà rendue ? demanda son épouse.

— On me fait sans cesse remarquer que je ne suis pas humaine ou normale, mais oui. J'y suis déjà allée.

Je les regardais, de plus en plus frustrée parce qu'ils ne comprenaient pas ce qu'ils faisaient endurer aux humains d'Uttira.

— L'un d'entre vous avait-il un animal de compagnie quand il était petit ? demandai-je.

Adira et madame Quill acquiescèrent.

— Nous avions un poisson, dit la conseillère.

Je clignai des yeux en comprenant. Elles étaient sœurs ? Waouh.

— Bien. Parlez-moi des installations que vous aviez pour lui. Où vivait-il ?

— Nous avions un bel étang, ombragé d'un côté par des arbres et exposé à la lumière du soleil et aux deux lunes de l'autre. C'était un endroit paisible. Notre poisson adorait cet endroit.

— Bien sûr qu'il l'adorait. Il avait de l'espace pour bouger et grandir. Assez de liberté pour être heureux. Uttira est comme cet étang pour les jeunes créatures ici. Sauf pour les humains. Les humains sont dans un bocal de verre avec seulement trois centimètres d'eau. Juste assez pour respirer. Pas assez pour bouger. Assez pour mourir. Vous comprenez ? Vous devez faire d'Uttira un endroit beau et paisible pour toutes les créatures.

Monsieur Quill hocha lentement la tête. Les sœurs avaient l'air vraiment contrariées.

— Tu nous as donné beaucoup à réfléchir, dit-il en se levant. Oanen, veux-tu bien raccompagner Megan, que nous puissions en discuter ?

Le nom de son fils fit bondir mon pouls et je regardai par-dessus mon épaule en direction de la porte, où Eliana et lui se trouvaient. Je me demandai depuis quand ils écoutaient.

— Oui, père.

Le regard d'Oanen se posa sur moi et il tendit la main, une invitation silencieuse pour quitter la pièce.

— Puisque vous avez toujours voulu savoir ce que me faisaient ressentir les autres, je vais vous dire qu'en ce moment même, vous me frustrez tous. Beaucoup. Et je pense que si vous continuez à maltraiter les humains ici, après ce que je vous ai expliqué sur cette situation, ça va clairement m'énerver.

Adira acquiesça, d'un geste majestueux.

— Nous comprenons, furie.

Je hochai la tête et me tournai pour quitter la pièce avant de faire une nouvelle pause.

— Et ce n'était pas une menace, dis-je en regardant en arrière.

Madame Quill sourit.

— Les furies ne menacent jamais, Megan. Elles agissent. C'est pour ça que nous te demandons d'aider Uttira. Tu nous as prévenus et nous aussi, nous agirons.

J'acquiesçai et continuai mon chemin. Arrivée à Oanen, je regardai la main qu'il tendait toujours et mon rythme cardiaque s'accéléra. La pensée de la tenir réchauffait mon ventre. Bon sang, la simple idée de le toucher d'une quelconque façon envoyait en moi des décharges mutines et agréables.

— Viens, dit Eliana en m'attrapant par le bras, me tirant hors du bureau.

Elle nous guida au bout du couloir, vers le salon qu'elle partageait avec Oanen.

— J'espère qu'ils laisseront Ashlyn aller à l'académie, dit-elle au moment où nous entrâmes.

— Moi aussi. Elle se sent si seule.

Elle acquiesça et s'assit sur le canapé.

— Tu restes pour dîner ? proposa-t-elle.

— Eliana, peux-tu nous laisser seuls une minute ? demanda alors Oanen.

Elle ouvrit grand les yeux, puis se dépêcha de sortir de la pièce.

— C'était bizarre, dis-je en me tournant vers lui

— Pas vraiment. Au lieu de dîner ici, allons quelque part.

Mon ventre fit un saut périlleux d'excitation et commença à s'échauffer.

— Comme un rencard ? demandai-je.

— Exactement comme un rencard.

Je pouvais capter l'amusement dans sa voix.

— D'accord.

Je m'entendais à peine avec le tambourinement de mon cœur.

Il sourit légèrement, puis chercha ma main. De la chaleur explosa en moi au contact de ses doigts contre les miens.

— C'est difficile de me rappeler ma promesse quand tu me regardes comme ça, dit-il.

— Comment cela ?

Mon souffle se coupa lorsqu'il se pencha vers moi. Je savais ce qui arrivait. Un baiser. Et cette pensée fit grimper la température qui bouillait déjà au creux de mon ventre.

Il s'interrompit dans son élan et me contempla simplement, droit dans les yeux, la ferveur sur son visage se fondant pour laisser place à de l'émerveillement.

— Tu es tellement belle quand tes yeux brillent.

Il réduisait déjà la distance entre nous et la pensée de ses lèvres sur les miennes retarda ma réaction à ses paroles. Au dernier moment, je bondis en arrière.

— Hein ? dis-je.

Sans attendre de réponse, je me précipitai vers le miroir au-dessus de l'évier de leur kitchenette. Je m'observai, puis me tournai vers lui.

— Mes yeux ne brillent pas, lançai-je en découvrant mes iris marron comme d'habitude.

— Plus maintenant. Ils brillaient il y a une seconde. Ils ont arrêté quand tu as bougé.

La panique s'empara de moi. Des yeux brillants ? Adira avait mentionné une forme réelle. Traversais-je une sorte de changement ? Maintenant ? Devant Oanen ?

Je déglutis péniblement.

— Je pense qu'il faut remettre ce dîner à une autre fois.

Sur ce, je fonçai vers la porte.

CHAPITRE TROIS

Une bonne nuit de sommeil et l'absence d'éclat surnaturel dans mes yeux, ou tout autre phénomène bizarre, avaient étouffé ma panique. Mais je ne pouvais laisser passer cet incident. Je n'arrêtais pas de m'imaginer Adira dans son bureau, un instant humaine et l'instant d'après plus du tout. Je devais comprendre si ce qu'Oanen avait vu était le signe de quelque chose à venir.

Après un rapide message à Eliana pour lui annoncer que je n'avais pas besoin de chauffeur, je pris la voiture de bon matin pour aller à l'académie, bien déterminée à ratisser la bibliothèque à la recherche de toute référence sur les furies. Savoir ce que j'étais et connaître le but de mon existence ne constituaient qu'un début de réponses à toutes les questions que j'avais. Il devait y avoir autre chose à notre sujet. Quel dieu nous avait créées ? Pourquoi ce dieu avait-il cru judicieux de créer des femmes avec des problèmes de maîtrise de la colère ? Et puis, c'était quoi cette histoire d'yeux brillants ? Que m'arriverait-il d'autre ?

Le commentaire d'Adira sur ma véritable forme ne cessait de me hanter. Pourquoi les dieux nous avaient-ils donné deux formes ? Quel genre de monstre étais-je vraiment ?

Sans m'en rendre compte, je passais déjà le portail principal de

Girderon. Seulement quelques voitures étaient garées dans le parking quand je m'arrêtai, et je traversai les couloirs calmes sans être dérangée.

La porte de la bibliothèque s'ouvrit à mon contact. Posant mon téléphone dans le panier à l'extérieur, j'entrai, déterminée à ne pas repartir sans avoir obtenu de réponses.

Mon empressement se dissipa au fur et à mesure que je parcourais les livres. Il y avait tout un tas d'informations sur d'autres créatures dont je n'avais jamais entendu parler. Draugr. Scylla. Níöhöggr. Echidna. Fylgja. Des créatures des cavernes. Des femmes serpents. Des géants métamorphes. Pourtant, rien sur les furies, mis à part une vague référence dans un ouvrage exposant le début d'une guerre entre les dieux.

Je lus deux fois les trois malheureuses pages, essayant de trouver un sens à cette histoire. Toutefois, les références aux furies n'étaient pas les seules à rester vagues. Le bouquin tout entier était du même acabit. Une sorte de dispute ou un évènement était survenu, provoquant encore plus de troubles et de conflits parmi des dieux déjà en désaccord. La guerre qui en avait résulté avait non seulement consumé les royaumes de ces immortels querelleurs, mais également celui des hommes. Les âmes des victimes, « d'un nombre trop important pour être consigné », avaient envahi massivement le monde souterrain au point que même les furies, dans leur effort pour livrer des âmes à leur maître, avaient cessé de punir les personnes malveillantes toujours en vie. Il n'y avait rien d'écrit sur la fin du conflit, le vainqueur ni quoi que ce soit d'autre au sujet du maître des furies. Il n'y avait qu'une description du monde des hommes à feu et à sang, de ces mortels adorés que tous les dieux convoitaient.

Mon estomac avait commencé à gronder bruyamment bien avant qu'un coup retentisse à la porte. Je relâchai le livre que je parcourais et le laissai voler jusqu'à son étagère tout en me levant. Cette fois, quand j'ouvris, Oanen était appuyé sur le mur opposé du couloir, les chevilles croisées dans une position détendue.

— Tu pensais devoir m'attendre un moment ? demandai-je.

— Étant donné que c'est la troisième fois que je frappe, oui.

— Vraiment ? Désolée. Je ne croyais pas être aussi absorbée par ma lecture. D'autant plus qu'elle n'a vraiment aucun sens.

Il resta dans sa position décontractée et leva la main pour me rendre mon téléphone. Curieuse, je me rapprochai. Ce ne fut que lorsqu'il referma les bras autour de moi que je compris qu'il s'en était servi comme appât. Avant que je puisse protester, il me serra contre lui.

Je trébuchai, me heurtai à son torse, et il baissa les yeux en souriant. Un bras autour de ma taille, il leva l'autre main et caressa mon menton du dos de ses doigts.

— Dîne avec moi ce soir, Megan.

Je levai vers lui de grands yeux en m'efforçant de maîtriser ma respiration et je déglutis, la gorge soudain desséchée.

— Pourquoi as-tu tellement peur d'un simple repas ?

Sa question à mi-voix envoya un frisson à travers mon corps. À l'intonation qu'il avait employée, je savais qu'un dîner avec lui ne serait pas aussi simple. Il y aurait d'innombrables regards enflammés et j'aurais de plus en plus de mal à nier avoir envie de le toucher. Un rendez-vous avec Oanen se terminerait sans aucun doute par des contacts plus approfondis que jusqu'à présent.

Mes yeux descendirent sur ses lèvres tandis que j'imaginais comment se finirait notre soirée.

— Megan, j'ai promis de bien me comporter, mais si tu cèdes à ce que tu penses maintenant, j'enfreindrai tout.

Mon regard remonta vers le sien et je posai mes mains sur ses épaules. Il commença à réduire la distance.

— Ta peau est incroyablement chaude, dit-il.

Son souffle chatouillait mes lèvres.

— Megan. Oanen. Puis-je vous interrompre un moment ? demanda soudain Adira derrière nous.

Je sursautai et reculai aussitôt. Oanen soupira et me relâcha. Rouge d'embarras, je me retournai alors pour faire face à Adira. Elle souriait en s'adressant à Oanen :

— Je m'excuse de cette intrusion. J'ai entendu parler d'un dîner et je me demandais si vous pouviez le reporter. J'ai une mission de liaison qui requiert l'attention de Megan ce soir.

Elle se concentra sur moi.

— Nous aimerions que tu nous retournes à la résidence des Quill dès que tu en auras fini ici. Nous souhaiterions te présenter quelques recrues humaines.

Les dernières bonnes ondes que j'avais reçues en touchant Oanen disparurent en un clin d'œil.

— Vous faites venir encore plus d'humains à Uttira malgré notre conversation ?

— Oui. Mais c'est justement à cause de notre conversation. Comme tu l'as dit, les humains ne sont pas des créatures solitaires. Nous croyons qu'en amener d'autres ne remplacera pas uniquement ceux que nous avons perdus, ils pourront aussi aider ceux qui nous restent. Je te verrai après les cours.

Avant que je puisse ouvrir la bouche pour protester, elle disparut. Tout simplement.

— Rah ! J'ai envie de la frapper, dis-je en regardant Oanen. De tous les frapper. Ils n'ont pas écouté un seul mot que j'ai dit. Faire venir d'autres humains n'arrangera rien pour ceux qui sont déjà là. C'est pourtant facile à comprendre, non ?

Il tendit le bras et me prit la main, nouant ses doigts aux miens.

— Ils comprendront. Tu t'en assureras. Viens, allons te chercher à manger avant que ton estomac ne gargouille encore plus.

Il commença à me guider le long du couloir. Je dégageai délicatement ma main de la sienne de peur que mon cœur explose, puis je fronçai le nez en prenant conscience que j'avais oublié de manger ce matin et que je n'avais pas emporté de déjeuner.

— Je dois prendre un plateau aujourd'hui.

— Pourquoi ? Je t'ai fait à manger, répondit-il sans commenter ma prise de distance.

— Merci. Tu n'étais vraiment pas obligé, tu sais.

Il me regarda.

— As-tu aimé celui d'hier ?

— Oui. Je n'aurais jamais pu préparer quelque chose d'aussi bon.

— Alors, je continuerai comme ça.

Les papillons que ses paroles avaient provoqués dans mon estomac n'avaient rien à voir avec la faim.

Nous rejoignîmes Eliana dans la cour extérieure. Je m'assis à côté d'elle et Oanen s'installa en face de moi, sa cuisse contre la mienne. M'efforçant d'ignorer ce contact, je lui tendis son sac-repas et ouvris celui qu'il m'avait préparé.

— Je ne trouve rien d'utile dans cette bibliothèque, dis-je un moment après ma première bouchée.

— Je ne suis pas surprise, répondit Eliana. Je veux dire, quand on y réfléchit, notre espèce a été créée avant que l'écriture ne connaisse un succès fou. La majorité de notre histoire a été transmise oralement au fil des années. Tout ce qui se trouve dans la bibliothèque est sans doute le produit des temps modernes, depuis que l'apprentissage de la lecture et de l'écriture est devenu plus ordinaire.

— Alors, pourquoi perdre mon temps là-bas ?

— Parce qu'un peu d'information, c'est mieux que pas du tout, répondit Eliana. Adira ne fait pas les choses pour rien. Si elle a voulu que tu lises ces livres, il y a une raison.

— J'aimerais juste savoir laquelle.

— Ce n'est pas comme ça qu'elle fonctionne, intervint Oanen. Elle parle toujours de découverte de soi, de l'importance de l'effort pour obtenir des connaissances. Elle dit que ça leur donne plus de sens.

Je soupirai et continuai à manger mon sandwich. Comment les efforts pour apprendre la vérité pouvaient-ils lui donner plus de sens ? Décidément, cela ne rimait à rien. Or même si la bibliothèque me frustrait, c'était toujours mieux que de passer ma journée coincée dans une classe avec d'autres élèves.

LES QUILL m'attendaient à la porte dès que je garai ma voiture. Au-dessus de ma tête volait un griffon familier, qui suivait les courants et disparut derrière une grande bâtisse en pierre. Oanen ne m'avait pas quittée depuis l'académie. Il y avait de fortes chances qu'Eliana ne soit pas loin derrière. Même si ça ne me dérangeait pas de l'attendre, je savais que si je ne me dépêchais pas, je tomberais certainement sur un Oanen torse nu quelque part à l'étage. Je n'aurais pas su dire si je souhaitais aller à sa rencontre ou l'éviter, toujours est-il que cela me motivait à presser le pas.

Le vent froid d'octobre fouettait mes cheveux autour de ma tête au moment où je sortis de la voiture et me précipitai vers la maison.

Madame Quill sourit à mon approche et m'offrit quelque chose à boire tandis que son mari fermait la porte derrière moi.

— Nous pouvons te réchauffer du cidre si tu veux, proposa-t-elle.

— Ça ira, merci quand même.

Elle hocha la tête et prit le chemin du bureau. Je ne repérai pas Oanen en train de rôder dans les couloirs. S'il avait espéré nous interrompre ou nous épier, la possibilité fut coupée net par monsieur Quill, à la minute où il referma les portes du bureau derrière nous.

— Adira sera là dans quelques minutes, annonça-t-il. Nous devrions nous asseoir.

Je pris le fauteuil orienté vers le canapé. Il m'offrait une bonne vue de la pièce pour me permettre d'assister à l'arrivée d'Adira par son portail magique. Le scintillement surgit quelques instants après que je me sois installée.

Adira en sortit en premier, suivie par un garçon d'environ mon âge. Je tentai de retenir mon accès de colère spontané et pris un moment pour l'étudier. Adira le fit asseoir en face de moi, puis resta debout derrière lui en le voyant hésiter. Je ne prêtai que peu d'attention à la conseillère, continuant mon examen.

Les cheveux foncés du garçon retombaient en désordre autour de sa tête tandis que ses yeux tout aussi sombres erraient dans la pièce, se posant brièvement sur chacun d'entre nous. Il semblait négligé et en colère.

— Assieds-toi, Michael, dit Adira.

Le garçon s'exécuta avec un air belliqueux.

— Je ne sais pas ce qui se passe ici, mais je veux mes cinquante balles, dit-il.

— Il ne te sera fait aucun mal, répondit madame Quill. Nous souhaitons juste te présenter à Megan.

Les trois adultes me regardèrent. Je ne détournais pas les yeux du garçon.

— Bonjour, Michael, dis-je.

Il me dévisagea sans la moindre peur. Je n'aimais pas ça. Pas du tout.

— Megan, nous songions à inviter Michael à vivre à Uttira, dit Adira. Nous souhaiterions ton opinion à ce sujet.

— Vous ne pensez pas que vous devriez me demander mon avis à moi d'abord ? répliqua-t-il. J'aime vivre là où je suis.

Je continuai à le scruter en sentant monter ma colère. Pourquoi ?

— Et où vis-tu, Michael ?

— Ça dépend des soirs. J'habite où je veux.

— Où vis-tu, Michael ? répétai-je.

Ma voix avait changé. Cette fois, ma colère était nettement perceptible.

— À New York. Qu'est-ce que ça peut te faire ?

— Je l'ai trouvé seul. Tu vivais dans la rue, répondit doucement Adira.

Un sans-abri. Cela ne changeait rien à la rage que je ressentais envers lui. Une rage de furie.

— Qu'as-tu fait, Michael ? demandai-je en me penchant en avant.

J'aurais préféré que la table basse ne nous sépare pas.

— Je ne sais pas de quoi tu parles, dit-il.

— Tu as fait quelque chose. Quelque chose de mal. Dis-moi quoi.

J'attendis, concentrée sur lui, désirant connaître son crime. Je pouvais le sentir dans mon sang. Dans mes os. La colère... La rage... Tout cela bouillonnait de plus en plus à chaque seconde qui passait.

— Raconte-moi, dis-je à nouveau. Confesse tes crimes.

Ces mots semblaient parfaitement à leur place sur mes lèvres. Et le besoin de les lui crier augmenta, m'étouffant presque. Je luttais pour contrôler cette envie.

— Confesse-toi, lançai-je avec colère. Dis-moi ce que tu as fait.

Michael se pencha subitement en avant, ses yeux luisants de haine.

— Je ne sais pas qui tu es, espèce de tarée, mais tu as intérêt à dégager de ma vue.

J'ouvris la bouche, prête à m'abandonner, lorsqu'Adira avança et posa une main sur l'épaule du garçon, disparaissant avec lui. La colère s'évapora immédiatement, aussitôt remplacée par un profond agacement.

— C'est lui que vous voulez amener pour tenir compagnie à Ashlyn ? Ce type était...

— Totalement inapproprié, répondit monsieur Quill. J'espère que tu trouveras la prochaine personne plus convenable.

— La prochaine ?

— Oui, nous avons plusieurs candidats.

Il finissait tout juste de parler lorsque le scintillement réapparut au centre de la pièce. Cette fois, Adira était accompagnée par deux filles.

— Megan, voici Kelsey et Zoé. Des sœurs qui viennent de Chicago.

Elles avaient l'air un peu plus jeunes, peut-être quatorze et quinze ans. Ce ne fut pas leur expression apeurée ni leur allure débraillée qui me donna la larme à l'œil, mais la puanteur accablante.

— Salut, dis-je. Sans vouloir me montrer impolie, c'est quoi cette odeur ?

— Les égouts, répondit la plus âgée.

— Vous avez besoin d'une douche, toutes les deux. Et vos vêtements devront être brûlés.

Je regardai les Quill.

— Je n'aime pas ce que vous faites. Bien sûr que si vous les sortez des égouts, elles ne refuseront pas votre proposition.

— Non, rétorqua l'une des filles. Nous n'avons rien accepté.

Elle regarda Adira.

— Vous avez parlé de cinquante dollars pour nous faire passer au détecteur de mensonges et savoir comment nous avons fini à la rue. Nous pensions que vous étiez une sorte de docteur. C'était quoi, ce truc qui brille ? Où sommes-nous ?

— Vous êtes à Uttira, une petite ville au nord du Maine, répondit Adira. Le truc qui brille, c'était un portail. Si vous voulez en apprendre plus, je vous invite à vous asseoir et nous répondrons à toutes vos questions. Si vous préférez partir, vous n'avez qu'à le dire. Je vous ramènerai chez vous et vous dédommagerai comme promis.

La plus vieille regarda sa cadette.

— Prenons juste l'argent, Kells, dit la petite. Je n'aime pas cet endroit.

— La plupart du temps, moi non plus, approuvai-je.

Kelsey me regarda en fronçant légèrement les sourcils.

— Peut-être que tu ne l'aimes pas, mais tu n'empestes pas la merde des autres et tu ne portes pas les mêmes vêtements depuis une semaine.

Elle se tourna vers Adira.

— On ne s'assoira pas, mais on écoutera.

— Uttira est une ville où vivent des créatures engendrées par les dieux depuis longtemps oubliés.

Zoé émit un petit bruit et lança dans sa barbe :

— Je te l'avais dit.

Je perçus le mot « timbrée » aussi.

— Il est plus facile de vous le prouver que de vous l'expliquer. Avez-vous déjà entendu parler des griffons ? demanda Adira.

Les portes du bureau s'ouvrirent juste à ce moment et Oanen entra. Son regard croisa brièvement le mien avant de se poser sur les deux filles.

— Merci de nous rejoindre, Oanen, dit sa mère.

Il acquiesça et leva la main vers sa chemise.

Ma poitrine se serra douloureusement quand je compris que mon tout nouveau petit ami avait prévu de se déshabiller devant ces filles.

— Puisque je sais déjà que les griffons sont réels, je vais y aller, dis-je.

Je me levai avec raideur et commençai à marcher vers la porte.

— Voici Oanen, annonça Adira sans prêter attention à mon départ. C'est un jeune griffon. Il peut choisir de ressembler à un humain ou à...

Alors que je l'approchais, Oanen se transforma sans quitter son pantalon, interrompant la conseillère dans ses explications. Le bouton de la fermeture de son pantalon résonna dans un bruit métallique contre le mur de la porte. Les deux filles poussèrent un cri, mais le griffon ne s'intéressait pas à elle. Il se déplaça rapidement et vint se positionner devant moi, me bloquant la sortie.

Je m'arrêtai d'un coup et il tendit la tête. Les plumes de ses joues balayèrent les miennes tandis qu'il jouait avec mes cheveux derrière mon oreille droite. Avec un profond soupir, je levai la main et lui effleurai le cou.

— Tu as de la chance d'avoir sacrifié ton pantalon, murmurai-je.

Il claqua le bec deux fois avant de tourner les talons et de quitter la pièce sans se transformer à nouveau. Consciente que les filles étaient devenues complètement silencieuses, je me tournai vers elles. Elles se serraient l'une contre l'autre. La peur leur avait déjà volé leurs couleurs et leur voix. Adira et les Quill m'observaient avec une expression indéchiffrable. Oanen leur avait-il dit que nous étions ensemble à présent ? Ou du moins, que nous essayions ?

En proie au doute et mal à l'aise, je me concentrai sur les filles.

— C'est bien réel, leur dis-je. Les mythes et légendes que nous connaissons sont basés sur de très anciennes vérités. Les loups-garous existent. Les griffons aussi. Les furies. Ça ne modifiera pas le monde que vous connaissez, simplement votre compréhension de ce monde. Et vous êtes autant en sécurité ici que vous l'étiez avant. Vous saisissez ? Rien n'a changé, sauf que vous connaissez la vérité.

Kelsey acquiesça de manière saccadée.

Madame Quill reprit la parole :

— Adira vous a amenées ici pour vous offrir une nouvelle opportunité. Une nouvelle vie. Vous pouvez vivre à Uttira. Vous aurez votre propre maison. Toutes vos factures seront payées. Vous recevrez une éducation humaine et nous subviendrons à vos besoins. En retour, nous vous demandons de nous aider à enseigner aux jeunes d'Uttira ce qu'est un être humain.

Kelsey croisa mon regard.

— C'est quoi le piège ? s'enquit-elle d'une voix chevrotante.

— Le piège, c'est que vous ne pourrez plus partir. Jamais.

— C'est inexact, intervint Adira. Vous pourrez vous en aller n'importe quand. Cependant, nous effacerons de votre mémoire le temps que vous avez passé ici, par précaution, pour la sécurité de tout le monde.

— Donc nous habiterions ici pour le restant de nos jours. Tout nous serait payé, tant que nous apprenons des choses à vos jeunes ?

Kelsey hésita sur les derniers mots, posant les yeux sur la porte par laquelle Oanen était sorti.

— C'est ça, dit madame Quill. Mais vous ne seriez pas enseignante toute la journée, chaque jour de la semaine. Tant que vous serez mineures, vous vous concentrerez sur l'école et nous requerrons huit heures de travail par semaine. Vous ferez ce que vous voudrez de votre temps libre. Une fois votre diplôme en poche, nous vous demanderons de travailler quarante heures par semaine, dans l'un des emplois disponibles à Uttira. Vous recevrez une paie en plus de la maison et du soutien avec lesquels vous aurez grandi.

Je pouvais dire dans leurs yeux qu'elles répondraient oui. Mon estomac se retourna et j'eus l'impression de perdre une importante bataille.

CHAPITRE QUATRE

Le matin suivant, la voiture d'Eliana se trouvait sur le parking vide. Mon amie était appuyée contre le coffre. De toute évidence, elle m'attendait. Je me garai à côté d'elle et éteignis le moteur.

— Tu n'aurais pas dû filer aussi vite hier soir, me dit-elle dès que j'ouvris la portière.

— Hé, je suis presque sûre que c'était le choix le plus prudent pour tout le monde.

J'étais toujours agacée que le Conseil ait piégé deux autres humaines en profitant du désespoir de la situation.

— Eh bien, tu as manqué de super nouvelles, répliqua-t-elle. Lors du dîner, les Quill ont parlé d'Ashlyn et de son besoin d'avoir plus d'interactions. Ils ont décidé de la laisser assister aux cours de l'académie si elle veut. Et pas uniquement elle. Les deux nouvelles aussi, dès qu'elles seront prêtes. Et ils m'ont posé toutes sortes de questions sur ce dont je me souvenais du monde humain. Je pense qu'ils réfléchissent vraiment à construire une bibliothèque.

Elle me sourit.

— Tu assures en responsable de liaison, agent Megan. Tu as commencé à instaurer des changements positifs en quelques jours à peine.

— C'est super.

Je lui rendis un sourire que je ne ressentais pas.

Même si ces bouleversements avaient l'air géniaux, cela ne changeait rien à ma façon de percevoir cet endroit. Comme un poisson dans un bocal avec trop peu d'eau, je commençais à suffoquer à Uttira. Peut-être n'était-ce pas Uttira, mais ma propre peau. Après la transformation spontanée d'Oanen d'humain à griffon hier soir, je ne pouvais m'empêcher de me demander quand cela m'arriverait.

— Je dois aller à la bibliothèque.

— Oui, je sais. Oanen t'attend là-bas. Peut-être qu'on pourra sortir un soir ?

— Bien sûr, dis-je en m'éloignant déjà vers les portes.

Ma précipitation n'était pas due à mon envie de rejoindre Oanen, mais plutôt les livres. Néanmoins, le besoin de réponses disparut lorsque je tournai au coin du couloir de la bibliothèque. Oanen faisait les cent pas devant la porte. Dès qu'il m'entendit, il s'arrêta. Son regard me balaya avant de se poser sur mon visage.

— Es-tu en colère ? demanda-t-il quand je m'avançai.

— Au point de vouloir taper quelque chose ? Non. Est-ce que je me sens un peu frustrée ? Oui.

Je m'arrêtai devant lui en essayant de ne pas m'attarder sur les manches qui moulaient ses biceps à la perfection.

— Je suis navré pour hier soir, dit-il.

Sa sincérité me fit sourire.

— Quelle partie exactement ? Quand tu as commencé à te déshabiller devant deux autres filles ou quand tu m'as mordu les cheveux ?

Il pencha la tête et me contempla un moment.

— Tu n'es pas frustrée par rapport à moi, dit-il avec conviction et une pointe de soulagement.

— Non, en effet. C'est cette ville qui me frustre, et cette stupide bibliothèque remplie de bouquins inutiles.

Il s'approcha et m'attira dans ses bras sans me prévenir. Je fondis dans son étreinte et me laissai aller contre son torse ferme. Peut-être même fermai-je les yeux et inhalai-je son parfum. Je n'en étais même pas consciente, noyée dans un concentré d'Oanen pur. Cette façon de nous accorder l'un à l'autre. Sa façon de me tenir, si tendre et pourtant si assurée. J'avais l'impression d'avoir trouvé mon chez-moi. Comme si j'avais enfin une raison d'être à Uttira.

Ses mains vagabondaient dans mon dos, dans une caresse apaisante et respectueuse.

— Ne te laisse pas dominer par ta frustration. Tu ne seras pas coincée ici pour toujours.

Il recula légèrement et je le relâchai avec réticence.

— Nous aurons bientôt nos marques et nous pourrons aller où bon nous semblera.

J'acquiesçai sans exprimer mes doutes. Me laisseraient-ils partir si je ne ressemblais plus à une humaine ?

— Je vais te chercher à déjeuner. Et nous parlerons de notre dîner. Ce soir. Je n'accepterai pas de refus.

Je jetai le livre, au comble de la frustration. Avant d'atteindre le mur, il changea de direction et se rangea à sa place sur l'étagère. J'avais parcouru plus de la moitié de la bibliothèque sans trouver une seule référence aux furies. Il y avait plus de créatures que je ne l'avais cru possible. Et si les furies n'étaient pas évoquées dans cette collection, il y avait une forte probabilité que d'autres ne soient pas mentionnés non plus.

On frappa à la porte. Prête à en finir avec cette journée, je me dépêchai d'aller ouvrir.

— Tu as plus de chance cet après-midi ? demanda Oanen.

Durant le déjeuner, je m'étais épanchée sur le fait que ma recherche d'informations spécifiques ne menait à rien. Bien sûr, j'étais devenue muette en tentant de révéler cette information. Cependant, Oanen et Eliana m'avaient tous deux encouragée à continuer avant que la conversation ne dérive sur l'imminent rencard du soir, faisant fuir mon amie.

— Non. Aucun résultat.

Je quittai la bibliothèque et le rejoignis dans le couloir. Nous commençâmes à marcher vers la sortie qui menait au parking.

— Ne lâche rien. Parle à Adira. Elle pourrait t'orienter dans la bonne direction.

Je levai les yeux au ciel. Jusqu'à présent, Adira n'avait pas été très avare en informations en ce qui me concernait. Tout ce que j'avais appris, je l'avais fait par moi-même.

— Puisque tu ne m'as pas donné d'heure de rendez-vous pour ce soir, je pensais venir à cinq heures, dit-il en changeant de sujet, créant une tempête de nervosité qui tourbillonna dans mon ventre. Veux-tu que j'apporte quelque chose ? ajouta-t-il devant mon silence.

— Non. Je préparerai tout.

J'aurais surtout moins de temps pour m'inquiéter de ce que nous ferions après-coup.

— Ton pouls accélère encore, observa-t-il en m'ouvrant la porte.

— Parce que l'idée de dîner seule avec toi chez moi me rend nerveuse, dis-je franchement.

— Préférerais-tu aller au restaurant ?

— Et risquer que quelqu'un m'exaspère en plein milieu de notre rendez-vous ? Non.

Oanen gloussa.

— On se voit tout à l'heure, alors.

Il n'essaya pas de m'étreindre pour me dire au revoir, mais il s'assura de rendre la situation embarrassante en ôtant sa chemise.

— Je n'aime vraiment pas quand tu fais ça.

— Je pensais que tu craignais simplement que d'autres puissent me voir.

Il me tendit son vêtement et leva un sourcil, ses mains hésitantes sur la fermeture de son jean.

Une bonne partie des véhicules avait déjà quitté le parking, dont celui d'Eliana.

— Fais ce que tu dois faire, mec à plumes. J'ai un dîner à préparer.

Je tournai les talons, prête à monter dans ma voiture et décamper. Un jean mou m'atteignit dans le dos.

Je secouai la tête en entendant ses ailes battre l'air et je me tournai pour récupérer ses affaires abandonnées.

— J'ai changé d'avis, m'écriai-je. Si je dois nettoyer après toi, alors apporte le dessert. Et intérêt qu'il soit bon !

Son cri d'aigle me répondit tandis qu'il montait plus haut. Portant ses habits à la voiture, j'envoyai un rapide SMS à Eliana, lui promettant de sortir avec elle vendredi soir, puis je pris le chemin de la maison.

internet et un réfrigérateur plein m'occupèrent pendant les deux heures suivantes. Je préparai du poulet farci à la mozzarella et au parmesan, ainsi qu'une salade César.

Quand j'eus terminé, je me demandai quelle tenue porter, ce qui me rappela que j'avais laissé les affaires d'Oanen dans la voiture. Jouant la sécurité, je les récupérai et les déposai sur le porche avant de m'installer dans le salon pour regarder la télévision.

Je zappai d'un air absent. La tension me privait de ma capacité de concentration. La nervosité était un nouveau trait de caractère chez moi et je détestais ça. Cependant, il y avait quelque chose chez Oanen. Plus nous passions du temps ensemble, plus j'étais attirée par lui.

Un coup sur la porte de derrière accéléra mon rythme cardiaque. Essuyant mes mains sur mon jean, j'allai répondre.

Pieds nus et un plat recouvert d'aluminium dans les mains, Oanen attendait sur le porche.

— Merci de m'avoir laissé mes vêtements, dit-il, un léger sourire étirant le coin de ses lèvres.

— Merci de les avoir enfilés.

Je me décalai pour le laisser entrer.

— Ça sent vraiment bon ici. Des lasagnes ? demanda-t-il.

— Non.

Je fermai la porte et le suivis jusqu'à la table, que j'avais déjà dressée.

— Je me suis dit que tu avais déjà goûté ça, alors je suis partie sur quelque chose de différent. Du poulet farci à la parmesane. Qu'as-tu apporté ?

Il déposa le plat et retira le papier aluminium.

— Eliana a juré que tu parlais de chocolat quand tu m'as demandé d'apporter le dessert.

Je regardai avec gourmandise le brownie recouvert de sucre glace.

— Eliana est très avisée. Tu es prêt à manger ?

— Bien sûr.

Nous nous assîmes et commençâmes avec la salade. Mon estomac ne cessait de paniquer, ainsi que mon pouls palpitant. Je savais qu'il pouvait l'entendre, mais il s'abstint de tout commentaire.

— Eliana a précisé que vous sortiez au Roost vendredi, dit-il dès que je lui eus servi sa salade.

Quand je lui avais envoyé un message, je lui avais demandé de me dire où et à quelle heure elle voulait qu'on se retrouve. J'aurais préféré qu'elle choisisse une soirée film chez moi.

— Il semblerait. Elle avait envie de sortir.

— Tu n'as pas l'air très emballée.

Je soupirai tout en jouant avec ma salade.

— Ce n'est pas ça. J'ai envie de sortir avec elle. Disons que je ne me sens pas très bien.

— Tu es malade ?

— Je n'ai jamais été malade de ma vie.

— Moi non plus. Je vérifiais simplement. Qu'est-ce que c'est, alors ?

— Je ne sais pas. Je me sens ...

Je fermai les yeux et essayai de relâcher la tension qui montait dans mes épaules.

Sa main se rabattit sur la mienne, piégeant ma fourchette qui vagabondait nonchalamment. J'ouvris les yeux et croisai son regard.

— Tu peux me parler. De tout.

— D'accord, répondis-je en comprenant ce qu'il voulait dire.

Je pris une profonde inspiration pour me calmer et m'épanchai sur ma plus grande inquiétude.

— Adira dit que ce que j'arbore pour l'instant n'est pas ma vraie forme et j'ai peur de ce en quoi je pourrais me transformer. J'ignore à quoi je ressemblerai. Quand je changerai. Je ne sais rien.

— C'est ce que tu cherchais dans la bibliothèque ?

Son pouce caressa le dos de ma main.

— Oui, ce qui m'agace pour tellement de raisons. Quel est l'intérêt d'avoir une bibliothèque super-secrète que presque personne ne peut utiliser si elle contient si peu d'informations ? Et, si je n'y trouve rien sur moi-même, je dois passer à côté de tant de choses ! C'est comme si je suivais une série policière en loupant des épisodes. Comment rassembler le puzzle et avoir une vue d'ensemble si je n'ai pas tous les indices ?

— Tu te souviens quand je t'ai dit qu'Adira jouait à fond la carte de la lutte pour la connaissance ? C'est la même chose pour la découverte de soi. Tu trouveras.

— Avant ou après m'être transformée en monstre délirant ?

Il relâcha ma main et recula contre le dossier de sa chaise.

— C'est comme ça que tu vois ma vraie forme ? Comme un monstre ?

Il n'avait pas l'air en colère, ce qui n'empêcha en rien mon sentiment de culpabilité.

— Non. J'aime tes plumes et tes ailes.

— Et mon bec ?

— Je commence à l'apprécier, dis-je avec un léger sourire.

— Ta vraie forme ne sera pas plus monstrueuse que la mienne. Et même si elle peut être différente, même s'il te faut du temps pour t'y habituer, tu l'accepteras comme une part de ce que tu es. Et moi aussi.

— Tu auras un morceau supplémentaire de brownie pour ça, dis-je en reprenant ma fourchette. Est-ce que j'ai manqué quelque chose de marrant en restant terrée à la bibliothèque ?

— Pas vraiment. On vient de commencer la mise en pratique pour la seconde moitié du semestre. Je maîtrise avec talent l'art de commander de la nourriture à emporter.

— J'espère que tu vois à quel point ces cours sont inutiles.

— Inutiles pour toi, mais certains d'entre nous ont besoin de s'entraîner. Tu te souviens d'Epsid, le troll ? Il a essayé de commander de la poudre d'os comme garniture de pizza.

— Waouh.

Je terminai ma salade et pris congé pour sortir le poulet du four.

— Pourquoi les parents n'enseignent-ils pas ces choses-là à leurs enfants quand ils sont petits ? S'ils l'apprenaient assez tôt, ce ne serait pas un si gros problème aujourd'hui.

— Certains cachent les jeunes au reste du monde jusqu'à ce qu'ils aient onze ou douze ans. Entre temps, certains concepts se sont bien ancrés en eux.

— Comme manger des os humains.

— Oui.

Je lui servis l'un des blancs de poulet farcis, accompagnés de pâtes cheveux d'ange, puis je me servis à mon tour.

— Je suis impatient de voir ce que tu vas préparer pour notre prochain rendez-vous, dit-il en coupant un morceau.

— Oh, je ne cuisinerai pas la prochaine fois. C'est toi qui t'y colles.

Il leva les yeux vers moi, un sourire aux lèvres.

— C'est entendu. Quel genre de cuisine aimes-tu ?

— De tout. Je n'ai jamais vraiment été difficile.

Nous continuâmes à discuter de la nourriture, des livres, des films, des couleurs que nous préférions et tout renseignement que nous pouvions soutirer l'un à l'autre tout en terminant le repas. La conversation se poursuivit tandis que nous débarrassions avant de nous installer au salon, mais elle se tut tout à coup quand il s'assit sur le canapé et tapota l'emplacement à côté de lui.

— Tu veux regarder un film ? demandai-je, à nouveau nerveuse.

— Oui.

Je savais déjà qu'il aimait la fantasy et la science-fiction. Il était amusé de voir à quel point l'industrie du cinéma se trompait. Alors, je choisis un film qui avait l'air intéressant.

— Vas-tu rester debout toute la soirée ? demanda-t-il alors que j'hésitais à poser la télécommande et le rejoindre.

— Peut-être.

— Megan.

Il se leva et tendit la main par-dessus la table basse. Je la serrai et me laissai attirer jusqu'à lui. Sans me lâcher, il s'assit et tira mes doigts afin que je m'installe à ses côtés. Comme lors de son étreinte dans le couloir, je me sentais à ma place près de lui.

Je pivotai la tête pour le regarder. Nos visages étaient proches. Délicieusement proches. Mon pouls s'accéléra encore.

— Qu'est-ce qui te rend aussi nerveuse ? demanda-t-il en me dévisageant.

Je déglutis difficilement et optai pour la franchise brute, comme d'habitude.

— T'embrasser.

— Pourquoi ?

— Je ne sais pas.

— Alors, on devrait peut-être régler tout de suite la question.

Il réduisit la distance entre nous et pressa légèrement sa bouche contre la mienne. Un sursaut de chaleur me traversa au premier contact. J'inhalai profondément par le nez et m'accrochai à ses épaules, désespérée de trouver un soutien. Il ouvrit la bouche et fit courir sa langue sur la ligne de mes lèvres. Je répondis à sa supplique silencieuse et le laissai entrer. Mes sens furent submergés par son goût et son contact et je gémis. Il changea l'angle du baiser un instant avant de glisser ses bras autour de moi, m'attirant sur ses genoux.

Le désarroi s'empara de moi. Un besoin brûlant de dévorer. De prendre. De libérer ce sentiment sauvage que je ressentais pour Oanen depuis l'instant où il s'était accroupi à côté de moi sur la route.

J'interrompis notre baiser pour prendre ma respiration.

Il se pencha en avant et posa son front tout contre mon cœur battant. Son souffle saccadé se mêla au mien pendant plusieurs longs moments.

— Toujours nerveuse ? demanda-t-il.

— Non. Maintenant, je suis terrifiée.

Et je le pensais presque. Ce sentiment s'attardait à présent juste sous la surface, hors de contrôle. C'était comme si j'avais déverrouillé quelque chose et malgré ses paroles rassurantes tout au long du dîner, je n'avais pas envie de savoir ce dont il s'agissait.

— Moi aussi, répondit-il doucement.

Il leva la tête et croisa mon regard.

— Je suis terrifié à l'idée de te perdre, ajouta-t-il.

Il me serra plus fermement contre son torse, puis il fit un signe de tête vers la télévision.

Il me fallut un effort pour détourner mes yeux de son visage parfait et regarder l'écran, mais je finis par y parvenir. Ses doigts serpentèrent sur la peau de mon bras, décrivant des cercles langoureux qui me détendirent assez pour permettre à mon cœur de prendre un rythme normal.

Un instant j'étais assise à la table de la bibliothèque, frustrée par un autre livre qui ne m'apprenait rien sur ce que je deviendrais, et le suivant, j'étais étendue sur le canapé, coincée entre Oanen et les coussins du dossier.

Un rêve.

Je me pelotonnai contre lui, appréciant la fraîcheur de son torse contre mes mains. Il émit un petit bruit dans son sommeil. À mi-chemin entre le gémissement et le grognement. Je glissai ma paume sur son épaule, caressant sa nuque pour ne m'arrêter que lorsque mes doigts rencontrèrent ses cheveux. Levant mes lèvres vers les siennes, je l'embrassai.

Sa langue dansa immédiatement avec la mienne. Un brasier me réchauffa, à l'intérieur comme à l'extérieur. Cette fois, je lâchai tout et me perdis dans la sensation de notre étreinte. Dans son baiser éperdu.

Une odeur âcre me titilla les narines. Des cheveux brûlés, comme le jour où j'avais essayé de traverser la barrière.

Le souvenir de cette puanteur me fit sortir de mon rêve éveillé. J'ouvris les yeux et constatai que nous étions sur le canapé, mais qu'il faisait jour.

Dans un cri de surprise, je m'éloignai d'Oanen.

— C'est le meilleur réveil du monde, susurra-t-il, un sourire ensommeillé aux lèvres.

Il ouvrit les paupières et son sourire léger s'évapora.

— Tes yeux brillent à nouveau, dit-il doucement.

Je m'échappai du canapé et courus dans la salle de bain. Cette fois, j'aperçus la lueur avant qu'elle disparaisse. Je m'agrippai au lavabo, scrutant le marron normal qui venait à peine de remplacer l'orange vif. Aussitôt, je me mis à trembler.

— Megan, ce n'est rien, fit Oanen dans mon dos. Tes yeux sont magnifiques, peu importe la couleur.

Je lui fis face et mon regard tomba sur la marque roussie sur son t-shirt bleu clair. Une trace de main sur son épaule droite.

— Il n'y a pas que mes yeux qui ont changé, n'est-ce pas ? Tourne-toi et montre-moi ton dos.

Son expression, toujours aussi mesurée, se modifia légèrement. De l'inquiétude.

— Megan, c'est bon, dit-il.

J'en eus des crampes d'estomac, saisie de peur et de haine envers ma propre personne.

— Tourne-toi, Oanen, sinon va-t'en.

Il soupira et se retourna. La peau de sa nuque était rouge, comme si elle avait été brûlée par le soleil. Ce n'était pas le pire. Une partie de ses cheveux avait fondu jusqu'à son cuir chevelu. Je pouvais distinguer le contour de trois de mes doigts.

— Ce n'est pas vrai, dis-je à part moi. Ce n'est pas possible.

Il se retourna.

— Megan, nous traversons tous des changements étranges. Ce n'est pas différent pour toi. Tu vas t'en sortir.

— Moi ? J'aurais pu te blesser.

— Non. Jamais. Tu verras, d'ici le déjeuner, on ne saura même pas que c'est arrivé.

Mon esprit s'emballa, connectant ce qu'il disait avec ce que j'avais besoin de faire. Déjeuner. L'académie. Parler à Adira.

— Oui, bien sûr, acquiesçai-je, encore nauséeuse. Tu as raison. Tout ira bien. J'ai besoin de...

Je déglutis difficilement.

— J'ai besoin de me préparer. On se voit à l'école, d'accord ?

Il s'avança et me prit dans ses bras, m'enlaçant avec ferveur.

— Je sais que tu paniques. Je l'entends, dit-il contre ma tempe.

— Après ce que je viens de faire, j'ai le droit à un peu de panique.

— Très bien. Mais si tu ne viens pas à l'académie, je reviendrai pour te retrouver. Ce n'est pas une petite brûlure qui va changer quoi que ce soit. Je te veux toujours.

Il déposa un baiser sur mon front avant de partir.

CHAPITRE CINQ

Je n'avais toujours pas fini de trembler quand je me garai sur le parking de l'académie. Qu'est-ce que j'avais fait, bordel ? Même si le côté pratique et humain de mon cerveau avait envie de s'attarder sur le fait que j'avais embrassé Oanen dès le réveil sans me brosser les dents, mon problème non humain gagnait la bataille.

— J'ai presque grillé mon mec, putain, murmurai-je entre mes dents.

Qui faisait ça ? Qu'est-ce qui clochait chez moi ?

Des semaines plus tôt, ma mère était venue ici et m'avait inscrite comme élève. J'avais vu le dossier qu'Adira conservait sur moi. Il mentionnait : *Furie. Quatrième génération.* Même si les renseignements supplémentaires avaient été quasi inexistants, la note était là. Écrite par Adira. Sans doute était-elle la personne à qui ma mère avait parlé. Peut-être en savait-elle plus. Toutefois, serait-elle prête à partager ses informations ? Probablement pas. Ce qui m'énervait clairement.

Je sortis de la voiture et claquai la portière. Le bruit matinal réveilla les quelques oiseaux toujours dans les arbres squelettiques de cette fin d'automne. Leur envol attira mon attention vers le toit.

Oanen se tenait sur le bord, les yeux baissés sur moi. Mon pouls accéléra en le voyant.

Merde.

Une autre voiture entra dans le parking tandis que nous nous observions. Je devais détourner son attention pendant quelques minutes pour éviter qu'il essaie d'aller à ma rencontre dans le couloir. J'avais vraiment envie de parler seule avec Adira.

— J'ai encore oublié mon déjeuner, m'exclamai-je. J'espère que tu as eu le temps de me préparer quelque chose de sympa. Et un brownie. J'en reprendrais bien un.

— Oui, fit alors une voix amusée. Là, on parle sérieusement.

Je regardai derrière moi pour découvrir un garçon et une fille qui traversaient le parking.

— Ça craint, dit-elle en me jetant un œil noir avant de foudroyer son compagnon des yeux.

— Quoi ? rétorqua-t-il. Les ailes de brownies sont un mets délicat pour la plupart des gens. Ce n'est pas comme s'ils en mouraient. Pourquoi crois-tu que ces lutins n'ont presque plus d'ailes ?

Le type me fit un clin d'œil en passant et la fille partit d'un pas lourd. Je restai immobile, complètement estomaquée et horrifiée. Les brownies étaient des lutins ! Je ne serais plus jamais capable de manger de gâteau au chocolat.

Je me rappelai soudain la présence d'Oanen et je levai les yeux. Il était reparti. J'espérais qu'il était allé me chercher à manger au lieu de m'attendre dans les couloirs.

Impatiente de rejoindre Adira avant qu'il me trouve, j'entrai en trottinant dans l'école et me dirigeai vers son bureau. Mon petit ami n'apparut pas dans les couloirs et j'atteignis la porte sans encombre. Je fis une pause et pris une inspiration pour retrouver toute ma contenance avant de toquer.

— Entrez, dit-elle.

J'ouvris la porte, soulagée qu'elle soit matinale, et m'assis rapidement sur la chaise devant son bureau.

— Bonjour, Megan, dit-elle en fermant le dossier qu'elle consultait. Tu as l'air contrariée. Est-ce que tout va bien ?

— Non.

Maintenant que j'étais assise devant elle, je me rendais compte de la stupidité de mon acte. Avais-je vraiment envie d'admettre que j'avais fait un rêve où j'embrassais Oanen, pour me réveiller et découvrir que j'embrassais effectivement Oanen et le brûlais en même temps ? Non. Je n'avais absolument pas envie de lui parler de ça.

— Qu'est-il arrivé ? demanda-t-elle devant mon silence.

— Je, euh... je crois que j'ai démarré un feu dans mon sommeil.

Elle afficha son éternel sourire doux.

— Il n'y a vraiment pas de quoi t'inquiéter. Ta maison est protégée par magie contre les incendies, tout comme l'académie, le Roost et autres lieux publics. Ce qui signifie que la structure et tout objet à l'intérieur ne souffriront jamais de dégâts causés par des flammes classiques ou magiques.

— Oh.

Sa réponse calme me confirma deux choses. Elle savait ce que je deviendrai parce qu'elle n'avait rien nié sur la possibilité que je déclenche un incendie. Et, ce que je devenais impliquait clairement que je possédais la capacité de brûler des choses.

— Tu vois ? dit-elle. Tu n'as pas à t'inquiéter.

Si, j'avais vraiment de quoi m'inquiéter. Si la maison et tout l'intérieur étaient protégés, comment m'étais-je débrouillée pour brûler Oanen ? Au lieu de quémander des réponses qu'elle ne me donnerait certainement pas, je m'efforçai de trouver une brèche dans sa logique.

— Comment cuisiner alors ? Je veux dire, techniquement, la gazinière endommage tout ce que je prépare, n'est-ce pas ?

— Les flammes n'endommagent pas la nourriture. Elles chauffent la casserole, qui cuit la nourriture. C'est une faille.

Oanen était peut-être également une faille, d'une façon ou d'une autre. J'avais besoin de savoir comment changer cela.

Tout à coup, je me rendis compte de ce qu'elle avait dit. Pourquoi protéger tous les endroits publics contre le feu ainsi que ma maison ? Et pourquoi me le signaler ? Cela signifiait-il que mon état allait empirer ?

— J'ai peur de blesser quelqu'un par accident parce que je n'ai aucune idée de ce qui m'arrive. Mais vous, si. Et j'en bave pour ne pas être furieuse du fait que vous ne me disiez pas ce que j'ai besoin de savoir.

Je croisai son regard inflexible.

— Pas seulement ce que je suis maintenant, mais ce que je vais devenir. Ma véritable forme. Clairement, elle doit être désastreuse si vous avez protégé une bonne partie de la ville contre moi.

Elle croisa les mains sur son bureau et se pencha vers moi, le regard inquiet.

— Pas contre toi. Contre un feu accidentel. Megan, pour l'instant, tu te concentres sur toutes les mauvaises choses. Tu dois te concentrer sur ce qui est important. Continue à étudier les informations de la bibliothèque et remplis ton rôle d'agent de liaison qui requiert toute ton attention. Ashlyn doit aller au lac plus tard ce soir. Elle a besoin que tu l'accompagnes. Je te suggère de recentrer le temps qui te reste sur les créatures aquatiques plutôt que sur les recherches infructueuses de ta lignée.

— Alors, il n'y a rien sur les furies dans la bibliothèque de l'académie ? demandai-je.

— Non. Rien d'utile. Dois-je prévenir Ashlyn que tu l'attendras après la dernière sonnerie ?

— Oui. Bien sûr.

Je me levai et m'éloignai jusqu'à la porte, cherchant à m'échapper avant de commettre une bévue.

— Megan, lança-t-elle.

— Oui ?

— Tes poings sont serrés. Si tu as senti quelqu'un de malveillant, tu dois me le dire. Nous ne voulons pas d'autres incidents comme Trammer.

— Non. Personne de malveillant, rétorquai-je.

Rien qu'une bande de gens étroits d'esprit qui me tapaient sur le système.

Je quittai son bureau et fonçai droit vers la bibliothèque.

Pendant les trois heures suivantes, j'appris tout ce que je pus sur les chevaux marins, les naïades, les sirènes antiques ou nordiques, et de nombreuses autres créatures marines. Les maigres détails sur leur identification, ce qu'ils aimaient manger et leurs habitats préférés ne me menaient pas loin. Si tout avait été regroupé dans un seul livre, il ne m'aurait fallu que trente minutes pour tout lire.

Le temps qu'Oanen frappe à la porte, ma frustration quant aux renseignements de la bibliothèque avait chassé ce qu'il s'était passé le matin même, mais quand je découvris son regard intense sur moi en ouvrant, tout me revint en force. La peau de sa nuque ne semblait plus rougie. Toutefois, il avait coupé ses cheveux plus courts, signe évident qu'ils n'avaient pas repoussé par magie. La culpabilité et la peur me frappèrent en plein ventre. Nous commettions une erreur en faisant comme si je pouvais être ce qu'il voulait.

— Ne fais pas ça, dit-il en s'accrochant à l'avant de mon chemisier pour me tirer hors de la pièce.

— Ne fais pas quoi ?

— Courir te cacher. Ce n'est une option pour aucun de nous.

Peut-être pas pour lui, mais pour moi, ça semblait très convenable.

— M'as-tu apporté à manger ? demandai-je pour changer de sujet.

— Bien sûr.

Nous marchâmes jusqu'à la cafétéria et trouvâmes deux sacs qui nous attendaient dans notre coin habituel.

— Des brownies, comme demandé. Sans ailes, ajouta-t-il en me tendant l'un des sacs.

— Merci. Où est Eliana ?

— Elle passe du temps avec Ashlyn pour la préparer à commencer les cours la semaine prochaine. Maman les a emmenées à l'extérieur d'Uttira faire du shopping. Eliana l'a convaincue que les humains manquaient constamment l'école et qu'un jour loin de la ville ferait du bien à Ashlyn. Et toi ? Ça s'est bien passé aujourd'hui ?

La tension m'envahit, ainsi que le besoin perpétuel de frapper quelque chose. Ma réponse fut assez claire.

— Pas vraiment. Adira m'a dit de ne pas essayer de trouver quelque chose sur les furies parce qu'il n'y a rien. Donc je lis des trucs sur...

Le maudit sort se réveilla et je perdis ma voix. Levant les yeux au ciel, je pris une bouchée de mon sandwich.

Oanen gloussa et entama à son tour son repas.

Ma pause dans la monotonie de mes recherches à la bibliothèque se termina trop rapidement. Oanen me raccompagna et je luttai pour me concentrer sur les mots écrits sur les pages devant moi.

Mon agitation rampait sous ma peau, tout comme c'était le cas quand je vivais en ville avec ma mère. J'abandonnai et levai le nez de mon livre. Tandis qu'il se remettait nettement en place, je sortis en prenant mon téléphone. Je me fichais que l'on soit toujours au milieu de la journée.

J'avais envie de cogner quelque chose et je ne voulais pas que cela arrive ici, avec Oanen dans le coin. Je lui envoyai un message rapide pour lui annoncer que je partais tôt, puis je rentrai chez moi.

Néanmoins, la maison n'apaisa pas mon humeur. Je restai debout dans la cuisine pendant un moment incertain, puis je sortis à nouveau, à pied cette fois. Si courir en ville n'était pas très intelligent, le faire ici posait bien moins de problèmes. En particulier pendant que mes camarades étaient occupés à l'académie. Je lâchai prise et fonçai en direction de la barrière, le seul chemin que je connaisse qui ne menait pas au centre-ville.

Je ne m'arrêtai pas avant que la route tortueuse ne se redresse. Je perçus le picotement magique sur ma peau et je pus renifler l'odeur de cheveux brûlés qui s'attardait. Toujours pas essoufflée, je tournai les talons et rebroussai chemin.

En arrivant chez moi la seconde fois, je me sentais un peu mieux et je partis prendre une douche.

ASHLYN SORTIT de la maison dès que je me garai. Elle ne souriait pas et ne me fit aucun signe en me rejoignant ni en montant dans la voiture. Ses yeux semblaient légèrement rougis, comme si elle avait pleuré. Après une journée shopping, j'aurais cru qu'elle se sentirait un peu mieux.

— Est-ce que tout va bien ? demandai-je.

— Oui.

Elle attacha sa ceinture et regarda droit devant elle.

— Euh... essaie encore, parce que je n'y crois pas une seconde.

— Je me suis amusée aujourd'hui en sortant avec Eliana et madame Quill.

Elle avait lancé cela comme si elle avait confessé un crime. Puisque je n'avais pas envie de la frapper, je doutais qu'elle ait commis une quelconque infraction. J'attendis donc patiemment qu'elle me donne plus d'informations.

Elle renifla et s'essuya les yeux.

— Mon oncle vient de mourir, et j'étais là, à manger et rire dans un centre commercial. Quel genre de personne fait ça ?

Je la regardai un instant.

— Une personne saine. Je ne sais pas ce que la mort signifie pour ceux qui nous quittent, mais je sais ce qu'elle signifie pour ceux qui sont laissés derrière. Elle signifie la souffrance. Seulement au début.

La douleur commence à s'effacer pour laisser place aux souvenirs. Les bons. Nous sommes faits pour nous souvenir. Pour sourire et rire. Cela honore ceux qui sont partis. Les gens ne sont pas faits pour vivre éternellement, Ashlyn. On meurt tous à un moment donné. Ce que l'on fait dans cette vie influence la façon dont ceux que nous laissons se souviendront de nous. On est censés continuer à vivre, même en disant adieu et en se rappelant ceux qui nous ont déjà quittés. Tu n'as rien fait de mal.

Elle acquiesça et essuya à nouveau ses yeux. Voyant qu'elle se ressaisissait, je m'éloignai du trottoir.

— Tu as perdu quelqu'un ? m'interrogea-t-elle.

Je fis une pause en me demandant comment j'avais bien pu trouver les mots.

— Non, je n'ai jamais eu personne à perdre, répondis-je. C'est sûrement quelque chose que ma mère m'a dit un jour.

Pourtant, je savais que ce n'était pas le cas.

Nous roulâmes en silence vers le lac, seulement interrompues par les indications d'Ashlyn. Le terme de « lac » ne décrivait pas correctement notre destination. Je le distinguai à travers les arbres lorsque je pris mon dernier virage. L'énorme étendue d'eau miroitait sous le soleil du soir.

La route se terminait par une zone de stationnement en gravier, dont une partie descendait en pente vers le bord du lac. Un fin sentier menait à une jetée qui se déployait sur six mètres au-dessus de l'eau. Un banc tout au bout nous appelait.

— Waouh. C'est joli ici, dis-je en m'arrêtant.

— Oui, on peut le dire.

Ashlyn sortit et commença à marcher. Je la suivis en pensant au ton qu'elle avait pris.

Au bout de la jetée se trouvaient une canne et une boîte d'articles de pêche. Elle ramassa la canne, ajusta un faux appât et fit un lancer impressionnant avec la ligne. Jusqu'à présent, je ne savais pas à quoi m'attendre et la pêche ne faisait pas partie de la liste.

— Je ne suis jamais allée pêcher, dis-je en m'assoyant sur le banc. C'est difficile ?

— On ne peut pas vraiment dire que je pêche, répondit-elle.

— Qu'est-ce que tu fais, alors ?

— Je leur fais savoir que je suis là, je crois.

Je regardai les eaux tranquilles et songeai à toutes les créatures qui devaient se terrer dans les profondeurs.

— Pourquoi ?

— Certains ne peuvent pas ou ne veulent pas se déplacer pour s'entraîner au Roost. Alors, je viens ici. Ils apprennent comment éviter les hameçons que lancent les pêcheurs et ils tentent de m'attirer dans l'eau.

— Comment font-ils cela ?

— Parfois, ils chantent. Parfois, ils essaient de me piéger.

— Est-ce qu'ils ont déjà réussi à t'attirer dans l'eau ?

— Si c'était le cas, je ne serais pas là. Mon oncle était doué pour me garder en sécurité.

J'eus un pincement de pitié pour Ashlyn. C'était quelque chose que le Conseil l'avait forcée à faire. Quelque chose qu'elle avait toujours fait avec son oncle. Ils ne lui avaient même pas donné une semaine pour faire son deuil avant de l'envoyer à nouveau au charbon. Cette fois, avec moi.

Le sentiment d'agitation que je croyais avoir chassé me reprit et mes pensées défilèrent pour trouver un sujet qui nous distrairait toutes les deux.

— Comment s'est passée ta journée shopping avec Eliana ? Est-ce qu'elle t'a choisi des tenues dingues à essayer ?

Ashlyn ricana.

— Oui. C'était assez bizarre. Elle ne faisait que prendre des vêtements de fillette pour elle, mais elle me tendait des tenues à faire rougir une prostituée.

Je gloussai.

— Elle m'a fait la même. Tu as trouvé quelque chose de sympa ?

Elle se tourna vers moi avec un sourire.

— Plein de choses. Tu veux voir une photo ?

Elle retint la canne d'une main et de l'autre sortit son téléphone de sa poche. L'appareil s'accrocha à sa chemise et dégringola vers l'eau.

Le temps ralentit quand elle se baissa pour le rattraper.

Je commençais à me lever pour lui dire de laisser tomber lorsqu'un bras gris-vert jaillit du lac. Les doigts palmés agrippèrent le bras d'Ashlyn et tirèrent. Déjà penchée en avant, elle perdit l'équilibre et bascula dans l'eau dans une grosse éclaboussure.

Sans réfléchir, je plongeai derrière elle.

Dans les profondeurs opaques du lac, je vis la silhouette d'Ashlyn lutter face à une créature dotée d'une queue et d'une touffe de cheveux verts. J'empoignai des mèches flottantes et tirai durement.

La bestiole poussa un cri aigu qui me fit mal aux oreilles même sous l'eau. Relâchant Ashlyn, elle se tourna et me flanqua un grand coup. Ses ongles ratissèrent la peau de mes côtes sous mon sein gauche. Une douleur surgit, me brûlant de l'intérieur.

Tandis que je suffoquais de rage, asphyxiée par l'eau, une lumière orange s'étendit devant moi, illuminant suffisamment les environs pour me révéler un visage à travers les cheveux. Je levai le poing et le frappai violemment, à peine ralentie par l'eau.

La tête de la créature partit en arrière. Sa queue battante s'immobilisa et elle coula lentement. Sans prendre de risque, je lui donnai un coup de pied supplémentaire au visage.

Je moulinai du bras et reculai en me préparant à la suite lorsque je vis Ashlyn. Dès que je me trouvai devant elle, elle commença à remonter à la surface. J'en fis de même, émergeant quelques secondes après.

— Sors vite ! dis-je en la poussant vers l'échelle fixée au bout de la jetée.

Elle s'empressa de remonter et se laissa tomber sur le ponton, les yeux tournés vers le ciel, en haletant, toussant et crachotant.

— Tu vas bien ? demandai-je en m'agenouillant à ses côtés.

— Oui, dit-elle d'une voix rauque. Saleté de téléphone.

Je me levai.

— Je veux qu'on retrouve ce téléphone et qu'on le rende immédiatement ! hurlai-je en direction du lac.

Une minute plus tard, l'appareil remonta, jaillissant de l'eau, directement vers ma tête. Je le rattrapai facilement et jetai un regard mauvais à la surface calme. J'avais envie d'y retourner et de tabasser la première personne que je trouverais.

— Est-ce qu'il fonctionne encore ? demanda Ashlyn, un peu amère.

Je regardai le portable et allumai l'écran avant de le lui montrer. Elle afficha un air légèrement méfiant quand je le lui tendis.

— Quoi ?

Mon intonation furieuse la fit frémir. Je n'avais pas été capable de filtrer ma colère.

— Je ne suis pas énervée contre toi, lui dis-je.

Elle acquiesça et prit l'appareil d'un geste hésitant.

— J'avais compris, mais je n'avais jamais vu tes yeux comme ça.

— Comme quoi ?

— Avec cette lueur enflammée.

— Moi non plus. Je pense qu'on en a fini ici. Je te ramène chez toi.

Je l'aidai à se remettre sur pieds et, ignorant la douleur dans mes côtes, repris la route vers la ville.

Une fois seule dans la voiture, je soulevai mon chemisier et examinai les trois griffures qui lacéraient ma peau, suintant d'une substance gluante et vert foncé.

— Saloperie de sirènes.

CHAPITRE SIX

LA FOUDRE ME FRAPPAIT À RÉPÉTITION, ROUSSISSANT LA PEAU DE MON ventre et ouvrant un gouffre de douleur qui se propageait jusque dans mes os. J'étais couchée sur le sol, incapable de bouger et luttant pour respirer. Le brouillard sombre qui flottait autour de moi créait une pellicule humide sur mon épiderme, ajoutant à ma détresse.

Un autre éclair me frappa. J'ouvris la bouche et hurlai longuement, me déchaînant vers le ciel pour qu'il me laisse tranquille. Le son de ma respiration altéra mon environnement.

Le brouillard se dissolut et je clignai des yeux en direction du plafond. Tout me faisait mal. Pas uniquement l'endroit où la sirène m'avait griffé, partout. Mes habits trempés de sueur se collaient à moi tandis que je me redressais, me démêlant des draps humides.

L'horloge sur la table de nuit montrait que mon réveil avait sonné plus d'une heure auparavant. J'étais en retard pour l'école, mais je m'en fichais un peu.

Au prix d'un effort, je me levai et descendis lourdement l'escalier, progressant jusqu'à la salle de bain. Je m'attendais à ce que mon reflet soit fidèle à ce que je ressentais. Mis à part le fait que j'étais toute transpirante, j'avais une mine acceptable. Je tournai le robinet d'eau froide et bus une grande gorgée. Elle m'aida à calmer la chaleur qui semblait me brûler de l'intérieur. En revanche, elle ne fit rien pour atténuer ma sueur. Comme j'avais besoin de me rafraîchir et de me nettoyer, j'allumai la douche et me déshabillai.

Avant de me mettre sous le jet, j'inspectai mes griffures dans le miroir.

Les longues entailles dégoulinantes de la veille avaient complètement disparu. Je posai une main sur ma peau sans défaut en me demandant ce que cela signifiait. Je n'avais jamais guéri de cette façon par le passé. Les quelques hématomes que j'avais reçus au fil des ans s'étaient résorbés assez normalement d'après mes souvenirs. Je n'en avais pas eu souvent, cela dit, et je ne m'étais jamais cassé d'os ni éraflé la peau. J'avais toujours cru être naturellement résistante.

Je pris mon temps pour me laver et encore plus pour m'habiller. Quand je récupérai enfin mon téléphone, la matinée était bien avancée. J'avais reçu sept messages inquiets d'Eliana, qui me demandait où j'étais parce qu'elle avait entendu parler de l'attaque de la sirène. J'en avais un autre d'Oanen qui ne remontait pas à cinq minutes. Il disait simplement : *Je te retrouve tout à l'heure.*

Ce message me remplit de chaleur. Incapable de retenir mon sourire, je sortis par-derrière et me campai au milieu du jardin, observant le ciel.

Oanen ne me déçut pas. Dès que je le repérai, il sembla m'apercevoir également. Il replia les ailes et plongea vivement, les rouvrant au dernier moment pour atterrir tout en se transformant. Cette impressionnante démonstration de pouvoir fit tambouriner mon cœur. En voyant la peau nue de... toute sa personne, je sentis mes genoux flageoler. Je pouvais tout juste m'empêcher de baver quand il avança vers moi.

— Tu vas bien ? demanda-t-il.

— Je vais bien maintenant.

Il m'attira dans ses bras et me serra contre lui. La pression brève de ses lèvres sur ma tempe me réchauffa de l'intérieur et j'essayai de ne pas penser à ce qu'il arrivait si facilement à déclencher en moi.

— Si tu voulais prendre une journée, tu aurais dû me le dire. Je t'aurais tenu compagnie, dit-il.

— Je n'ai pas fait exprès. Promis. J'ai eu une panne de réveil et j'ai mis du temps à me préparer. Je viens à peine de lire tous vos messages.

— Je n'en ai envoyé qu'un.

Il me relâcha et je reculai rapidement, créant assez d'espace pour garder mes mains hors de portée.

— Oui, eh bien, Eliana en a envoyé sept, répliquai-je en souriant. Je pense qu'il y a des vêtements de rechange dans la chambre d'amis si tu veux rester déjeuner.

Il s'habilla et nous mangeâmes rapidement le repas que j'avais préparé en attendant. Il monta ensuite avec moi en voiture jusqu'à l'école.

— Est-ce qu'on guérit tous facilement de nos blessures ? demandai-je juste avant d'atteindre la ville.

— Pas nécessairement. Cela dépend souvent du type de blessure.

J'émis un grognement évasif. D'abord mes yeux, et maintenant une cicatrisation étrange ?

— Qu'y a-t-il, Megan ? Il est arrivé quelque chose quand tu es allée au lac ?

— Oui. Un poisson avec une sale attitude m'a griffée. Ça m'a fait un mal de chien et ça suintait un truc vert foncé gluant. Et ce matin, tout avait disparu. Complètement.

— Arrête-toi.

Ses paroles étaient plus sèches et austères que d'habitude. Je lui jetai un coup d'œil rapide. Il avait l'air énervé et il se contrôlait à peine.

— S'il te plaît, ne joue pas les griffons dans la voiture, lançai-je. J'aimerais être capable de conduire correctement.

Je ralentis doucement et me garai sur le bas-côté. Quand je m'arrêtai, cependant, il ne descendit pas.

— Montre-moi, demanda-t-il.

— Quoi ?

— Montre-moi où tu as été blessée.

Je ne pus retenir le sourire stupide qui dansait sur mes lèvres en soulevant mon t-shirt.

— Est-ce que je me suis vraiment arrêtée parce que tu t'inquiétais pour moi ?

Ses yeux restaient rivés sur la peau impeccable de mon ventre.

— Oui.

Il était si prévenant que mon sourire redoubla.

— J'aime bien ça.

Enfin, il leva son regard pour croiser le mien.

— Pas moi, dit-il.

Il tendit la main et passa les doigts sur ma peau. Ma gaieté s'envola, chassée par la chaleur de sa caresse et l'intensité de son regard.

— Je n'aime pas la position dans laquelle te place le Conseil.

— Tes parents et Adira ? Ce n'est pas pire que la position dans laquelle ils ont mis Ashlyn. Que serait-il arrivé si je n'avais pas plongé après elle ?

— Elle serait probablement morte.

— Exactement.

Je tirai sur mon t-shirt, délogeant sa main.

— J'ai besoin que tu sois de mon côté à ce sujet, Oanen. La vision qu'Uttira a des humains doit changer.

Je repris la route.

— Je suis de ton côté, répondit-il. Je suis toujours de ton côté.

La torture des trois heures ennuyeuses à la bibliothèque n'avait pas été suffisante pour réveiller mon enthousiasme à la perspective de retrouver Eliana au Roost ce soir-là. Mais étant donné que je n'avais pas passé de vrais moments avec elle de toute la semaine, je me forçai à enfiler la robe qu'elle m'avait donnée à l'école et me brossai les cheveux.

La robe me paraissait un pas en avant, comparée à la précédente. La jupe fluide retombait avec goût au-dessus du genou et le col simple et rond n'exposait qu'un léger décolleté. C'était le dos qui en mettait plein la vue. Le tissu en dentelle noire transparente commençait sous la nuque et continuait juste à la naissance du galbe de mes fesses. C'était une robe avec laquelle on ne pouvait pas mettre de soutien-gorge. Je jouai le jeu et restai nue sous ma tenue, sachant que cela plairait à Eliana.

Le trajet jusqu'au Roost ne prit pas longtemps. Quand je sortis de la voiture, la musique vrombissait comme à son habitude.

— Cette ville a vraiment besoin de se diversifier pour ce qui est des options de soirée, marmonnai-je en regardant les portes rouges.

Je n'avais absolument pas envie d'y aller. Si je me fiais aux voitures alignées dans la rue, la boîte devait être bondée. Ce qui signifiait qu'il y avait encore plus de gens que d'habitude. Ce qui signifiait plus de probabilités de péter un câble. Et avec ma chance, Oanen se pointerait forcément à un moment donné pour être le témoin de ma fureur. C'était mignon de le voir contrarié et protecteur. Mais me voir mettre en sang le visage de quelqu'un, en revanche, ça ne l'était pas du tout. Pourtant parfaitement consciente de tout cela, je m'approchai et ouvris ces satanées portes. Quelque chose ne tournait clairement pas rond chez moi.

La musique me percuta comme une onde de choc au moment d'entrer.

Ce soir, le Roost semblait particulièrement populaire. Les gens occupaient la piste de danse, des tables jusqu'aux portes. On aurait dit que tout le corps étudiant de Girderon était venu. Les plus téméraires étaient sur la scène, s'embrassant publiquement sous les voix sensuelles des sirènes aux micros.

— Parfait.

On me rentra dedans lorsque je tentai de contourner la piste de danse bondée. Je me fichais des coups, c'était le côté répétitif qui m'oppressait.

Parmi le chaos, je repérai Fenris et son troupeau de filles. Son regard croisa le mien et il sourit. Je levai le bras pour le saluer en retour, mais ma main ne parvint pas à monter plus haut que ma tête. Le sourire de Fenris s'agrandit au moment précis où des doigts se nouèrent autour des miens. Avant que je puisse donner un coup de coude à l'importun, un bras m'encercla la taille, m'ancrant contre un torse dur qui m'était familier.

Je posai ma tête sur l'épaule d'Oanen et levai le nez vers ses beaux yeux.

Sa poigne se relâcha et descendit le long de mon bras. Je frissonnai à la sensation et fermai les paupières. Il sembla faire dix degrés de plus dans la pièce depuis qu'il avait surgi à mes côtés.

— Danse avec moi, murmura-t-il à mon oreille.

J'ouvris les yeux lorsqu'il me retourna dans ses bras, me tenant près de lui. Nous nous balançâmes sous la musique et je me perdis dans la sensation de sa présence : le contact de ses mains au bas de mon dos, sa chemise sous mes paumes, le frôlement de ses hanches contre les miennes.

La chaleur s'accumula en moi, tourbillonnant et virevoltant. Oanen m'observait de près et j'en faisais de même.

Incapable de résister plus longtemps, je levai les yeux vers lui. Le plus infime sourire se dessina sur sa bouche et il pencha la tête. Son souffle me frôla les lèvres tandis que ses doigts suivaient la dentelle où mon soutien-gorge aurait dû se trouver. L'anticipation bouillonnait en moi lorsqu'il remonta la main vers le creux de ma nuque.

Le premier contact de sa bouche sur la mienne me coupa le

souffle. Il avait le goût de l'espoir et de la maison. Comme l'air et la liberté. Il avait ce goût qui affirmait qu'il était mien et que j'étais sienne.

Je m'agrippai à son épaule, me pressant contre lui sans laisser une poussière nous séparer. Il gémit et sa langue balaya la mienne, emportant, demandant et gonflant les flammes du désir qui rugissait encore plus fort en moi.

Une légère odeur de fumée parvint à mes narines et je mis fin au baiser.

— Pas encore, dit-il avant de prendre à nouveau mes lèvres.

Le second baiser vola mon envie de réfléchir ou de m'inquiéter. Oanen me contrôlait à chaque caresse de sa langue. Telle une marionnette, je répondis à chaque fil tiré tout en oscillant contre lui.

Quand il gronda et recula enfin, il me fallut cligner plusieurs fois des paupières pour laisser la réalité reprendre le dessus. Le son de la musique. Les voix qui parlaient et riaient. L'odeur d'une matière carbonisée.

Mon regard tomba sur ma main qui touchait toujours sa chemise. Lorsque je levai ma paume, je vis une trace brune et sombre sur le pourtour de ma main.

Oanen me prit par le menton et inclina ma tête en arrière jusqu'à ce que je croise son regard.

— Je vais bien, dit-il, ses mots presque inaudibles sous le tambourinement de la musique.

— Pas moi.

Quand j'essayai de lui échapper, il ne me laissa pas faire. Il entoura fermement les bras autour de ma taille et se pencha pour caler sa joue sur le côté de ma tête. Cette position ramena ses lèvres plus près de mon oreille.

— Tu vas bien, dit-il. Tu as peur, c'est tout. Il ne faut pas. Pas quand nous sommes ensemble.

C'était exactement la racine de mes peurs. Être ensemble.

Je levai le bras entre nous et décalai sa chemise, suffisamment pour voir la marque rouge de ma main. Cette fois, j'avais provoqué une boursouflure sur sa peau, en plein milieu, là où j'avais posé ma paume. Être avec lui de la façon dont il voulait ne semblait que lui causer du mal. Nous nous voilions la face tous les deux en croyant que tout cela pouvait finir autrement qu'avec la calcination de son corps.

Penchant la tête en arrière, je le regardai.

— Je pense que c'est une erreur.

Ses doigts pressèrent plus fermement mon dos.

— Je sais que ça n'en est pas une.

J'avais envie de le croire. Il semblait si confiant, si convaincu que ce qui naissait entre nous fonctionnerait. J'avais plus de jugeote. La vie ne nous donnerait pas ce que nous voulions. Pourquoi cela arriverait-il ? Je n'avais jamais eu de chance.

— J'apprécie ton optimisme, mais je pense qu'il faut regarder la réalité en face. Je t'ai brûlé deux fois juste en…

Des cris et des hurlements éclatèrent dans mon dos. Une onde d'exaspération remonta le long de ma colonne vertébrale et je me tournai vers les tables du fond. Un fil invisible m'attirait là-bas. Je me frayai un chemin à travers la foule, remarquant à peine Oanen qui tendait les bras pour empêcher quelques incubes de m'agripper en passant.

En fond de salle, un groupe affluait autour de la banquette où Ashlyn s'assoyait habituellement. Inquiète, je jouai des coudes pour passer.

— Bouge, putain ! criai-je à un garçon dégingandé.

Il se retourna pour me jeter un œil mauvais, mais s'arrêta net en regardant par-dessus mon épaule.

— Salut, Oanen, dit-il en s'écartant.

Sans leur prêter attention, je me concentrai sur la cause de cette agitation. Deux garçons retenaient Kelsey pour l'empêcher d'en attaquer un autre qui embrassait sa petite sœur Zoé à pleine bouche. Les doigts de la jeune fille étaient crispés dans les cheveux du type.

Au début, je crus que c'était sous l'effet de la passion, puis je perçus ses larmes et ses joues pâles. Si Zoé avait eu l'air de s'amuser, j'aurais tourné les talons. La voir embrassée de force, en revanche, réveilla ma rage, non seulement envers le garçon, mais aussi envers le Conseil. Kelsey et Zoé n'avaient pas encore à « travailler » au Roost.

Je me précipitai vers eux, saisissant l'épaule de l'incube pour l'arracher à son trophée.

Il me sourit.

— Ton tour viendra quand j'en aurai fini avec ces deux-là, dit-il.

Je le frappai en plein sur ses lèvres toujours luisantes. Sa tête bascula sur le côté, sous le choc, et ses yeux s'obscurcirent. Zoé tenta de lui échapper, mais il resserra son emprise sur son bras.

— Je n'en ai pas fini avec toi, humaine. Pas tant que je n'aurai pas bu chaque goutte de cette passion que tu essaies désespérément de cacher.

— Oh, c'est bien fini, détrompe-toi, répliquai-je.

Il m'envoya un sifflement et tendit le bras pour caresser la poitrine de Zoé. La jeune fille geignit à son contact et je perdis les pédales.

— Touche-la à nouveau, vas-y, fais pencher la balance. Sois malveillant. Appartiens-moi.

Ma voix me parut étrange à mes propres oreilles. Furieuse. Impérieuse.

Le garçon devint livide et la relâcha. Ses amis qui retenaient Kelsey firent de même. Celle-ci prit sa sœur et la serra dans ses bras. Elles tremblaient toutes les deux, les joues baignées de larmes.

— Je ne suis pas malveillant, lança l'incube, réclamant mon attention. Elle a accepté de m'embrasser.

— Enfoiré ! hurla Kelsey. Tu l'as piégée !

— Chérie, ce n'est pas mon problème. Elle a accepté. C'est tout ce qui compte.

— Tu en es sûr ? demandai-je. Parce que si c'était vrai, ça ne me démangerait pas autant de te punir.

Il plissa les yeux.

— Si tu ne l'as pas déjà fait, furie, c'est parce que j'ai raison. Je ne suis pas malfaisant et tu n'as pas à m'affronter.

— Peut-être pas en tant que furie, mais en tant que nana furax, clairement.

Je m'en pris à nouveau à lui, cognant son joli visage encore et encore. Il me fallut plus d'efforts qu'avec un humain pour le faire saigner, mais cela ne me dérangeait pas de prendre mon temps pour bien faire les choses. Quand j'eus terminé, quelques minutes plus tard, il était joliment amoché.

— La prochaine fois, réfléchis aux conséquences avant de t'attaquer à un humain. Il y a toujours un monstre plus grand et plus mauvais que toi. Et ce monstre pourrait être offensé par tes actes.

— La même chose s'applique à toi, furie, répliqua le garçon en tournant la tête, crachant du sang sur le sol.

Quand il me regarda à nouveau, je lus des représailles dans ses yeux.

— Il pourrait bien y avoir des créatures plus puissantes que toi qui se sentiront offensées par ce que tu viens de me faire.

— Il me tarde de les écouter se plaindre.

Je lui tournai le dos et regardai Kelsey et Zoé.

— Je peux vous ramener chez vous ?

— Nous avons une voiture, mais nous ne pouvons pas encore partir. Adira nous a demandé de rester jusqu'à vingt heures.

— Et moi, je vous dis que vous avez fini. Si Adira a un problème avec ça, ce sera ma faute, pas la vôtre.

Kelsey acquiesça et s'avança sans lâcher Zoé.

— Nous allons vous raccompagner dehors et vous suivre jusque chez vous, dit Oanen dans mon dos.

Il ouvrit la marche et je suivis les deux filles. Personne d'autre ne les dérangea et tout le monde s'écarta du chemin d'Oanen.

Dehors, l'air frais de la nuit attira mon attention sur ma

température. Je n'avais pas réalisé à quel point j'étais devenue brûlante à l'intérieur.

— Merci de ton aide, Megan, dit Kelsey.

— Ne me remercie pas. Si je vous avais vraiment aidées, vous n'auriez pas été ici. Vous n'êtes à Uttira que depuis quelques jours. Pourquoi le Conseil vous fait-il déjà travailler au Roost ?

— On voulait savoir assez rapidement dans quoi on mettait les pieds.

— Vous auriez dû parler à Ashlyn dans ce cas. Elle aurait été capable de vous offrir une vision honnête de la vie des humains à Uttira.

— Ashlyn ? C'est une humaine comme nous ?

Je sentis mon humeur me titiller en songeant au fait que le Conseil ne les avait même pas présentées.

— C'est une humaine et elle n'est pas fan de cet endroit. Attends une seconde.

Je me tournai vers Oanen.

— Je peux utiliser ton téléphone ?

— Qu'est-il arrivé au tien ? demanda-t-il en me le tendant.

— Où veux-tu que je le planque avec une telle robe ? Je l'ai laissé dans la voiture.

Son regard balaya ma tenue et je savais qu'il ne pensait pas à mon portable. Essayant de l'ignorer, j'envoyai un rapide message à Ashlyn pour voir si elle était chez elle et avait du temps pour un peu de compagnie.

Le téléphone sonna immédiatement. C'était Eliana.

— Salut, nous sommes presque là. Que se passe-t-il ? demanda-t-elle.

Je sentis une pointe de culpabilité. Je n'avais même pas pensé à Eliana depuis mon arrivée et je n'avais clairement pas songé qu'Ashlyn viendrait au Roost de son plein gré pour une sortie.

— Les deux nouvelles se sont accrochées avec un incube. Je me disais qu'elles pourraient avoir une discussion franche avec Ashlyn avant de se lancer dans une nouvelle mission du Conseil.

Eliana resta silencieuse un moment.

— Est-ce qu'elles vont bien ?

— Oui. Juste un peu secouées.

— On arrive à peine.

L'appel fut coupé et je vis un clignotant s'actionner à côté d'une paire de phares qui descendaient la route.

Un instant plus tard, Eliana se gara et sortit de sa voiture. Ashlyn et elle portaient des robes simples et mignonnes, mais elles affichaient un air triste.

— Kelsey, Zoé, voici Ashlyn et Eliana.

— Salut, Ashlyn. Ravie de te revoir, Eliana, dit Kelsey.

— Que s'est-il passé ? demanda Ashlyn.

— Un type a piégé Zoé pour qu'elle l'embrasse devant tout le monde. Puis quelques autres gars sont arrivés en annonçant qu'ils seraient les suivants. J'ai essayé de les stopper, mais chaque fois que je les regardais dans les yeux, j'oubliais ce que je faisais. Il n'a même pas arrêté lorsque Zoé a commencé à pleurer. Il disait que le sel de ses larmes donnait plus de saveur au baiser. Ensuite, Megan est arrivée avec les yeux brillants et elle lui a flanqué une rouste.

La rouste en question ne me semblait pas suffisante maintenant que j'avais entendu toute l'histoire. J'avais envie de retourner à l'intérieur et retrouver ce mec.

— Les yeux brillants ? demanda Eliana en me regardant.

— Ce n'est rien.

Je n'avais clairement pas envie de parler de mes transformations étranges pour l'instant.

— Kelsey et Zoé étaient ici parce qu'elles voulaient savoir ce que ça ferait si elles décidaient de rester vivre à Uttira.

La porte derrière nous s'ouvrit et l'incube qui avait tâté de mon poing sortit avec ses deux comparses. Son œil avait gonflé au point de se fermer et sa lèvre inférieure était bouffie sur le côté droit. Malgré ça, il sourit en voyant Eliana.

— Il était temps que tu arrives. Je t'ai chauffé la petite. De rien.

Avant que je puisse faire un pas, les mains d'Oanen se fixèrent sur mes épaules.

— Pars maintenant, Eras.

Les yeux du garçon se posèrent sur Oanen et ses doigts qui me retenaient.

— Je me fiche de l'influence de tes parents, dit-il. Je ne vais pas me recroqueviller et faire la révérence comme les autres débiles à l'intérieur. Nous sommes trois et cette furie ne peut rien faire si nous n'avons pas enfreint de règle.

La porte s'était ouverte durant son petit discours et un gloussement familier atteignit mes oreilles.

— On dirait que ton opinion ne l'a pas empêchée de t'amocher il y a quelques minutes.

L'incube recula et Fenris s'approcha de nous.

— Il se passe toujours des choses marrantes quand tu es là, Megan, dit-il avec un sourire.

— Je n'appellerais pas cette soirée « marrante », rétorquai-je.

Il fit un clin d'œil et reposa le regard sur les autres types.

— Tu n'es pas en position de continuer cette dispute. Rentre chez toi. Je suis sûr que ta mère te donnera un peu d'amour après avoir vu ta tête.

Le visage d'Eras rougit et ses yeux s'assombrirent. Je serrai les poings, plus que prête, en attendant qu'il bouge. Au lieu de me donner une nouvelle raison de le cogner, il tourna les talons et s'éloigna, emmenant sa clique avec lui.

— Vous retournez à l'intérieur ? demanda Fenris.

— Si Megan le veut, d'accord. Mais on devrait peut-être reporter notre soirée, répondit Ashlyn en posant les yeux sur Zoé, Kelsey et Eliana.

Cette dernière hocha la tête, un air coupable sur le visage.

— Je pense qu'on va tous passer notre tour ce soir, dis-je à Fenris.

Il soupira et acquiesça.

— Une prochaine fois.

Il retourna à l'intérieur.

— Je suis vraiment navrée que ce type t'ait embrassée, Zoé, dit doucement Eliana dès que la porte fut fermée.

Je comprenais tout à coup la culpabilité d'Eliana et me dégageai des mains d'Oanen pour la serrer contre moi.

— Tu n'y es pour rien, c'est eux. Et tu n'es pas comme eux, murmurai-je à son oreille.

Elle acquiesça.

— Allons chez moi, proposa Ashlyn. On pourrait regarder un film et parler d'Uttira.

Je libérai Eliana.

— Vous êtes invités également, Megan, Oanen, ajouta Ashlyn.

— Merci, mais je pense qu'il vaut mieux pour tout le monde que je rentre chez moi. Prenez Eliana avec vous. Si quelqu'un peut apprendre à Kelsey et Zoé comment résister aux créatures d'ici, c'est bien elle.

Cette dernière tenta de protester, mais Ashlyn la convainquit rapidement avec un regard suppliant. Les quatre s'éloignèrent, me laissant seule avec Oanen.

Je lui fis face en soupirant. La bagarre avait été une bonne distraction, toutefois elle n'avait pas effacé notre problème. Sa chemise était toujours ouverte et je pouvais voir les contours rouges d'une empreinte de main. Je savais qu'il ne voulait pas que je m'en inquiète. Que je prenne les choses comme elles venaient et prétende que rien ne s'était passé. Mais je ne le pouvais pas. Je l'avais blessé, exactement comme j'avais imaginé que cela arriverait.

Son regard croisa le mien et il tendit la main pour lisser mes cheveux.

— Je sais à quoi tu penses. Tu as tort. Cette brûlure n'est pas importante, tout comme celle d'avant n'était pas importante. Tout comme les futures.

La panique me frappa en plein sternum. Les futures ? Bon sang, non !

Il poussa un lourd soupir.

— Je vais te laisser t'enfuir et te cacher, mais seulement pour un temps.

Il se pencha et m'embrassa alors tendrement, créant en moi une chaleur familière. Cette fois, j'eus le bon sens de garder mes mains pour moi. De justesse.

Lorsqu'il recula, je faillis le suivre.

— Ne me fais pas trop attendre, dit-il.

Il me toucha une dernière fois puis retourna à l'intérieur.

CHAPITRE SEPT

Après dix heures de sommeil agité, je me réveillai à nouveau en sueur. Or cette fois, j'étais également irritable. Combien de fois allais-je devoir blesser Oanen pour me prouver que je n'étais pas bonne pour lui ? Je n'avais pas la réponse. Pas même après le petit déjeuner, ma longue douche ni mon marathon de séries de science-fiction.

Frustrée, j'errai dans la cuisine. Un coup sur la porte de derrière interrompit mon observation machinale du contenu du réfrigérateur. Je levai le nez et aperçus un visage qui me remonta un peu le moral. Au moins, suffisamment pour ouvrir sans afficher un air meurtrier.

— Salut, Fenris. Désolée pour hier soir.

— Pas besoin de t'excuser. Je me demandais simplement si tu voulais un peu de compagnie aujourd'hui.

Je me décalai pour le laisser passer.

— Tu essaies encore d'échapper à ton troupeau ?

Il sourit.

— Alors, quoi de neuf ? Mis à part hier soir, je ne t'ai pas vu de la semaine, lui dis-je.

— Rien de particulier. Des rassemblements et autres trucs de meute. Les actes d'Aubrey ont provoqué une enquête dans toute la meute.

— Une inquisition à l'espagnole ?

Je fermai la porte derrière lui et retournai vers le réfrigérateur.

— Non. Pas de prison ni de torture, sauf pour Aubrey.

— Tiens, que lui est-il arrivé ?

— Elle a été transférée dans une autre meute, où elle est gardée en isolement et n'a de contact qu'avec le chef. C'est un programme de reconditionnement.

Il demeura silencieux derrière moi.

— Qu'est-ce que tu espères trouver là-dedans ?

— De la bouffe miraculeuse qui réglera tous mes problèmes. Tu en connais ?

Il gloussa.

— Non. Mais j'ai entendu dire que parler de ses problèmes pouvait être utile. J'ai de grandes oreilles.

— Et de grands yeux et de grandes dents, je parie.

— Seulement pour les filles qui aiment porter du rouge.

Je fermai la porte du réfrigérateur et levai les yeux vers lui.

— Sérieux, raconte-moi ce qu'il se passe, dit-il gentiment.

— J'ai horreur de ne pas savoir ce que je suis vraiment ni ce dont je suis capable. D'accord, je suis une furie. Mais bordel, c'est quoi une furie ? Ma mère aurait pu au moins me rencarder avant de se faire la malle. Si je savais quelque chose sur moi, n'importe quoi, je ne flipperais peut-être pas autant.

— Flipper à propos de quoi ?

— J'ai brûlé Oanen à deux reprises sans le faire exprès et mes yeux commencent à briller lorsque je suis en colère ou que je... enfin, peu importe. J'ignore ce que c'est, mais brûler des gens ne peut pas être une bonne chose.

— Oanen t'en veut parce que tu l'as brûlé ?

— Non, dis-je en ricanant. Il n'arrête pas de me dire que ce n'est pas grave. Je ne sais pas ce qui doit se passer pour qu'il comprenne à quel point je peux être dangereuse. Mort par le feu ? Il est dingue s'il ne voit pas les risques.

Fenris m'examina un long moment avant de me serrer lentement dans une étreinte réconfortante. Je posai ma tête sur son épaule et poussai un long soupir. Je ne m'étais pas rendu compte à quel point j'avais besoin d'un câlin compatissant jusqu'à ce qu'il me le donne.

— Oanen n'est pas dingue, dit-il calmement. Je crois qu'aucun gars au monde refuserait de souffrir un peu pour la bonne fille.

— C'est bien ce qui me fait peur.

— Tu n'as aucune raison. Je te touche et je vais bien. Tu es chaude, mais pas suffisamment pour me brûler. Tu dois apprendre à te contrôler en présence d'Oanen également.

Je reculai et il me relâcha, le regard empli de compassion.

— Merci.

— Quand tu veux. Maintenant, si on commençait à faire à manger et si tu me parlais des autres choses qui te tracassent ?

— Pourquoi crois-tu qu'il y a autre chose ?

— Parce que tu as parlé de tous tes problèmes. Au pluriel. Alors, crache le morceau.

— Tu as juste envie que je te nourrisse.

Il couvrit son cœur d'une main en faisant mine d'être outré. En souriant, j'ouvris le réfrigérateur à nouveau et sortis ce dont j'avais besoin pour faire des hamburgers.

— Tu as raison. Je ne m'inquiète pas seulement de ce qui pourrait arriver à Oanen. Uttira me tape sur les nerfs. Je ne supporte pas la manière qu'ont les gens ici de traiter les humains.

Je lui tendis une tomate à découper et commençai à façonner la viande hachée.

— Peut-être est-ce parce que tu te considères encore comme une humaine, dit Fenris.

— Tu as en partie raison. Je sais que je ne suis pas comme eux, mais je n'ai pas l'impression d'être d'une espèce totalement différente. Et je ne vois pas comment les créatures peuvent considérer les humains aussi différents, alors que nous leur ressemblons tous. Pourquoi nos différences nous rendraient-elles supérieurs ?

— C'est une bonne question.

Je laissai la poêle chauffer avant d'y mettre les deux steaks.

— Tu vois, c'est de ça que je parle. Il n'y a pas de raison valable. Les humains sont traités ainsi parce qu'ils l'ont toujours été. Tu as vu ce qui est arrivé à Zoé. Si tu avais une petite sœur, aimerais-tu qu'un type joue les pervers avec elle comme ça ?

— Non.

— Et tu as remarqué que je n'ai pas mentionné d'espèce spécialement dévoyée en parlant de ta prétendue sœur. Tu sais pourquoi ? Parce que je sais que ça n'avait pas d'importance. Personne ne veut être traité comme ça, point à la ligne.

— Alors, que vas-tu faire à ce sujet ? demanda-t-il, prenant deux assiettes dans le placard.

— Le comportement d'Uttira envers les humains commence par le Conseil. Les règles doivent évoluer pour que les perceptions changent.

— Quelles règles ?

— Déjà, celle qui stipule que les humains doivent servir volontairement d'appât pour toutes les créatures d'Uttira. Je comprends bien qu'elles aient besoin d'apprendre, mais elles ne sont pas obligées de mettre la vie des humains en danger. Pourquoi ne pas les faire venir à l'académie en même temps que nous ? Ils seraient dans un environnement plus protégé là-bas. Ashlyn se sent tellement mise à l'écart et a tellement peur pour sa sécurité qu'elle ne quitte pas sa maison. Et le Conseil encourage ce comportement en lui faisant livrer tout ce dont elle a besoin. Ashlyn devrait être capable de faire les courses si elle en a envie, sans s'inquiéter que quelqu'un la mange.

Je glissai les deux steaks sur les petits pains que Fenris avait mis place, puis apportai les assiettes sur la table. Tandis que nous mangions, je vidai mon sac et il écouta. Il n'approuvait pas, ne condamnait pas, il écoutait tout simplement. Quand nous eûmes terminé, il m'aida avec la vaisselle.

— Merci de m'avoir écoutée, dis-je. Tu as raison. Je me sens un peu mieux.

Il rangea l'assiette et me lança son éternel sourire puéril.

— Quand tu veux. Tant que tu me donnes à manger.

Je le serrai dans mes bras, reconnaissante d'avoir un ami. Je pris conscience que la présence d'Eliana me manquait. Il fallait absolument que je l'appelle et...

La porte s'ouvrit derrière moi. Je m'écartai de Fenris et me tournai pour voir qui était entré.

Oanen se tenait dans la cuisine. La stupeur traversa brièvement son visage avant que toute expression disparaisse. La seule chose qui exprimait ce qu'il ressentait était un tressautement du muscle de sa mâchoire.

Avant que je puisse dire quoi que ce soit, il tourna les talons et sortit. Je m'élançai à sa poursuite, atteignant le porche au moment où des ailes commençaient à se déployer dans son dos.

— Tu n'as pas intérêt à t'envoler avant d'entendre mon explication, lançai-je.

Les ailes se replièrent et sa peau les absorba. Cependant, il ne se tourna pas vers moi. Au lieu de ça, je fixai du regard ses fesses nues.

— Je pense que ce que j'ai vu est assez éloquent.

— Ce que tu as vu, c'est un câlin entre deux amis.

La porte d'entrée s'ouvrit et se referma. Je savais qu'Oanen l'avait entendue, lui aussi, parce qu'il serra les poings. Je descendis du porche, reconnaissante que Fenris soit parti et m'ait laissé l'intimité dont j'avais besoin pour parler à Oanen.

— C'est ça. Des amis.

— Des amis, Oanen. Utilise tes maudites oreilles. Est-ce que Fenris fait accélérer mon cœur ? Est-ce qu'il me fait chauffer au point de le brûler ? Non.

Ses poings restaient serrés, alimentant ma colère déjà ardente. J'avançai jusqu'à me tenir juste derrière lui.

— Étant donné mon humeur avec la plupart des gens, je sais qu'il est difficile d'imaginer que je puisse avoir grand besoin d'amis. Et pourtant, si. Trouver quelqu'un qui ne me fout pas en rogne, c'est incroyablement rare. Et c'est exactement pour ça que j'ai besoin de garder ceux que j'ai, filles ou garçons. Ta jalousie n'a rien d'adorable. Elle me rend folle. Soit tu me fais confiance, soit tu peux t'envoler.

Il pencha la tête un moment avant de se tourner.

— Te voir dans les bras de quelqu'un d'autre me fait plus de mal que n'importe quelle brûlure que tu pourrais m'infliger.

— Car tu donnes à ce geste une signification qui n'est pas ce qu'elle est. Je me sens déjà dans une prison ici. Ne m'enferme pas encore plus parce que tu es jaloux.

— Je ne peux pas changer ce que je ressens.

Je fermai rapidement les yeux, luttant pour maîtriser ma fureur.

— Tu peux changer en me faisant confiance. Ce que je ressens pour toi, je ne l'ai jamais et ne le ressentirai jamais pour quelqu'un d'autre. C'est toi qui choisis de ne pas me faire confiance.

Je lui lançai un regard furibond. La vue de son visage rouge de colère me fit basculer.

Lorsque j'ouvris la bouche, ce n'était pas ma voix qui fit écho autour de nous, mais celle de ma furie.

— Pars maintenant, Oanen Allister Quill, avant que j'arrache ces ailes de ton dos.

Celles-ci jaillirent et s'enroulèrent autour de moi en même temps que ses bras.

— Prends-les, dit-il avec passion contre mon oreille. Elles sont à toi, comme mon cœur.

Ses paroles pénétrèrent la rage qui bouillonnait dans mon esprit.

— Je suis désolé d'avoir douté de toi, Megan. Je ne ferai plus cette erreur.

J'expirai lentement, soulagée, et l'étreignis en retour. Il grimaça un peu et je reculai immédiatement. Je ne fus qu'à ce moment que je remarquai l'odeur âcre de plumes brûlées et d'herbe calcinée.

Toutes les choses que j'avais bloquées à cause de mon accès de colère me frappèrent durement d'un seul coup. Je reculai d'un pas tremblant en voyant ses ailes roussies et les cloques sur son torse et ses bras. Son visage n'était pas rouge de colère, il était rougi par le feu. Chaque pas en arrière craquait sous mes pieds tandis que je quittais le cercle d'herbes noircies autour de nous. C'était moi qui avais fait ça. Tout ça.

— Tout va bien, Megan, dit-il sans essayer de me suivre. Je vais bien. Respire. Voilà, respire.

Je me rendis compte que je haletais, cherchant de l'oxygène, et je m'arrêtai de marcher pour poser les mains sur mes genoux. Je me forçai à prendre plusieurs inspirations lentes et profondes. Je m'étais mise à trembler. Qu'est-ce qui clochait chez moi, bordel ? Qui se mettait aussi en colère à cause d'un petit ami jaloux ?

— J'aurais dû te faire croire que ce câlin était plus que ce qu'il était, dis-je. Tu aurais été en sécurité.

Une main se posa sur ma tête.

— Je suis content que tu ne l'aies pas fait.

Je continuai à respirer tandis qu'il passait ses doigts dans mes cheveux. Après quelques minutes, le tremblement cessa.

— Ça ne peut plus durer, déclarai-je. J'ai besoin de réponses.

— Laisse-moi entrer pour récupérer un pantalon, ensuite nous irons chez mes parents.

J'acquiesçai sans lever le nez.

Un moment plus tard, la porte du porche claquait. Je me redressai et regardai les dégâts que j'avais causés. Des traces carbonisées en forme d'empreintes de pas partaient de la porte de derrière et disparaissaient dans le cercle de pelouse noircie. Les bords fumaient toujours et des volutes de fumée continuaient à s'élever dans les airs. Au milieu du cercle, des marques d'herbe écrasée vert foncé, de la forme des pieds d'Oanen, restaient intactes.

Me détournant du jardin ravagé, je marchai vers la maison. De l'eau coulait dans la salle de bain. En attendant qu'Oanen réapparaisse, je terminai de ranger la cuisine. Lorsque la porte de la salle de bain s'ouvrit, j'étais assise à la table.

Oanen entra dans la cuisine. Il ne portait pas de jean, mais un short ample. J'ignorais qu'il en avait laissé un ici. Je comprenais son choix, cependant. Toute sa peau exposée avait l'air bien trop rouge. Une partie avait formé des cloques. Une autre avait noirci et pelait déjà.

Je déglutis difficilement et détournai le regard, aux prises avec ma culpabilité.

— Toutes les brûlures du monde ne se rapprocheront pas de la douleur que j'ai ressentie quand j'ai cru t'avoir perdue, dit-il.

Je secouai la tête, incapable de parler. Il traversa la pièce et se campa devant moi. Sans un mot, il tendit la main. Je savais qu'il ne s'agissait pas uniquement de m'aider à me lever. Il demandait que je lui fasse confiance, tout comme je le lui avais demandé. Je lui faisais confiance. Mais pouvais-je me faire confiance à moi ? Oanen et Fenris pensaient que je le devrais. Pourtant, sa paume boursouflée tendue vers moi criait le contraire.

Je levai les yeux.

— Pourquoi moi ?

Il m'examina un long moment, puis ses lèvres frémirent.

— Parce que tu as attiré mon attention alors qu'aucune autre ne le pouvait.

— Je t'ai frappé en plein visage.

— En effet. Et après ça, je ne pouvais plus détourner le regard. C'est toi, Megan. Ça l'a toujours été.

Il replia les doigts, attirant mes yeux sur la main qu'il tendait encore. Le cœur douloureux, je la pris doucement et me levai. En regardant ses beaux yeux bleus, je sentis que je commençais à pleurer. Notre fascination l'un pour l'autre allait causer sa perte.

— Ne fais pas ça, dit-il en s'avançant dans mon espace.

Il relâcha ma main et me prit le visage en coupe. Son pouce chassa la larme qui s'étalait sur ma joue.

Ses lèvres se posèrent délicatement sur les miennes, une légère caresse d'angoisse partagée.

— Nous allons réussir à traverser ça. Je te le promets, murmura-t-il contre mes lèvres.

J'acquiesçai et reculai, trop terrifiée à l'idée de le blesser par accident.

— Je te ramène chez toi, lui dis-je.

Il me suivit à l'extérieur. Au lieu de le laisser ouvrir la portière, je pris les devants et l'observai attentivement se mettre à l'aise dans l'habitacle. Il dissimulait bien sa douleur, mais je la devinais à sa posture crispée et à son visage impassible.

Je tentai d'en faire de même en m'installant derrière le volant, désireuse de chasser toute trace d'inquiétude de mon visage. Quand il tendit la main et la posa sur ma cuisse, je sus que je ne faisais pas un aussi bon travail que lui pour dissimuler mes sentiments.

— Que vont penser tes parents ? demandai-je une fois que nous fûmes sur la route.

— Avec un peu chance, qu'il est grand temps de nous dire ce qu'ils savent des furies.

Comme je ne voulais pas tuer son espoir avec mes doutes, je ne répondis rien et le reste du trajet se fit en silence.

Les Quill nous attendaient tous deux devant la porte lorsque j'arrivai. Je garai la voiture et sortis rapidement pour aider Oanen, mais il ouvrit sa portière et se leva avant que je puisse le rejoindre. Le visage de sa mère pâlit en le voyant et son regard se posa immédiatement sur moi. Je me sentis chauffer dans une nouvelle bouffée de colère. Rien de tout cela ne serait arrivé si Adira m'avait simplement expliqué ce que j'étais.

Oanen tendit le bras et entrecroisa ses doigts aux miens. M'incitant doucement, il me guida jusqu'à ses parents.

— Tu as du sang sur la joue. Est-ce que ça va, Megan ? s'enquit sa mère.

Je fronçai les sourcils en m'essuyant. Je me demandais pourquoi elle s'occupait de moi et non pas de son fils.

— Elle va bien, maman. Elle a pleuré, répondit ce dernier.

— Des larmes de sang ? Déjà ? s'étonna-t-elle d'un air inquiet.

Mon regard se riva sur elle.

— Vous saviez que je pleurerais du sang ? Que savez-vous d'autre ?

Elle secouait déjà la tête.

— S'il vous plaît, suppliai-je. Regardez Oanen. Je ne veux plus lui faire ça.

Son regard compatissant resta un moment fixé sur le mien, puis elle nous fit signe d'entrer.

— Parlons à l'intérieur, dit son mari.

Oanen attendit que je passe en premier, puis resta en retrait avec son père, que j'entendis dire :

— À quel point les ailes sont-elles endommagées ?

Il ne répondit pas.

— Allons dans le bureau, le temps qu'Oanen se nettoie, dit sa mère.

Je n'entendis pas de bruits de pas derrière moi dans les escaliers et quand je me retournai, il n'y avait plus de trace d'Oanen ni de son père.

— Ça va aller, dit doucement madame Quill.

— Cette fois, peut-être, répliquai-je en continuant à monter. Mais la prochaine ?

— Es-tu certaine que ça arrivera à nouveau ?

— Étant donné que je n'ai aucune idée de ce qu'il se passe, cela signifie que je ne contrôle rien. Je n'ai aucun espoir d'empêcher cela. Et Oanen refuse de se tenir à distance. Alors, oui, je suis presque sûre qu'il y aura une prochaine fois.

J'entrai en premier dans le bureau et je m'arrêtai net en voyant qu'Adira s'y trouvait déjà.

— Tu n'as raison qu'en partie, dit-elle. Tu sais ce qui arrive. Tes pouvoirs de furie sont en train de naître. Tu pleures du sang, tu peux générer assez de chaleur pour brûler les choses ou les gens. Et tu es incapable de te contrôler. Pour l'instant. Cependant, ce manque de contrôle n'a aucun rapport avec ton manque de connaissance sur ce que tu deviendras. Tu ne te maîtrises pas parce que tu ne passes pas assez de temps à apprendre qui tu es maintenant.

Je la dévisageai pendant quelques secondes. De l'agacement rampait sous ma peau, mais pas de rage. Pas encore.

— Vous savez, pour une conseillère d'orientation, vous n'orientez pas beaucoup. Je n'ai pas besoin d'entendre vos balivernes pour l'instant. J'ai besoin de votre aide. Et si vous ne voulez pas me la fournir, très bien. Laissez-moi m'en aller d'ici que je puisse retrouver ma mère. Elle me doit des explications.

— Je suis navrée, mais c'est impossible. Tu ne peux pas partir sans ta marque. Et tu ne la gagneras pas tant que tu n'auras pas appris à gérer ta colère.

— Vous savez quoi ? Toutes vos histoires de « vous êtes ici pour apprendre à vous maîtriser et à vous mêler aux humains », ce n'est qu'un ramassis de conneries. Je n'ai carrément pas l'impression que l'on m'inculque quoi que ce soit. Tout ce que je vois comme enseignement ici, c'est la manière de chasser les humains avec succès sans se faire attraper. Ce n'est pas du contrôle, ce n'est pas se mêler aux autres. Vous feriez mieux d'examiner de plus près votre académie toute puissante et voir ce qu'elle est vraiment. Un terrain d'entraînement pour la prochaine génération de prédateurs. Vous voulez coexister en paix ? Commencez à traiter les humains comme s'ils avaient le droit d'exister tout autant que vous. Et arrêtez de cacher la vérité à tout le monde.

— Que voudrais-tu que nous fassions ? demanda la mère d'Oanen.

— Commencez par me donner des réponses. Ensuite, débarrassez-vous des tâches assignées aux humains. Elles les rabaissent aux yeux des résidents d'Uttira. Nous devons arrêter de les considérer comme inférieurs, sinon vous aurez un autre incident comme celui de Trammer entre les mains.

— Sans l'opportunité de s'exercer, comment nos jeunes peuvent-ils apprendre à contrôler leurs pulsions ? demanda Adira, ignorant complètement ma demande d'informations.

— Ce n'est pas mon problème.

Je me tournai alors vers madame Quill.

— Dites à Oanen que je l'appellerai plus tard.

Je m'avançai vers la porte.

— Honnêtement, as-tu l'impression de n'avoir appris aucun contrôle depuis que tu es arrivée ici ? demanda Adira.

— Non. Si j'étais dans une ville bondée, j'aurais tout autant envie de cogner quelqu'un qu'auparavant.

— Peut-être devrions-nous tester cela.

CHAPITRE HUIT

Bonne chance pour ce soir. Appelle-moi quand tu seras rentrée.

Je fixai le message d'Oanen pendant une nouvelle seconde avant d'éteindre mon téléphone et de le glisser dans ma veste. La culpabilité continuait à me tourmenter. J'avais besoin de comprendre ce qu'il se passait. La clé de tout cela, c'était ma mère. Et la clé pour joindre ma mère était de contrôler mon tempérament durant une excursion avec Adira. Pas de problème. Tu parles. J'étais carrément foutue.

Pile à l'heure, le scintillement du portail d'Adira apparut sur la terrasse de derrière. Je sortis juste avant qu'elle n'entre.

— Tu es prête ? demanda-t-elle.

— Oui.

— Voyons à quel point tu parviens à maîtriser ta colère, alors. Allons-y.

Le portail miroitait et vacillait toujours derrière elle quand elle tendit la main. Mon estomac se tordit dès que nos doigts entrèrent en contact. La magie du portail m'entoura tandis qu'elle me tirait vers elle. Un instant, j'étais dans mon jardin, et le suivant, nous nous trouvions dans une rue en pleine ville.

Je sus que j'étais fichue dès ma première inspiration. Des vagues d'agitation rampaient sous ma peau. Même si Adira et moi étions seules, je pouvais sentir les gens autour de nous. Uniquement les personnes malveillantes. Et elles n'étaient que moyennement mauvaises.

— Comment te sens-tu, Megan ? demanda-t-elle en m'observant de près.

— Agacée. Qu'est-il arrivé à toutes les personnes convenables de cette planète ?

Elle sourit légèrement.

— Nous sommes arrivés. De nombreuses créatures façonnées par les dieux l'ont été pour corrompre la perfection de l'humanité.

— N'importe quoi. Je n'y crois pas. Les humains seraient nés purs, et pas nous ? Parce que, c'est bien ce que vous prétendez, n'est-ce pas ? Que nous sommes nés pour remplir le but que les dieux nous ont assigné, et que les humains ont le droit de gambader tranquillement comme un troupeau de chèvres, sans être responsables de leurs actes ? Non, Ashlyn a prouvé que les humains ont le choix. Ils peuvent choisir d'ignorer ces influences corruptrices.

— Ce qui signifierait que nous aussi, nous pouvons choisir d'ignorer ces buts et ces instincts.

Bon sang, elle était douée.

— Ce qui m'amène à ce moment. Très bien. Je vais essayer d'ignorer les miens.

— Nous verrons. Allons trouver notre premier candidat.

Elle commença à descendre la rue d'un pas rapide et je me dépêchai pour parvenir à la suivre. Elle n'avait pas choisi le meilleur des quartiers. Des bennes à ordures étaient alignées devant des quais de chargement et des portes de service. La puanteur de la pourriture prenait le pas sur la faible odeur de nourriture fraîche que l'on cuisinait quelque part.

Un mouvement près d'une des poubelles me fit sursauter. Pas Adira. Elle marcha droit vers la silhouette recroquevillée dans les ténèbres.

— Eugène, j'aimerais te présenter Megan. Elle vient de la même ville que moi.

Elle restait à plusieurs pas du garçon.

— Salut, Megan.

La voix était jeune, mais basse. Presque léthargique.

Je dépassai Adira, essayant d'y voir plus clair. La forme semblait petite, roulée en position fœtale.

— Est-ce que ça va ? demandai-je.

— Je tente de dormir par terre près d'une benne qui fuit et qu'aucune personne saine d'esprit ne voudrait approcher. Je vais super bien.

Je sentis quelque chose sous ma peau. Cependant, c'était léger et facile à ignorer en comparaison avec les signaux provenant des autres personnes plus loin dans la ruelle.

— Tu n'as rien à faire ici, dis-je.

— Où je dois aller, alors ? répondit-il.

— Où sont tes parents ? Ta famille ?

— Je n'en sais rien. Quand je suis parti, ils étaient défoncés. Lorsque je suis revenu le lendemain matin, il y avait un avis d'expulsion sur la porte et mes parents modèles avaient disparu.

— J'aimerais t'offrir un vrai foyer, Eugène, dit Adira derrière moi. Un vrai lit. Trois repas par jour. Une chance de retourner à l'école.

Le garçon se redressa suffisamment pour nous regarder, ses yeux marron foncé se réveillant soudain, vifs d'intérêt. Malnutri et sale, avec quelques poils sombres sur le menton, il avait l'air d'avoir environ mon âge.

Je détestais cela. Quel genre de choix Adira lui donnait-elle vraiment ?

— C'est quoi le piège ? demanda-t-il.

— Tu quitteras ta vie actuelle pour être coincé à jamais dans un monde dont tu aurais souhaité ne jamais connaître l'existence, répliquai-je avant qu'elle puisse passer sous silence la vérité de ce qui se produirait.

— Donc, vous me demandez de choisir entre la pilule rouge et la pilule bleue ?

Il ricana et se leva.

— La vérité a semblé convenir à Neo.

— Euh, il meurt à la fin du troisième film, non ? rétorquai-je en me disant qu'il passait à côté du message principal.

Eugène haussa les épaules.

— Si je reste ici, je n'aurai pas une longue vie de toute façon. Donnez-moi la pilule de la réalité, patronne.

— Des objections ? demanda Adira en me regardant.

Je soupirai.

— Il n'y a rien de vraiment malfaisant chez lui. Au pire, il a probablement dû voler quelque chose pour manger à un moment donné.

— Deux dollars piqués dans les poches d'un autre rat qui vit dans cette ruelle, avoua-t-il sans honte. Il les aurait échangés contre de l'alcool, de toute façon.

— Alors, c'est réglé, dit Adira. Viens avec nous. Tu pourras prendre une douche et dormir dans un lit propre et chaud d'ici une heure.

La colère me frappa soudain comme une batte de baseball à l'arrière du crâne. Je grondai et avançai d'un pas en direction de son origine. Ma tête cognait et je luttais pour maîtriser mon désir de bagarre. De punir celui qui transportait autant de malveillance.

— Megan ? demanda doucement Adira. Est-ce que tu te contrôles ?

Un bruit de griffure derrière nous m'indiqua la source de mon affliction. Je levai la tête, évitant de me lancer dans une bataille perdue d'avance.

Eugène recula lorsque mon regard croisa le sien.

— Putain de merde, fit-il dans un souffle.

— Voilà la vérité, dis-je avec un écho étrange dans la voix.

Observe. Puis décide si un lit chaud vaut plus que le prix de ton ignorance.

— Eugène, lança une nouvelle voix. Depuis quand traînes-tu avec de jolis petits lots des beaux quartiers ?

Mes ongles entamèrent la peau de mes paumes quand je serrai plus fermement les poings en entendant la voix. Je me tournai vers les nouveaux arrivants. Ils étaient trois, tous vêtus de noir. Des tatouages décoraient les jointures de l'un et la joue d'un autre. Leurs bijoux brillaient sous la lumière distante du quai.

— Tu as de jolis yeux, lança le premier. Des lentilles ?

— Non.

Je marchai vers eux. Ma voix fusa, provenant d'une partie dissimulée en moi :

— Raconte-moi tes crimes. Quels péchés confesseras-tu ?

L'un des types explosa de rire. Je le frappai en pleine bouche. L'impact fit basculer sa tête en arrière et le sang gicla sur l'un de ses compagnons. Il vociféra en chancelant. Son ami, du sang sur le visage, sortit un pistolet de sa poche et me visa.

— À genoux, dis-je d'une voix effrayante et autoritaire que je n'avais jamais entendue.

Même si une partie de mon être comprenait que quelque chose de mauvais se tramait, c'était plus fort que moi.

Les trois hommes s'exécutèrent.

— Confessez-vous.

Ce simple mot les fit fondre en larmes. Ils bafouillèrent des histoires de vols et de tentatives de meurtre. Ce que bafouillait l'homme au nez cassé ne tenait pas debout, mais cela ne semblait pas avoir la moindre importance. Tandis qu'ils parlaient, mon besoin de les faire payer pour chacun de leurs crimes devint plus fort en moi, jusqu'à ce que je me sente oppressée. Je tendis la main et la refermai autour de la gorge du premier, le soulevant du sol. Sans aucun effort.

— Randall Aaron Walker, la confession de tes crimes te garantit une place en...

— Megan, ça suffit, s'exclama Adira.

La rage bouillonna en moi. J'étais furieuse d'avoir été interrompue. Adira toucha mon épaule et mon ventre se noua. Ma main glissa de la gorge du type et j'atterris sur le dos. Je clignai des yeux vers les étoiles, déboussolée. Je ne ressentais plus la colère de ma furie, simplement de la colère normale.

Le visage d'Eugène apparut au-dessus de moi.

— Qu'est-ce que tu es ? demanda-t-il.

— Énervée, répliquai-je en me relevant.

Adira se tenait sur le trottoir, non loin de là.

— Une sorte d'ange ? s'enquit-il, les yeux toujours rivés sur moi.

L'absurdité totale de sa suggestion me détourna d'Adira. Je regardai le garçon crasseux d'un air incrédule.

— Quoi ? Hors de question. Quel genre d'ange aurait des yeux de feu ?

— Le genre qui mettrait une raclée aux types qui vendent de la drogue à mes parents depuis quatre mois.

— Cette vie est terminée maintenant, intervint Adira.

Sans me prêter attention, elle fit un signe de tête vers la maison derrière le jardin dans lequel je me trouvais.

— À présent, tout dans cette maison t'appartient, Eugène, dit-elle en lui tendant une clé. Lave-toi. Dors. Megan sera là demain matin pour te récupérer et t'emmener à l'académie Girderon pour ta première journée.

— Plutôt crever, répliquai-je.

D'abord, je lui en voulais toujours d'avoir convaincu ce gamin de venir. Ensuite, je lui en voulais de m'avoir interrompue pendant mon bottage de fesses. Et enfin, je ne la laisserais pas continuer à maltraiter les humains d'Uttira.

— Tu souhaitais que les humains viennent à l'école.

— Oui, mais pas dès leur premier jour ici. Vous devez d'abord donner à Eugène le temps de comprendre ce qu'est cet endroit. En premier lieu, il rencontrera Ashlyn. S'il choisit de rester, il décidera s'il est prêt à aller à l'académie ou s'il préfère les cours à domicile pendant un moment.

— Ça m'est égal, dit Eugène. J'aime l'école. Si c'est une académie, ce doit être chic. Un peu de chic ne me ferait pas de mal après les quelques semaines que je viens de passer.

— Je comprends, répondis-je en me tournant vers lui. Sincèrement. Mais tu dois parler à Ashlyn d'abord. Je ne vais pas te jeter aux loups, littéralement, en t'envoyant à Girderon sans que tu saisisses la vérité la plus dérangeante de cet endroit.

— À savoir ?

— Toutes les légendes que tu pensais inventées par les hommes ? Eh bien, elles sont réelles. Loups-garous. Sirènes. Géants. Magie. Tout est là. Et ce ne sont pas des arcs-en-ciel et de la poussière de fée. Le Conseil fait venir des humains pour que ces créatures mythologiques puissent apprendre à contrôler leurs pulsions.

— Pulsions, répéta-t-il lentement. Comme forcer des sales types à se confesser, par exemple ? Ça ne me semble pas si terrible. Personnellement, je pense que tu devrais le faire plus souvent.

— Nous ne sommes pas tous pareils. Certains auront la pulsion de te manger.

Il blêmit légèrement, toutefois je ne regrettais pas de lui avoir raconté la vérité. Il avait besoin de comprendre qu'il n'avait fait qu'échanger un danger contre un autre. Il ne laissait pas les ennuis derrière lui. Il commençait à piger, à en juger par son regard sur la clé dans sa paume.

— Oui. Si tu crois que parler à cette Ashlyn est une bonne idée, ça me va, répondit-il après un moment.

— Bien. Je lui demanderai de passer demain soir. Ça te donnera du temps pour t'installer et vraiment réfléchir à ce que tu as vu ce soir.

— Ce serait bien.

Il marcha vers la maison avant de se tourner vers nous.

— Je pense que je rêve. Je ne sais pas encore si c'est bon ou mauvais.

Il jeta un œil à la maison, avant de nous regarder.

— Est-ce que je vais mourir si j'entre là-dedans ?

— C'est probablement l'endroit le plus sûr pour toi à Uttira, dis-je.

— Megan a raison, intervint Adira. Rien ne pourra t'y blesser.

Il hocha la tête et s'avança vers la porte. Sans un mot, il la déverrouilla et se faufila à l'intérieur. Adira et moi vîmes les lumières s'allumer les unes après les autres.

— Je me suis contrôlée dans cette ruelle. Enfin, avant que les trois types se pointent. Je pouvais au moins sentir vingt personnes et je n'ai rien fait à ce sujet.

— Mais tu l'as fait pour Randall Walker.

— Vous les avez entendus. Ses amis et lui étaient bien plus mauvais. Il m'était impossible de les laisser partir. Je veux dire, c'est mon but, non ? Punir ceux qui sont vraiment malfaisants.

— Oui. Cependant, une furie complètement développée n'a pas besoin de frapper pour obtenir une confession.

— Eh bien, je n'en savais rien. Si vous me l'aviez dit, je ne l'aurais peut-être pas fait.

— T'ai-je expliqué comment utiliser ton esprit et tes yeux pour leur soutirer des aveux ? Non. Et pourtant, tu es parvenue à le faire.

Elle me jeta un regard entendu qui me donnait envie de la frapper en pleine gorge.

— Je sais que c'est frustrant pour toi, continua-t-elle, mais pour que le monde reste en sécurité, tu dois demeurer à Uttira afin d'apprendre qui et ce que tu es, jusqu'à ce que tu contrôles tes instincts.

Elle tendit à nouveau le bras et posa la main sur mon épaule. Une seconde plus tard, nous nous trouvions devant chez moi.

— Bonne nuit, Megan.

Elle disparut une nouvelle fois. Je restai là, abasourdie.

— C'est une blague, sérieux. Ce n'était même pas un test. Elle voulait simplement savoir si Eugène était un bon candidat. Bordel, je n'y crois pas.

Le retour de l'odeur d'herbe carbonisée me renvoya à l'intérieur, où je ne risquais pas de mettre le feu.

EST-CE QUE TU M'ÉVITES ?

Je gémis en lisant le dernier message d'Oanen et me laissai retomber sur le canapé.

— Pourquoi dois-tu continuer à m'écrire ? marmonnai-je, saisissant déjà ma réponse.

Si je t'évite, je ne suis vraiment pas douée. Tu n'es pas censé faire attention ou un truc du genre ?

Pas quand tu n'es pas là. Je m'inquiète pour toi.

Tu devrais te trouver des passe-temps plus intéressants. Maintenant, suis ton cours.

Je préférerais que tu me dises pourquoi tu n'es pas venue aujourd'hui.

Je te l'ai déjà dit. Je hais les gens.

Adira m'a demandé si je t'avais vue.

Adira peut aller caresser un ratel.

Sérieusement, cette femme pouvait s'asseoir sur un piquet. Je refusais de continuer à l'écouter, elle et ses stupides règles. L'académie n'était qu'une blague et une totale perte de temps. Je n'apprenais rien là-bas. Rien que je pourrais utiliser une fois que je quitterais cet endroit. J'étais fatiguée de jouer et je prévoyais de rester sur ce canapé jusqu'à en pourrir. Je ne recruterais plus d'humains et je ne serais plus la baby-sitter des humains déjà présents. Ils pouvaient tous aller se faire voir.

Je posai mon téléphone sur la petite pile de papiers au bout de la table sans lire la réponse d'Oanen. Rien ne se passait comme il le faudrait et je n'étais d'humeur pour personne, pas même lui.

Après m'être réveillée aussi en colère qu'au moment de me coucher, je m'étais résolue à retrouver ma mère moi-même. Depuis mon arrivée à Uttira, il y avait bien plus d'un mois, je n'avais pas reçu une seule facture au courrier. Pas une. Pourtant, j'avais toujours l'électricité, le câble et un portable en fonctionnement. Ces factures devaient bien aller quelque part. J'avais donc effectué quelques recherches et commencé à passer des coups de fil pour dénicher l'information qui pouvait me mener à l'adresse actuelle de ma mère ou son numéro téléphone.

Cependant, mon super talent de limier ne pouvait rien face au réseau fermé impénétrable d'Uttira. L'appel à la compagnie du câble avait été redirigé vers l'épicerie. L'appel à la compagnie d'électricité avait été redirigé vers l'épicerie. Et l'appel à l'opérateur téléphonique avait été redirigé... vers l'épicerie. La femme qui y travaillait aujourd'hui devait probablement détester sa vie après ce dernier appel. Elle n'avait pas été capable de me dire quoi que ce soit, mis à part que le Conseil prenait soin des orphelins à Uttira. Voilà qui me faisait une belle jambe. Si je ne pouvais pas pister ma mère entre les murs d'Uttira pour l'appeler, et si je ne pouvais pas quitter Uttira pour lui parler en personne, j'étais royalement foutue. Sans son aide, je n'avais aucune chance de contrôler le bordel qui s'opérait en moi.

Je regardais la télévision sans vraiment m'intéresser à l'émission rediffusée, ne serait-ce que pour tenter de me vider la tête. Que pouvais-je faire d'autre que m'apitoyer sur mon sort ? Rien.

Malgré tout, chaque minute qui passait ne faisait qu'augmenter le ressentiment et la colère qui rampaient sous ma peau. Une autre émission succéda à la première, mais je le remarquai à peine. J'avais envie de casser la télévision. De brûler le canapé. De détruire cette maison stupide dans laquelle ma mère m'avait enfermée.

Le coup contre la porte de derrière ne fit qu'alimenter la rage qui montait en moi.

— Il n'y a personne. Allez-vous-en, dis-je sans bouger.

La porte s'ouvrit et un léger bruit de pas annonça l'approche de mon visiteur.

— J'aurais dû la verrouiller, marmonnai-je à part moi.

— Non, il ne valait mieux pas, sinon je l'aurais cassée, répliqua Oanen.

Je levai les yeux et le regrettai aussitôt. Il y avait toujours quelques croûtes par endroits sur son visage, un autre rappel de mon échec. Reposant la tête sur le canapé, je repris ma contemplation de la télévision.

Oanen se rapprocha et s'agenouilla près de moi, me bloquant la vue. Ce n'était pas grave. Je gardai mes yeux rivés sur le flou de son torse nu.

— Parle-moi, Megan, dit-il doucement. Dis-moi à quoi tu penses.

— Que je suis une petite amie de merde et que la seule chose que je sais faire, c'est blesser les autres.

— Ce n'est pas vrai.

— Fais attention. Je suis presque sûr que mentir, c'est mal.

— Qu'est-il arrivé hier soir ?

— Exactement ce qu'Adira voulait qu'il arrive. J'ai vérifié que le nouvel humain ne soit pas mauvais, puis j'ai perdu les pédales quand un groupe de racailles dealers de drogue s'est pointé. Ma réaction a validé le point de vue d'Adira sur le fait que je suis un danger pour les humains et lui a permis de refuser ma demande de partir pour retrouver ma mère. Ma mère et ces putains de réponses que tout le monde aime cacher dans cette saloperie de septième cercle de l'enfer.

J'inspirai pour me calmer et fermai les yeux en voyant la lueur orange qui se reflétait sur la peau dorée d'Oanen.

— Il faut que tu t'en ailles, dis-je.

— Je n'ai jamais eu autant besoin de rester.

— Tu m'énerves.

— Tant mieux. Peut-être que tu ouvriras ces beaux yeux brillants pour me regarder.

Je le fis, mais ce fut pour lui jeter un regard mauvais.

Ses lèvres frémirent quand je croisai le sien.

— De quoi as-tu le plus peur ? demanda-t-il.

— De te faire du mal.

— Je ne pense pas. Tu m'as déjà blessé. Tu ressens de la culpabilité, oui, mais de la peur ? Non.

J'y réfléchis une seconde.

— Tu as raison. J'ai peur de tout bousiller.

— Techniquement, tu as déjà tout bousillé.

— C'est censé être un discours de motivation ? Parce que tu es vraiment nul. Comment ça, j'ai déjà tout bousillé ?

— Tu m'as cogné dès notre première rencontre.

— Et je pense recommencer.

Il me sourit.

— Comment peux-tu accepter tout ça ? demandai-je. Je brûle des choses quand je suis en colère. Je peux faire dire aux gens les choses horribles qu'ils ont commises. Mes putains d'yeux brillent lorsque je suis vraiment contrariée. Ce n'est pas bien. Et ça empire. Que va-t-il arriver après ?

Il tendit la main et suivit l'arête de mon nez du bout du doigt.

— Tes yeux brillent maintenant et ils sont incroyables. Je pourrais te regarder pendant des heures si tu me laissais faire. Tu comprends ? Il n'y a rien chez toi que je n'aime pas.

— Tu es dingue.

— Sans doute.

Il fronça légèrement les sourcils et retira sa main.

— Est-ce que mes yeux te dérangent quand je change ? demanda-t-il.

— Non.

Bleu foncé ou dorés, les siens provoquaient la même chose dans mon ventre dès qu'il me regardait. Mais il était hors de question que je l'avoue à voix haute.

— Je comprends ce que tu fais, dis-je en me redressant. Tu veux que j'affronte mes peurs en les faisant paraître moins effrayantes. Ça ne fonctionne pas. J'ai peur de moi. Quoi que je devienne, j'ai peur de te blesser terriblement, au point que tu ne guérisses pas. Que tu meures par ma faute, parce que je crois que c'est exactement ce que j'étais sur le point de faire à l'un des types hier soir, si Adira ne nous avait pas téléportés ici. Non seulement j'ignore pourquoi je fais ce que je fais, mais en plus je n'ai aucun contrôle dessus.

Il me considéra en silence pendant un moment.

— Tu en sais peut-être plus que tu ne le penses. Parle-moi de ta mère.

— Elle sortait avec beaucoup de gars, mais elle ne s'est jamais vraiment attachée à l'un d'entre eux. Même si elle m'a laissée ici, je sais qu'elle m'aimait. Au moins un peu. Je me souviens de ses câlins et de ses baisers quand j'étais petite. Je me souviens des fêtes d'anniversaire avant que je perde patience et me mette à frapper les autres gamins.

— Sais-tu si ta mère brûlait des choses ou avait les yeux enflammés ?

— Non. C'est justement pour ça que je dois la retrouver. Elle sait ce que je vais devenir et elle sait comment le contrôler.

— Si elle sait se contrôler, ça signifie que tu seras capable de te contrôler aussi.

— Avant ou après que je fasse frire les cheveux qui te restent sur le crâne ?

Il soupira légèrement.

— Ce ne sont que des cheveux. Ça va repousser.

— En parlant de ce qui revient, justement, dit la voix d'Adira, surgissant d'un portail apparu soudainement dans mon salon. Je suggère que tu reprennes là où tu t'étais arrêtée.

Elle posa une main sur mon épaule et me fit basculer en arrière. J'atterris lourdement sur les fesses et grommelai de douleur.

— Il a dit « repousser », marmonnai-je.

Une sonnerie retentit, attirant mon attention sur les environs. Sans en croire mes yeux, je découvris un couloir où plusieurs portes s'ouvraient.

Adira m'avait envoyée à l'école dans mon putain de pyjama.

CHAPITRE NEUF

MON AGACEMENT EXPLOSA EN VIVE COLÈRE TANDIS QUE LES ÉLÈVES affluaient par les portes ouvertes.

— Quelqu'un t'a poussée du lit ? gloussa une voix non loin de là.

À quoi pensait Adira ?

Je bondis sur mes pieds et commençai à marcher vers la bibliothèque, détalant en trombe et en chaussettes dans le couloir. Les élèves s'éloignèrent sur mon passage comme si Oanen était à mes côtés. Sauf que, cette fois, ce n'était pas de lui qu'ils avaient peur. Ils voyaient réellement ce que j'étais.

— L'enfer n'a pas de pire furie que moi, dis-je entre mes dents, essayant d'ignorer les regards interloqués que les autres me lançaient.

Adira était allée trop loin cette fois. J'étais restée chez moi pour plusieurs raisons amplement valables. Primo, le programme de l'académie Girderon était une blague. Ce n'était pas une institution qui enseignait, mais qui entraînait. Et deuxio, j'étais vraiment à court de tolérance pour qui que ce soit. Les élèves qui s'amassaient dans le couloir n'aidaient pas.

Un garçon quitta une classe et se retrouva sur mon chemin à la dernière seconde. Si sa malveillance avait été du même niveau que celle d'Oanen ou d'Eliana, je l'aurais contourné. Au lieu de ça, je l'examinai sans hésitation et souris en entendant son cri de protestation lorsqu'il tomba. Son dos touchait à peine le sol que je le soulevais déjà par l'avant de sa chemise pour le hisser sur ses pieds.

— Tu te prends pour qui ? s'exclama le garçon.

Je déplaçai l'étau de ma main, de sa chemise vers sa gorge. Il émit un bruit étranglé et son visage vira au rouge.

Un autre élève essaya de se mettre devant moi. Je le repoussai du revers de ma main libre, l'éloignant pour mieux me concentrer sur la malveillance qui irradiait de ma victime.

— Francis Moss.

Ma voix avait de nouveau cet écho retentissant, comme dans la ruelle.

— Confes...

Quelque chose me percuta sur la droite. L'impact me secoua suffisamment pour me faire perdre ma prise. Des bras fins s'enroulèrent autour de ma taille et une main se glissa sous mon haut. Toute ma colère me quitta dès l'instant où je tombai sur le côté.

Ma tête heurta le sol en ciment dans un bruit creux. Mes tympans ne sifflèrent qu'une seconde, malgré tout.

— Ne me lâche pas, dis-je.

— Non, promit Eliana à mon oreille.

— On la tient, déclara Ashlyn tout près.

Elle continua à parler et je me rendis compte qu'elle était au téléphone.

— Elle n'a fait de mal à personne... Oui, ça va... Eliana, Oanen veut connaître la température de Megan.

Je restai étendue là, les paupières closes comme si elles me protégeaient de la réalité de ma vie.

— Bouillante, mais elle ne me brûle pas. Elle se refroidit déjà, répondit-elle.

Ashlyn fit passer le message à Oanen.

— Il dit qu'il est en chemin, répéta-t-elle après un moment.

Un léger grognement m'échappa.

— Non. Dis-lui qu'on fait une soirée entre filles, répliqua rapidement Eliana.

Des ricanements emplirent le couloir, me rappelant que nous n'étions pas seules.

— Aidez-moi à me lever, dis-je.

J'avais l'impression que tout le corps étudiant de Girderon essayait d'avoir un aperçu du spectacle que j'avais causé. Le gamin que j'avais repoussé était étalé par terre non loin de moi, secouant la tête et clignant des yeux vers le plafond. Celui que j'avais essayé d'étrangler était juste à côté. Il nous jetait un regard noir, mais il restait silencieux.

— Arrête de faire ces conneries que tu ne devrais pas faire et j'arrêterai de t'attaquer dans les couloirs, lui lançai-je.

Je tournai les talons et commençai à marcher, la main d'Eliana toujours plaquée dans mon dos.

Je venais à peine de m'éloigner du cercle de badauds que je me rendis compte que je n'avais aucune idée de l'endroit où aller.

— À quel cours en sommes-nous ? demandai-je.

— Aucun. C'était la dernière sonnerie, répondit Eliana.

Adira m'avait envoyée ici juste pour m'exhiber devant les autres élèves. La colère me prit aux tripes avant de disparaître d'un seul coup.

— Adira est vraiment une garce.

— Est-ce que tu veux rentrer ? demanda Eliana.

Je secouai immédiatement la tête. Je n'étais pas prête à affronter Oanen, qui était probablement toujours là-bas avec la conseillère.

— Tu veux venir avec nous chez Eugène ? proposa Ashlyn.

— Oui, je vous accompagne.

Nous empruntâmes les corridors du fond en direction la piscine avant de prendre le couloir principal jusqu'au parking. La plupart des élèves étaient déjà partis. Malgré cela, Eliana gardait une main sur moi et Ashlyn était agrippée à son téléphone, prête à rappeler Oanen en urgence.

Le trajet jusque chez Eugène fut court. Ashlyn s'arrêta devant la maison, puis se tourna vers Eliana et moi.

— Vous attendez ici ?

— Okay, répondit le succube.

Dès que la portière se referma, Eliana retira sa main et me regarda.

— Que se passe-t-il ?

Elle n'avait pas dit cela d'un ton accusateur, mais inquiet.

— Je ne sais pas. Parfois je vais bien. Parfois non. Ce type, dans le couloir ? Sa malveillance était bien moindre que celle de Trammer, pourtant j'étais prête à le tuer.

— J'ai remarqué, dit-elle.

Je poussai un profond soupir.

— Oanen pense que je peux contrôler tout cela parce que ma mère y arrivait visiblement. Mais ça empire. Tu as vu son visage.

— Oanen va bien. Si les furies étaient incapables de se maîtriser, elles passeraient en permanence aux actualités des humains. Il doit y avoir une astuce.

— Je suis sûre qu'il y en a une. Et je suis sûre que ma mère la connaît. Dommage qu'Adira refuse obstinément de me laisser le lui demander.

Eliana posa sa tête sur mon épaule.

— Je sais que tu n'as probablement pas envie d'entendre ça, mais je crois en toi. Tu trouveras un moyen sans l'aide de ta mère. Tout comme je dois trouver quel genre de succube je veux être sans l'aide de la mienne.

Je passai un bras sur ses épaules et la serrai. C'était si facile de me laisser embourber dans mes problèmes que j'en oubliais ceux d'Eliana.

— Je suis certaine que tu as raison.

Elle leva la tête et m'adressa un sourire entendu.

— Je pense que cette situation requiert du chocolat, annonça-t-elle.

— Bonne chance. À moins que tu aies un stock chez toi, tu n'en trouveras dans aucun magasin. J'ai vérifié.

Son sourire s'élargit.

— Tu es partante pour voir d'autres gens ?

L'idée de me rendre chez elle me retournait l'estomac.

— Pas vraiment. Et en particulier si ce sont des gens associés au Conseil.

— C'est parfait, parce que le Conseil évite l'endroit où nous allons. Passons devant.

Nous changeâmes de sièges et elle envoya un rapide SMS à Ashlyn pour lui faire part de nos plans.

— Elle nous écrira quand on pourra venir la chercher, m'informa Eliana en me tendant le téléphone.

Elle traversa la ville, puis coupa le moteur devant une boutique près de la boulangerie.

— Tu dois savoir que la dame qui possède cet endroit importe des produits humains non approuvés par le Conseil et qu'elle les vend hors de prix à des ados comme nous.

— Tu es en train de me dire qu'elle est mauvaise ?

— Je suis en train de te dire qu'elle enfreint les règles du Conseil. Personnellement, je pense que quiconque désire vendre du chocolat à un ado en manque se rapproche plutôt d'un saint.

— Les règles du Conseil sont stupides. J'en ai enfreint plusieurs moi-même. J'espère que ce n'est pas suffisant pour rendre quelqu'un malfaisant.

— Allons voir ça, dit-elle avec un sourire tout en sortant de la voiture.

Je fis de même, les sourcils froncés. La brise fraîche d'automne me balaya. Maintenant que mon humeur s'était un peu calmée, je sentais chaque degré de la température fraîche. En particulier aux pieds. Étant donné la période, il ne faudrait pas longtemps avant que la neige recouvre le sol.

— Je suis toujours énervée contre Adira, elle ne m'a même pas laissé enfiler des chaussures.

Eliana posa les yeux sur mes chaussettes et sourit avant d'entrer dans la boutique.

Dès que je franchis la porte, je pus sentir le chocolat. J'inspirai profondément, enchantée, et regardai autour de moi vers les mitaines tricotées à la main, les collants et les chapeaux suspendus aux murs.

— Puis-je vous aider ? demanda la femme derrière le comptoir.

— Salut, Mags, lança Eliana. Je viens chercher la même chose que d'habitude.

La propriétaire me jeta un coup d'œil avant de répondre à Eliana :

— Pas de mitaines ?

— Bon Dieu, non ! s'exclama Eliana. Voici Megan. Elle va bien. Nous cherchons du chocolat en poudre, si tu en as. Sinon, n'importe quoi pourvu que ce soit au chocolat au lait.

— Vous avez l'air d'en avoir grand besoin, répliqua Mags.

Alors qu'elle parlait, la colère s'insinua sous ma peau. Je tendis la main pour tenir celle d'Eliana.

— Quoi que vous songiez à faire, ne le faites pas, déclarai-je. Les sales coups ne sont pas conseillés en ma présence.

Mags sourit.

— Alors, tu es la nouvelle furie ? J'ai du chocolat en poudre dans le fond. J'ai si peu de stock que j'allais vous faire payer le double, mais je vais vous le vendre au prix normal.

Elle traîna des pieds jusque dans l'arrière-boutique, et presque trente minutes plus tard, nous quittâmes le magasin avec du chocolat en poudre, ainsi que deux kilos de sucre en supplément.

— Prête à préparer des brownies ? demanda Eliana.

— Tant qu'on parle des pâtisseries, alors oui.

Nous montâmes dans la voiture et reprîmes la route jusque chez Eugène pour récupérer Ashlyn.

— Pitié, dis-moi que tu l'as convaincu qu'il y avait de meilleures options, dis-je dès que l'humaine grimpa.

— Je sais que tu n'aimes pas cet endroit, mais pour beaucoup d'entre nous, ce n'est pas un mauvais plan.

— Une sirène a failli te noyer.

— Et Eugène échappera aux viols en réunion s'il reste à Uttira. Apparemment, c'est arrivé à un autre garçon de son âge. C'est pour ça qu'il dormait dans le froid à côté de la benne dans cette ruelle. Les types que tu as vus, ils ne font pas que tabasser les garçons.

— Tu sais ce qui me frustre le plus ? Qu'il y ait des personnes dans cette ville qui ont de l'argent et de l'influence pour faire la différence, mais qui ne le font pas. Ils sont trop absorbés par leurs propres petits problèmes.

— À leurs yeux, contrôler les créatures d'ici représente déjà une différence suffisante pour les gens dehors, répondit Eliana.

Son téléphone bipa.

— Tu peux regarder pour moi ? demanda-t-elle.

Je l'allumai et y découvris un message d'Oanen.

Où as-tu emmené Megan ? Je suis à la maison et tu n'es pas là.

— C'est Oanen qui joue les harceleurs, annonçai-je.

— Tu ferais mieux de répondre si tu ne veux pas qu'il s'inquiète et commence à te pister.

— À moins que tu le veuilles, intervint Ashlyn.

Je levai les yeux au ciel et écrivis :

— Qu'est-ce que tu as mis ? demanda Eliana.

— J'ai dit que tu m'avais attachée et fourrée dans ton coffre, mais que tu as été assez stupide pour ne pas remarquer que j'avais volé ton téléphone. Et que je manque d'air.

— N'envoie pas ça ! s'exclama Ashlyn au même moment où Eliana tenta de m'arracher l'appareil.

Je ris devant leur réaction.

— Relax. Je lui dis de se calmer avec son harcèlement, que nous sommes en chemin jusque chez moi pour faire des brownies, et qu'il n'est pas invité.

— Tu lui rends la tâche difficile, hein ? commenta Ashlyn avec un sourire.

— La tâche difficile ?

— Rien, coupa Eliana.

J'envoyai le message avant de l'observer. Elle soutint mon regard sans sourciller et je me tournai vers Ashlyn, qui leva les mains et secoua la tête.

— C'est elle qui m'amène à l'école, dit-elle.

— Je te conduirai. Parle.

— Elle veut dire que tu te fais désirer, répondit Eliana.

— Qu'est-ce qu'il y a à désirer ? J'ai déjà accepté d'être sa petite amie.

Ashlyn ricana.

— Les griffons n'ont pas de petite amie.

Eliana ralentit et mit son clignotant pour tourner dans mon allée.

— Comment ça ? demandai-je.

— Sainte mère, murmura-t-elle.

Au début, je pensais qu'elle était agacée qu'Ashlyn parle des griffons. Puis je remarquai que son attention était posée sur ma voiture dans mon allée. À travers la vitre arrière, j'aperçus les fissures en toile d'araignée sur mon pare-brise. On aurait dit que quelqu'un l'avait frappée à plusieurs reprises avec une batte de baseball.

— C'est quoi ce bordel ? lançai-je en ouvrant la portière au moment où Eliana se garait.

Nous sortîmes de la voiture en constatant les dégâts.

— On devrait appeler Oanen, dit Eliana.

— Non, on ne devrait pas. Il ne peut rien y faire. Par contre, quelqu'un d'autre pourrait être capable de nous aider.

J'entrai dans la maison et pris mon portable sur la table basse où je l'avais laissé. Il y avait un message d'Oanen qui me demandait de lui écrire dès que je rentrerais. Je l'ignorai et envoyai à la place un message à Fenris.

OK pour me rendre un service ? J'ai besoin de quelqu'un avec un bon flair chez moi pour me dire qui a fracassé mon pare-brise.

Je n'eus pas à attendre longtemps la réponse.

Serai-je payé en spaghettis ?

Pourquoi pas en brownies ? Le gâteau au chocolat, pas les bestioles volantes. Nous sommes en train d'en faire.

Nous ?

Eliana et Ashlyn sont là, renvoyai-je.

J'arrive dans 15 min. Il me tarde de les goûter.

— Euh, tu écris à qui ? demanda Eliana.

— Fenris. Le Conseil sollicite toujours son père pour venir renifler des trucs. Alors, je lui ai demandé de venir renifler mon pare-brise. J'ai promis de récompenser ce service avec des gâteaux, on ferait mieux de s'y mettre.

— Oanen ne va pas apprécier que tu aies appelé Fenris, prédit Ashlyn.

Je chassai son inquiétude d'un geste de la main.

— Je n'ai pas appelé Fenris, je lui ai envoyé un message. Et Oanen n'aura pas de problème avec ça. Il sait que Fenris et moi ne sommes que des amis.

Eliana et Ashlyn échangèrent un regard avant que je rejoigne la cuisine. Voir ma voiture défoncée ne m'avait pas mise de bonne humeur. Et sentir que mes amies me cachaient des choses n'améliorait pas la situation.

— Si vous avez quelque chose à dire, faites-le. Tous vos regards en coin ne m'aident en rien, déclarai-je en posant un saladier sur la table, un peu plus fort que je ne l'aurais voulu. Faire des cachotteries pour des cadeaux de Noël ou le lapin de Pâques, passe encore. Là, j'ai l'impression que vous me cachez un secret vraiment important.

Eliana haussa les épaules honteusement et je sus qu'elle n'était pas prête à avouer ce qu'il se passait. Je me tournai donc vers Ashlyn.

— Je t'ai sauvée. Ne me fais pas regretter ma décision.

— Les griffons n'ont pas de petites copines. Quand ils s'accouplent, c'est pour la vie, lâcha-t-elle de but en blanc.

Je la dévisageai d'un air ahuri pendant quelques secondes. Pour la vie. La belle affaire. Pourquoi agissaient-elles bizarrement ? Soudain, tout se mit en place. Oanen ne sortait pas avec moi.

Comme un robot, je m'assis sur une chaise.

— Tu penses qu'elle est en colère ? murmura Ashlyn.

Eliana se pencha vers moi, me regardant dans les yeux.

— Tu es pâle. Je suppose que ça signifie que tu as compris. Il m'a fait promettre de ne pas t'en parler. Il ne voulait pas que tu t'inquiètes.

— Pourquoi ?

J'avais prononcé ce mot comme un croassement.

— Les griffons mâles sont très protecteurs envers leurs compagnes. Ils se préoccupent d'elles avec une attention singulière qui est presque...

— Effrayante ?

— J'allais dire « enviable ». Les succubes provoquent une adoration complète de leurs partenaires, mais ils ne s'intéressent qu'à eux-mêmes. Les griffons ne sont pas sous l'effet d'un enchantement. Leur adoration leur appartient. Être aimé d'une manière aussi absolue, pour ce que tu es et non pas à cause d'un attrait artificiel, voilà à quoi devrait ressembler l'amour.

— Je veux dire, pourquoi moi ? répondis-je. J'étais prête à donner une chance à cette histoire, mais devenir une compagne ? Je ne peux pas. J'ai l'impression que ma tête va exploser à cette simple idée. Comment lui dire non ? Il ne pouvait pas tomber sur pire que moi.

— Megan, respire.

Je levai les yeux vers Eliana. À présent, elle se tenait à la porte de la cuisine avec Ashlyn. Leurs visages étaient rouges.

— Respire ? répétai-je. Tu viens de me dire qu'Oanen me voit déjà dans sa tête avec une robe blanche et tu veux que je respire ?

Elle jura dans sa barbe et Ashlyn sortit.

— Megan, la chaleur qui émane de toi serait suffisante pour cuire un œuf. Si tu ne veux pas me blesser, tu dois te calmer, dit-elle lentement. Concentre-toi sur ta respiration et rien d'autre.

Je fermai les yeux et essayai. Vraiment. Sauf qu'une fois les paupières closes, tout ce que je voyais, c'était le visage brûlé d'Oanen.

Le bruit de la porte m'apprit que j'étais seule. Je sentis la première larme couler et m'essuyai la joue, consciente que ce serait du sang – ce qui me contraria encore plus. Qu'est-ce qui clochait chez moi ? Pourquoi étais-je ainsi hors de contrôle ? À quoi pensait Oanen quand il m'avait choisie ?

La porte-moustiquaire grinça et j'ouvris les yeux pour dire à Eliana de repartir. Au lieu de ça, je vis Fenris.

Il marcha jusqu'à moi et me serra dans ses bras. Je sentis ses cheveux brûler.

— Arrête. Tu vas finir blessé.

— Pour la fille que j'aime, je ferais n'importe quoi. Même risquer ma vie pour sa meilleure amie, murmura-t-il à mon oreille.

Je bondis en arrière et le regardai avec un air surpris. Sa peau était écarlate et ses cheveux un peu roussis. Malgré cela, son visage ne montrait aucune douleur.

— Tu te sens mieux ? demanda-t-il.

Je ne savais pas quoi dire ni penser.

Juste derrière lui, Eliana gravissait les marches du porche. L'inquiétude se reflétait dans son regard.

— Je n'ai pas besoin de brownies, simplement de ton silence, dit-il doucement avant de m'étreindre à nouveau.

Il enfouit son nez dans mes cheveux et inspira profondément.

— Mmh. Son odeur est partout sur toi.

Eliana afficha un grand sourire et haussa les sourcils.

— Je te l'avais dit, fit-elle d'un ton amusé.

Elle ne se doutait de rien. Tout comme je ne m'étais doutée de rien. J'aurais aimé pouvoir revenir en arrière et ne pas le savoir.

— Tu chauffes à nouveau, observa Fenris. Tu vas finir par blesser mon ego si tu penses à lui alors que je te serre dans mes bras.

Je ricanai.

— C'est mieux, dit-il. Maintenant, j'ai ta parole ? Elle n'est pas prête et je ne veux pas la contrarier.

Étant donné que je souhaitais revenir dans le temps et ne rien savoir, j'acceptai sans hésiter en hochant la tête.

— Bien.

Il inspira une dernière fois, longuement, puis il recula.

— L'odeur autour de ta voiture m'est familière. C'est quelqu'un de Girderon. Je devrais pouvoir te donner un nom dès demain.

Il se pencha en avant et, avec un sourire espiègle, lécha le bout de mon nez.

— On se voit plus tard, ma douce petite furie.

Il tourna les talons et marcha vers la porte, saluant poliment Eliana et Ashlyn d'un mouvement de tête.

— On ne risque rien, on peut entrer ? demanda Eliana.

J'acquiesçai. Fenris avait fait son travail et m'avait distraite de mes propres problèmes. Il avait raison. Eliana n'était pas prête à apprendre son intérêt pour elle. Était-ce simplement de l'intérêt, cependant ? Cette pensée me ramena à Oanen tandis que mes amies me rejoignaient dans la cuisine.

— Tu veux toujours faire des brownies ? demanda Eliana.

— Oui. Désolée d'avoir perdu les pédales. Encore.

— Ne t'inquiète pas pour ça, dit-elle avec un geste de la main.

— Que vas-tu faire au sujet de Fenris ?

— Rien. Il n'y a rien à faire. C'est juste un ami.

Elle leva les yeux au ciel.

— C'est beaucoup de câlins pour un ami.

— Je t'ai bien embrassée, toi. Me considères-tu comme autre chose qu'une amie ?

— Très bien.

Je m'assis et laissai Ashlyn et Eliana préparer la pâte pendant que je réfléchissais à ma situation avec Oanen.

— Je ne vois pas comment ça peut bien se terminer pour lui, dis-je.

— Lui qui ? demanda Ashlyn avant de lécher du chocolat sur ses doigts.

— Oanen.

— Ça ira, parce que tu sais que tu es censée punir les êtres malfaisants, dit Eliana. Tout comme je suis censée me transformer en folle du cul et me nourrir de l'énergie sexuelle des milliers de pauvres âmes que j'asservirai dans ma vie. Mais qui dit que je dois commencer maintenant ? Et qui dit qu'en voyant de la malveillance, tu dois punir la personne tout de suite ? Il n'y a pas de minuteur, juste des pulsions. Alors, la prochaine fois, demande-toi s'il faut vraiment te précipiter. Dis-toi que tu prends le temps de découvrir ce que la personne a fait, et encore plus de temps pour décider d'une punition convenable. Sois créative. Pourquoi laisser les dieux avoir autant de pouvoir alors qu'ils sont partis depuis longtemps ?

Ce qu'elle disait avait du sens. Les dieux contrôlaient bien trop de choses, et pourtant, ils n'étaient même pas là.

CHAPITRE DIX

Je retirai ma main du livre et le laissai voler jusqu'à sa place sur l'étagère. Mon estomac gronda quand je me levai pour prendre le suivant. J'avais avalé mon petit-déjeuner des heures plus tôt, bien avant le lever du soleil.

Arriver de bonne heure à l'académie présentait deux avantages : éviter Oanen et me donner plus de temps pour parcourir les livres. La révélation de Fenris m'avait ouvert les yeux sur l'intérêt d'en savoir plus à propos des créatures d'ici. Tout en espérant tomber sur un manuscrit qui me dirait quelque chose d'intéressant sur les griffons, j'avais cessé de lire en diagonale ce qui n'était pas lié à mon sujet de prédilection actuel.

Malgré tout, je trouvais encore inutile une bonne partie de ce que je lisais.

M'emparant du nouveau livre et retournant à ma chaise, j'ouvris le fin volume à la première page et entamai la lecture d'un texte sur les harpies.

En sentant une brise fraîche sur ma nuque ainsi qu'une pointe d'agacement qui me donna la chair de poule, je restai concentrée sur le livre. Lorsqu'un poing toqua à la porte un moment plus tard, je l'ignorai aussi. Je n'étais pas d'humeur à m'occuper d'Adira ou affronter Oanen.

La brise disparut et les coups cessèrent.

Je tournai la tête vers la haute fenêtre au-dessus des étagères. Il restait encore beaucoup de lumière, ce qui signifiait qu'il était autour de midi. Même si mon estomac réclamait de quoi manger, j'optai pour la prolongation de mon confinement. J'avais besoin de temps pour m'ajuster à moi-même, pour me calmer. Ainsi, lorsque je reverrais Oanen, je ne ferais pas fondre le reste de sa chevelure.

À nouveau concentrée sur le manuscrit, je passai l'heure suivante à lire.

— Encore une espèce foutue en l'air par les dieux, dis-je en éloignant ma main des pages.

Je me levai en m'étirant et attrapai le livre suivant tout en regardant la fenêtre. Le déjeuner devait être terminé à présent et les cours devaient avoir repris. Je décidai de rester encore une heure avant me tirer de là.

Mes intentions m'échappèrent lorsque j'ouvris le volume et lus la première ligne.

COMME BEAUCOUP DE *créatures engendrées par les dieux, les griffons ne révèlent pas les secrets de leur existence à la légère. Les informations contenues dans ces pages ont été récoltées au péril de ma vie. Ne vous y trompez pas, si un griffon trouvait ce livre, tous ceux qui auraient consulté ces pages seraient traînés devant le Conseil pour voir leur mémoire effacée. Lisez ces lignes à vos risques et périls.*

James Whitenmore, 1927.

PUISQU'ADIRA SAVAIT que j'étais à la bibliothèque, je ne risquais pas grand-chose. Cependant, alors que je tournais les pages et poursuivais ma lecture, je me demandai ce qui était arrivé à l'auteur, étant donné que le livre se trouvait désormais ici.

LES GRIFFONS ONT ÉTÉ CRÉÉS dans un seul but : surveiller et protéger l'humanité contre les créatures qui voudraient nous éliminer, nous autres, les humains. Néanmoins, il existe très peu de griffons. Leur faible population est peut-être due au fait que ce sont tous des mâles. En me basant sur mes recherches, je peux affirmer qu'ils sont compatibles et capables de s'accoupler avec n'importe quelle race. Ils ne peuvent toutefois produire qu'un seul rejeton mâle avec la partenaire qu'ils auront choisie pour la vie. La progéniture est communément conçue peu de temps après le vol d'union, soit le premier vol que le griffon et sa partenaire effectuent ensemble. Un couple lié...

JE TOURNAI LA PAGE, impatiente d'en savoir plus, mais je découvris une feuille vide. Près de la reliure, je repérai les restes dentelés des pages manquantes.

— Bon sang ! La censure est contraire à la constitution !

Je relâchai le livre et il réintégra son étagère. J'en avais appris suffisamment pour savoir que j'avais envie de partir avant la prochaine pause entre les cours.

Je quittai la bibliothèque en silence, récupérant mes affaires dans le panier à l'entrée avant de détaler dans les couloirs déserts.

Dehors, je me dirigeai vers l'endroit où j'avais garé ma voiture défoncée et découvris l'emplacement vide.

— On me la pète, et maintenant on me la vole ? marmonnai-je.

Je pris mon téléphone, prête à envoyer un message à Fenris pour qu'il flaire à nouveau la piste, mais je trouvai plusieurs textos envoyés par trois de mes quatre contacts. Je lus celui d'Eliana en premier.

J'ai dit à Oanen que tu étais au courant. Pitié, ne me déteste pas pour l'éternité. Il me l'a fait promettre il y a des semaines. S'il te plaît, rappelle-moi vite.

Mon estomac se noua d'anxiété. Pourtant, c'était probablement pour le mieux qu'il sache que j'étais au courant de toute cette histoire de couple.

Fermant le message, j'ouvris celui du garçon en question.

J'ai vu ton pare-brise et j'ai demandé qu'on le récupère pour le réparer. Je te ramènerai chez toi. Il faut qu'on parle.

Tout en pestant, je me mis à trottiner en direction des arbres. Bien sûr, nous devions discuter, mais je préférais reporter ce moment et lui donner du temps pour guérir, parce que je ne me faisais pas confiance pour garder le contrôle pendant cette conversation.

Plus de vingt minutes plus tard, je m'assis sur la chaise de la cuisine avec un soupir soulagé et ouvris le message de Fenris.

Je sais qui c'est. Il ne t'embêtera plus.

La furie en moi exigeait un nom. Je partis manger un brownie pour la faire taire.

Pendant les minutes qui suivirent, je me détendis et rédigeai soigneusement un message pour Oanen, lui annonçant qu'il ne devait pas passer me chercher à la fin des cours.

Je n'ai plus besoin qu'on me ramène. Ne m'appelle pas. Je t'appellerai.

J'envoyai le message et m'allongeai sur le canapé.

— Ce n'était pas si terrible.

Mon téléphone sonna immédiatement.

— Merde.

Je ne le touchai pas jusqu'à ce que la sonnerie bascule sur le répondeur.

Un nouveau SMS d'Oanen arriva.

Je suis en chemin.

Autour de moi, l'air commença à émettre une odeur de sèche-linge en surchauffe. Je me levai rapidement du canapé et lui répondis.

Lâche-moi du lest, mec à plumes, ou je t'arrache les ailes.

Je scrutai le portable. Juste au moment où je pensais qu'il ne répondrait pas, un nouveau message apparut.

On se voit demain.

— Alors, combien de temps exactement penses-tu l'éviter ? demanda Eliana.

Je calai le téléphone sur mon épaule et éteignis la télévision.

— Ça ne fait qu'une heure que je lui ai écrit. Je n'appellerais pas ça « éviter ».

— Tu as menacé de lui arracher les ailes.

— Il a menacé de venir.

— Ce n'était pas une menace, dit-elle. Il s'inquiète pour toi.

— Eh bien, je m'inquiète pour moi aussi. J'ai failli griller mon canapé.

— Sérieusement. Ça ne sera que plus gênant. Parle-lui.

Je scrutai l'écran noir de la télévision. Je ne pouvais pas nier à quel point j'avais envie de lui parler. Mes entrailles bouillaient à la simple perspective de le voir, d'être près de lui. Je le voulais tellement. Et cela m'inquiétait.

— Je ne peux pas, avouai-je. Pas avant que son visage soit guéri.

— Tu n'as pas à lui parler en personne, tu sais. Tu as un portable.

Il y avait quelque chose dans sa voix. Son insistance la trahissait et je soupirai en comprenant.

— Il est juste à côté de toi, c'est ça ? demandai-je.

— Oui, répondit-elle, un tantinet coupable.

Le combiné émit des bruits étouffés tandis que je changeais d'interlocuteur et ma poitrine se serra d'anticipation. Étais-je si pathétique ? J'avais tellement brûlé Oanen qu'il affichait encore des croûtes, et la culpabilité dévorait mes tripes chaque fois que j'imaginais son visage. Pourtant, il me tardait de lui parler ou de le voir. Pourquoi ne pouvais-je m'empêcher de le désirer autant ?

— J'ai juste besoin de savoir si tu vas bien.

Le timbre grave de sa voix me brisa presque autant que ses paroles.

— Je ne vais pas bien, admis-je doucement. Je ne sais pas quoi penser et mes sentiments partent dans tous les sens. J'ai l'impression d'être dingue, hors de contrôle. Pourquoi ne m'as-tu pas dit que nous serions liés si tu m'aidais à quitter le toit ? Et si je ne veux pas être liée ? Je ne suis pas sûre d'être prête à sortir avec quelqu'un.

La seule chose dont j'étais certaine, c'était que j'avais l'impression d'avoir piégé Oanen dans une relation, tout comme Aubrey avait essayé de piéger Fenris. Furieuse, j'essuyai l'humidité de mes joues, recouvrant mes doigts de sang.

— S'il te plaît, ne pleure pas, dit Oanen. Tes pleurs me font plus de mal que toute brûlure que tu pourrais m'infliger.

— Eh bien, ça ne me rend pas heureuse non plus, figure-toi.

— Laisse-moi venir.

— Non. Ne viens pas. J'ai juste besoin de temps.

— Tu dis non avec tes mots, mais je peux sentir ta douleur. Je sens que tu as besoin de moi.

— Tu peux sentir ce que j'éprouve ? répliquai-je, en panique. Il doit bien y avoir une manière d'inverser les choses, non ?

— C'est pour ça que je ne voulais pas qu'Eliana t'en parle. Il y a tellement de choses que je dois te dire, mais c'est difficile par téléphone. S'il te plaît, laisse-moi venir. Si tu ne veux pas ce soir, alors demain. Tu ne me feras pas de mal. Promis.

— Non. J'ai besoin de plus de temps. Je t'appellerai quand je serai prête.

Je l'entendis soupirer lentement. Je souhaitais qu'il soit près de moi et non pas de l'autre côté de la ville. J'imaginais ses bras autour de moi, et une nouvelle larme silencieuse coula.

— Ne me fais pas attendre trop longtemps.

LE MARDI, je me réveillai tôt au son de mon téléphone, qui était resté silencieux après le dernier appel de la veille. Je le pris et lus le message d'Eliana. Elle me demandait si je voulais qu'elle m'emmène à l'académie puisque je n'avais pas de voiture. J'avais envie de frapper celui qui avait cassé mon pare-brise. Ce simple acte vindicatif m'avait mise dans une position inconfortable. Si je disais oui, Oanen accompagnerait Eliana. Je n'étais pas prête pour ça. Néanmoins, si je refusais et restais chez moi, Adira pouvait téléporter mes fesses à l'académie. Et même si j'avais envie de voir si je pouvais trouver d'autres informations sur les griffons à la bibliothèque, je ne me faisais pas confiance pour garder mes distances avec lui.

J'envoyai un rapide message à Eliana, puis un autre à Ashlyn, lui demandant les numéros d'Eugène, Kelsey et Zoé. En attendant leurs réponses, je me douchai et m'habillai pour être sûre de ne pas me retrouver au dépourvu dans les couloirs.

Quand je regardai une nouvelle fois mon téléphone, Ashlyn m'avait répondu. Eliana avait pris note de ma décision et Oanen m'avait écrit à nouveau. Je lus celui-ci en premier.

Je dirai à Adira que tu ne viendras pas aujourd'hui.

C'était tout. Il ne râlait pas, ne suppliait pas. Oanen dans toute sa splendeur, qui prenait soin de moi comme à son habitude. Pouvait-il être encore plus parfait ? J'en doutais.

Je soupirai et écrivis rapidement à chacun des trois nouveaux résidents d'Uttira pour savoir s'ils avaient besoin de quelque chose, ou s'ils prévoyaient de se rendre à l'académie. Kelsey et Zoé répondirent qu'elles allaient bien, mais qu'elles préféraient y aller doucement. Elles ne comptaient pas assister aux cours avant le prochain trimestre. Eugène me dit qu'il serait là le vendredi, dès qu'il aurait reçu ses nouveaux vêtements. Il ne voulait plus ressembler à un sans-abri.

Je notai mentalement que je devrais aller à l'académie vendredi, puis je regardai autour de moi pour trouver quelque chose qui m'occuperait.

Je nettoyai la maison par vengeance. Les sols, qui n'étaient pas vraiment sales, furent balayés et récurés, escaliers inclus. Je dépoussiérai les chambres, lavai les draps et retirai les toiles d'araignées dans les coins du plafond. Dans la cuisine, je lavai les placards et vidai le réfrigérateur avant d'en nettoyer aussi l'intérieur.

Au moment d'arriver au bureau, je ne fis qu'ouvrir la porte que j'avais fermée longtemps plus tôt, jetai un coup d'œil et fermai à nouveau. Le soleil s'était couché et j'étais épuisée.

Je me préparai rapidement à dîner et me mis au lit. Je songeai à Oanen en fermant les yeux et me demandai si sa journée avait été aussi ennuyeuse sans moi que la mienne sans lui.

Penser à lui juste avant de dormir n'était pas une très bonne idée. Je rêvai de lui. Il volait sans cesse dans une tempête, à ma recherche. La foudre le frappait à répétition, brûlant ses plumes et roussissant sa peau. Malgré ça, il refusait d'atterrir et d'interrompre sa quête. Lorsque je me réveillai trempée de ma propre sueur, ce fut parce que je l'avais vu mourir, un éclair en plein cœur. Or cet éclair n'était pas venu du ciel, mais de mes mains, quand il m'avait enfin trouvée.

Je m'essuyai le visage et m'assis, toute tremblante. Le soleil illuminait la chambre, mais la lueur n'aidait pas à soulager mes craintes. J'avais tué Oanen. Avec du feu.

Je pris mon téléphone en hésitant. Cela ne me semblait pas une bonne idée d'envoyer un message pour lui demander d'informer Adira que je ne viendrais pas. Et pourtant, après ce rêve, je ne pouvais ignorer l'avertissement.

Je n'irai pas non plus à l'académie aujourd'hui. Peut-être demain, envoyai-je.

Un instant plus tard, il répondit.

Je vais prévenir Adira.

Comment quatre mots pouvaient-ils exprimer autant de tristesse ? Peut-être à cause de ma propre détresse.

Je reposai le téléphone et me rendormis.

Au bout de plusieurs heures, je m'éveillai à nouveau et me préparai pour une autre journée d'ennui. Après mon ménage de la veille, j'avais décidé de mettre la cuisine sens dessus dessous. À l'aide d'internet, je trouvai une recette de gâteau à étages à la mousse au chocolat et je passai les trois heures suivantes à préparer, puis à manger ma création. Le chocolat avait le pouvoir de soigner l'âme, car après quelques bouchées, la vie ne me semblait plus aussi terrible.

Avant que je puisse terminer de nettoyer le bazar que j'avais mis dans la cuisine, le grondement d'un moteur atteignit mes oreilles. Fronçant les sourcils, je pris une serviette pour m'essuyer les mains et marchai jusqu'à l'entrée, juste à temps pour voir ma voiture s'arrêter. J'aperçus l'éclat d'une chevelure dorée familière derrière le pare-brise tout juste réparé. Mon cœur tambourina lourdement et je me rapprochai de la porte.

Oanen en sortit. Il ne leva pas la tête vers la maison, gardant les yeux rivés sur la voiture. Il posa une main sur le toit et ferma les paupières, les traits angoissés.

Un besoin douloureux se noua dans ma poitrine. Je ne supportais pas de le voir souffrir comme ça. Même brûlé, il ne m'avait pas paru aussi tourmenté.

J'ouvris la porte. Son expression se ferma immédiatement lorsque son regard croisa le mien à travers la moustiquaire.

— Adira dit que je ne peux pas vraiment abîmer quelque chose dans la maison, dis-je alors que mon rythme cardiaque s'accélérait. Il vaudrait mieux que tu rentres.

Il ôta sa main de la voiture et marcha lentement jusqu'à moi. Mon pouls s'emballa, d'impatience et d'inquiétude.

Il n'hésita pas sur les marches, mais il écarta la porte de mes doigts et entra seul. Je reculai lentement, respectant l'espace personnel de chacun.

Ses yeux d'un bleu profond m'examinèrent un long moment.

— Je n'ai jamais cherché à te blesser, dit-il doucement.

— Tu ne l'as pas fait. Je comprends pourquoi tu n'avais pas envie que je le sache. C'est vrai, j'ai paniqué comme tu t'en doutais, n'est-ce pas ?

— Est-ce que tu paniques encore ?

— Oui. J'ai l'impression que mon cœur martèle ma poitrine pour essayer d'en sortir.

— Je sais.

Il détourna les yeux un instant.

— Mais je ne sais pas comment te faciliter les choses, Megan. Ni comment apaiser tes craintes.

— Je ne pense pas que tu le puisses. Tant que je ne saurai pas ce que je peux faire ni comment le contrôler, je vais continuer à être terrifiée à l'idée de te faire du mal.

— Tu ne me feras pas de mal, dit-il en se rapprochant.

Je reculai immédiatement d'un pas.

— Ton visage est déjà rouge. Je peux sentir ma propre chaleur. On dirait qu'il y a un feu en moi, qui grandit à chaque seconde que je passe avec toi. Ce n'est pas de la colère. C'est du besoin. J'ai désespérément envie d'être avec toi, c'est dingue. J'ai envie que tu me serres dans tes bras, mais je sais ce qui arrivera si...

Il se déplaça rapidement, réduisant la distance entre nous et enroulant ses bras autour de moi.

— Oanen, murmurai-je en guise d'avertissement.

— Ne me repousse pas. J'en ai autant besoin que toi.

Je n'aurais pas pu le repousser, même si j'en avais eu envie. Nous nous accordions parfaitement et je fondis contre lui, posant ma tête sur son torse contre tout sens commun.

— Tu vas finir brûlé à nouveau, dis-je.

— Tes brûlures me font moins mal que ton silence.

Ses mains décrivaient des cercles dans mon dos, me calmant et me réconfortant. Je levai la tête pour le regarder.

— Nous devons parler de ce qui se passe.

— Comment ça ? demanda-t-il.

J'avais envie de répondre « vol d'union », mais je ne parvins qu'à remuer les lèvres.

— Foutue bibliothèque, marmonnai-je.

Je reposai ma tête sur son torse et le sentis déglutir difficilement avant de me serrer plus fermement.

— Je te demanderais bien ce que tu as appris d'autre, mais je sais que tu ne pourrais pas répondre.

Sa main descendit au bas de mon dos. J'aimais sa façon de me toucher.

— Et si tu me racontais tout, alors ? dis-je.

— Je ne veux pas te contrarier encore plus.

Je ne voyais pas comment c'était possible.

— Au fait, je ne suis pas prête à avoir des enfants.

Ses mains cessèrent de bouger.

— Je le sais bien. Nous irons à ton rythme, peu importe ce que tu as lu dans la bibliothèque.

— Bien. Je suis un peu moins paniquée. Alors, que sommes-nous, exactement ?

— Nous sommes liés.

— Et qu'est-ce que ça signifie pour un griffon ? Tu as dit que tu pouvais sentir ce que je ressentais. Tu étais sérieux ?

— Oui. Juste les émotions les plus fortes. Quand tu es heureuse, triste, en colère, blessée.

— Comment suis-je actuellement, d'après toi ?

— Toujours contrariée.

— Probablement parce que tu commences à sentir le toast brûlé, dis-je en levant la tête.

Il me relâcha et recula de quelques pas. Son visage semblait avoir pris un coup de soleil et j'étais prête à parier qu'il avait de nouvelles cloques sur le torse, là où j'avais posé ma tête.

— Ne t'excuse pas, dit-il. Ce ne sont pas les mots que je veux entendre.

— Que veux-tu entendre, alors ?

— Que tu n'abandonnes pas.

Je savais ce qu'il voulait. Il voulait que je lui dise que je ne lâcherais pas l'affaire à propos de nous, que je continuerais à apprendre comment contrôler ce qui était en moi, peu importe ce dont il s'agissait. Une promesse de ce genre était trop dangereuse pour être faite à la légère. Je lui donnai donc ce que je pouvais.

— Tant que tu es en sécurité, je continuerai d'essayer.

CHAPITRE ONZE

Levant la main, je regardai la table d'un air absent pendant que le livre que je venais de terminer retournait à sa place. Connaître la magie des elfes blancs ou noirs était intéressant, puisque j'étais maintenant certaine qu'Adira était une elfe blanche, toutefois je ne voyais pas comment cela pourrait m'aider.

Les paroles d'Eliana flottaient dans mon esprit. Adira m'avait donné accès à la bibliothèque pour une raison. Bien sûr, elle avait fait passer cela pour des tâches d'agent de liaison, mais hormis vérifier le degré de malveillance des nouvelles recrues, je n'avais pas fait grand-chose. Elle avait aussi avoué qu'il n'y avait rien d'utile sur les furies dans la bibliothèque. Alors, pourquoi m'y donner accès ? Qu'étais-je supposée apprendre ici ? Que j'étais juste l'un des nombreux êtres que les dieux avaient créés ? Qu'ils nous avaient engendrés sur un coup de tête pour accomplir une myriade d'objectifs correspondant aux plans qu'ils avaient à l'esprit ? Tout ce que je faisais, c'est remettre en question la validité de notre existence. Si les dieux n'étaient plus là pour se battre au sujet des humains, pourquoi avait-on besoin de nous ?

Quelqu'un toqua à la porte. Secouant la tête pour chasser ces questions, je me levai et répondis. Eliana me sourit depuis le couloir.

125

— Où est Oanen ? demandai-je.

Puisque nous étions d'accord pour y aller lentement sans que je l'évite, j'avais supposé qu'il ne m'éviterait pas non plus.

— Il s'est déjà envolé. On se retrouve au Roost dans trente minutes. Avec toi.

Je grommelai.

— Pas de ça, dit-elle. Je sais comment tu deviens quand tu restes cloîtrée dans cette maison trop longtemps. Restée enfermée à la bibliothèque ne change rien. C'est toi qui conduis. Allez.

La plupart des voitures étaient déjà parties lorsque nous arrivâmes au parking.

— Depuis combien de temps la cloche a-t-elle sonné ? demandai-je en montant.

— Pas longtemps. Je me suis dit qu'il valait mieux attendre quelques minutes pour que tu n'aies pas à me supporter en même temps que la foule.

— Tu en as marre de m'avoir sur les bras ? lançai-je avec un sourire en quittant mon emplacement à reculons.

— Pas du tout. Ces moments sont toujours les temps forts de ma journée. Je me disais simplement que tu pourrais être un peu en colère contre moi après...

Elle haussa les épaules et regarda ses mains.

— Je sais pourquoi tu ne m'as rien dit, Eliana. C'était ce qu'il y avait de plus intelligent à faire. Je n'étais pas prête et tu me protégeais.

Elle ricana.

— Aucune chance. Je ne te protégeais pas, je protégeais mon âme. J'en ai fait la promesse avant de te connaître et je ne pouvais pas l'enfreindre. En particulier maintenant que je sais que l'enfer existe. Pour ce que ça vaut, je pense qu'Oanen aurait dû t'en parler dès le début. Garder ce genre de secrets peut ruiner une relation avant même qu'elle commence. J'espère que ça ne ruinera pas la vôtre, cependant. Je veux que vous soyez heureux.

À ses paroles, je me sentis un tantinet coupable pour le secret que je lui cachais. Peu importe ce qu'elle racontait, Fenris avait raison. Eliana n'était pas prête à apprendre qu'il était intéressé.

— Moi aussi, dis-je sans changer de sujet. Mais je ne vois pas comment ce serait possible si je ne cesse de cuire Oanen chaque fois qu'il est près de moi.

— Tu ne t'es pas demandé pourquoi ce n'est qu'avec lui ? Après tout, tu vas bien quand tu es avec Fenris.

— Probablement parce que Fenris ne m'intéresse absolument pas d'un point de vue amoureux.

Elle lâcha un ricanement.

— Je suis sérieuse, insistai-je. Et je suis sûre de ne pas l'intéresser non plus.

Avant qu'elle me demande pourquoi, je changeai rapidement de sujet.

— Maintenant, est-ce qu'on est vraiment obligées d'aller au Roost ? Étant donné mon instabilité et ma tendance à perdre les pédales ces jours-ci, ce ne serait pas mieux de faire une soirée entre filles ?

— Non. C'est l'idée d'Oanen. Tu vas t'entraîner à te contrôler. Oh, et il veut que tu portes la robe.

J'ouvris la bouche pour lui dire que c'était hors de question, mais elle fut plus rapide que moi.

— Il pense que ce sera une bonne distraction. Tu te préoccuperas trop de la robe pour être entièrement concentrée sur la malveillance des gens.

Elle haussa les épaules tandis que je m'engageais dans mon allée.

— Il a peut-être raison. Tu t'en es bien sortie la dernière fois.

— Tu as oublié l'incube que j'ai cogné ? Je suis loin de m'en être bien tirée. Non. Pas de robe ce soir. Ça va me mettre encore plus sur les nerfs et je n'ai pas besoin de ça.

Pourtant, vingt minutes plus tard, je tirais sur mon ourlet, assise dans la voiture. Je me demandais bien où était passée ma détermination.

— Merci beaucoup, Megan. C'est plus facile d'être habillée comme ça si tu l'es aussi.

Je regardai sa tenue, contente que ce ne soit pas le cas. Elle avait mis une longue robe lavande avec une fente sur le côté qui remontait en haut de sa cuisse. Un col V exposait le vallon entre ses seins.

— Je trébucherais si je portais un tel truc, dis-je en sortant de mon allée.

— Ça me rend nerveuse qu'Adira choisisse mes robes maintenant. Celle-ci n'est pas mal, mais à quoi ressemblera la suivante ?

— La plupart des filles tueraient pour avoir quelqu'un qui leur livre des fringues comme ça à leur porte.

— Pas si elles viennent d'Adira. Il y a toujours une contrepartie.

— Tu dois faire quoi, ce soir ?

— Simplement danser. J'ai pris une page de ton manuel et je lui ai lancé un ultimatum quand elle m'a dit qu'elle voulait que je me nourrisse de l'énergie sexuelle de la foule.

— Oh ? Quel ultimatum ?

Elle m'adressa un sourire penaud.

— J'ai dit que s'ils continuaient à me mettre la pression, je finirais par appeler ma mère et accepter son offre.

— Quelle offre ? Je ne savais pas que tu avais gardé contact avec elle.

— Oui. C'est la seule chose qui l'empêche de venir à Uttira.

— Attends une seconde. Je croyais qu'elle t'avait laissée ici. Abandonnée.

— Oui et non. Les succubes n'ont pas d'instinct maternel par nature. C'est pour ça qu'elle m'a laissée avec mon père. Quand elle est venue me chercher, c'était pour essayer de m'amener ici, où je ne blesserais personne pendant qu'elle m'apprendrait à me débrouiller.

— Tu n'avais pas douze ans quand tu es arrivée ?

— Tu vois le problème. Mais elle ne le voyait pas. Les Quill non plus, au début. Douze ans, c'est assez vieux pour la plupart des succubes. Mais dans mon cas, ça ne l'était pas. Oanen l'a vu tout de suite. C'est lui qui s'est interposé quand ma mère m'a amenée au Roost et m'a demandé de choisir un garçon avec qui perdre ma virginité. Grâce à lui, elle me laisse rester avec les Quill. Et grâce à mes coups de fil et les mises à jour d'Adira sur mes progrès, elle se tient à distance. Si je le lui demande, elle reviendra pour me montrer comment doit vivre un succube, comment utiliser chaque homme, femme et enfant d'Uttira comme instrument d'enseignement.

— Je vois pourquoi le Conseil aimerait la tenir à distance.

— Exactement. Je suppose que ma mère est l'une des meilleures. Elle ne comprend pas que je n'aie pas de horde de serviteurs prêts à satisfaire le moindre de mes caprices. Pour reprendre ses mots exacts.

— Alors, au lieu de te repaître d'adolescents en chaleur depuis que tu as douze ans, tu t'affames ?

— Non. Ma mère ne serait pas restée à distance si j'avais fait cela. Je mange quand j'en ai besoin.

— Comment ?

— Je préfère ne pas en parler, répondit-elle en rougissant.

Puisque nous étions presque arrivées au Roost, je ne l'incitai pas davantage.

— Alors, comment comptes-tu me ceinturer en cas de besoin avec cette robe ? demandai-je à la place.

— Avec grâce, j'espère, répondit-elle pendant que je me garais.

Je lui souris et nous sortîmes de la voiture. L'air était frais et nous nous précipitâmes vers la porte où retentissait le tambourinement familier de la musique.

À l'intérieur, les gens dansaient comme d'habitude, pendant que d'autres se rassemblaient pour discuter sur des canapés ou sur le balcon à l'étage, autour du bar. Des visages familiers se tournèrent vers nous lorsqu'une rafale de vent nous balaya. Heureusement, je ne sentis pas de relents puissants de malveillance dans la foule. Je repérai, en revanche, Fenris et son troupeau au centre de la piste. Il me fit un clin d'œil et continua à danser.

— Je vois Ashlyn, Kelsey et Zoé. Allons les saluer, dit Eliana.

Elle me prit par la main et me tira vers le fond de la pièce. Cela ne me dérangeait pas de passer mon tour pour la danse pour le moment.

— Salut, tout le monde, s'exclama joyeusement Eliana. Des problèmes ?

Toutes trois étaient assises à table. Elles semblaient lire un livre, mais je ne me laissai pas berner.

— Aucun, répondit Kelsey sans lever le nez. Le coaching d'Ashlyn a fait toute la différence.

Ashlyn ricana.

— Le coaching ! Quel coaching ? Tout ce que je vous ai dit, c'est d'ignorer tout le monde. Et ça fonctionne mieux si vous avez quelque chose pour faire mine d'être occupées.

— Il y avait plus que ça, dit Zoé en levant les yeux au ciel. Mais elle nous a fait promettre de ne rien révéler.

— Pas de problème, répondis-je. Tant que vous restez en sécurité.

Le regard de Zoé se posa sur quelqu'un derrière mon épaule. Je me tournai pour découvrir Jenna, qui avait bien meilleure mine que la dernière fois que je l'avais vue.

— Je voulais juste te remercier, Megan.

— Pourquoi ?

— Aubrey était une vraie garce. L'arrêter, c'était la meilleure chose que tu pouvais faire pour nous et la meute. Depuis qu'elle est loin, la vie est bien plus agréable. Je voulais juste te faire savoir que tu es géniale, même si Fenris passe beaucoup trop de temps à te regarder.

Je souris quand ce dernier arriva derrière elle.

— Salut, Fenris. On parlait justement de toi, dis-je.

Jenna ouvrit de grands yeux et lui lança un regard penaud.

— En bien, j'espère.

Ses yeux se posèrent sur ma robe avant de passer brièvement sur Eliana et le reste du groupe.

— Vous êtes toutes bien jolies ce soir, ajouta-t-il en me regardant. Y aurait-il une chance que tu acceptes de danser avec moi ?

— Tu sais quoi ? Ça m'a l'air d'être une idée géniale, répondis-je.

Je tendis la main vers Eliana.

— Je pense que je vais rester assise pour l'instant, dit-elle.

— Quoi ? Pourquoi ? On est venues danser.

— Je crois que je n'ai pas assez dîné.

Son regard me supplia de comprendre. C'était le cas. Quand elle cligna des paupières, je vis passer une ombre furtive dans ses iris. Elle m'avait déjà prévenue que Fenris débordait de luxure. Je gardai ma stupeur pour moi lorsque je compris que c'était à cause d'elle.

— Très bien, j'y vais seule.

Je me tournai vers lui.

— On dirait bien que tu vas rester coincé avec Jenna et moi.

— Ça ne me dérange pas.

Il nous prit toutes les deux par la main et nous conduisit sur la piste de danse. Jenna sourit avant de se lancer devant moi. Je souris également et la suivis, jusqu'à ce que les bras de Fenris m'encerclent par-derrière. Il se rapprocha et inspira profondément, le nez enfoui dans mes cheveux. Maintenant que je savais ce qu'il faisait, cela ne me dérangeait pas. En revanche, j'étais presque sûre que ça dérangeait Jenna, à en juger par son expression.

J'articulai « désolée » du bout des lèvres et elle haussa légèrement les épaules.

Un frisson remonta dans mon dos. J'avais l'impression que l'on m'observait. Je scrutai la foule autour de moi tout en continuant à danser avec Jenna et Fenris. Un t-shirt, semblable à l'un de ceux qu'Oanen portait souvent, tomba de l'étage. Je levai le nez et mon regard croisa le sien alors qu'il agrippait la rambarde du balcon à une main. Les lumières bleues se reflétèrent sur son torse. C'était une vision merveilleuse que je ne pouvais réellement apprécier à cause de ses yeux dorés furibonds.

J'arrêtai de danser.

D'un petit saut, Oanen passa par-dessus la rambarde. Son regard ne quitta pas le mien quand il chuta et ses ailes jaillirent pour ralentir sa descente. Il atterrit en pliant les genoux. Son regard se tourna vers Fenris, qui avait cessé de danser derrière moi, mais qui avait gardé son bras autour de ma taille.

— On dirait que tu n'es pas la seule à avoir des problèmes de gestion de la colère, lança Fenris, bien trop près de mon oreille. Étant donné ce que tu fais pour moi, je ne riposterai pas.

Avant que je puisse lui dire de laisser tomber et de partir, il me poussa dans les bras de Jenna. Je me tournai à temps pour voir le poing d'Oanen entrer en contact avec le visage de Fenris.

— Oanen arrête ! hurlai-je.

Il n'en fit rien. Les autres danseurs non plus, ni la musique.

Je pris Jenna par le poignet et me dégageai juste au moment où Oanen frappait à nouveau. Jenna protesta, cependant elle n'essaya pas de me retenir une fois que je fus libérée. Rejoignant mon petit ami déchaîné, je levai la main et attrapai son bras avant le prochain coup.

Son regard furieux se posa sur moi.

— Dehors. Maintenant, lui dis-je.

Il se libéra, récupéra son t-shirt sur le sol et sortit. Je le suivis de près. Dès que la porte se referma sur nous et que la musique fut étouffée au point de nous permettre de parler, il s'arrêta. Toutefois, il ne se tourna pas.

— Nous devons comprendre les règles de chacun pour que tu n'en viennes pas chaque fois à tabasser mes amis. Je veux dire, comptes-tu frapper Eliana la prochaine fois que je l'embrasserai ?

— Tu prévois de recommencer ?

— Si elle en a besoin, oui.

Je regardai son dos raide de frustration.

— Oanen, ça ne peut pas marcher si tu as si peu confiance en moi. Je dansais avec des amis, je ne couchais pas avec eux.

— Tu es sûre ? Parce qu'on aurait dit que ça prenait cette direction.

Je perdis mon calme. Mes entrailles devinrent si brûlantes que je crus que j'allais bouillir vivante. Au lieu de ça, ce fut une voiture juste devant Oanen qui explosa, en proie aux flammes.

Peu importe qu'un bout de métal s'échappe et le percute ou que le feu le brûle. Il pouvait griller, pour ce que ça me faisait. Je voulais qu'il ait mal comme il m'avait fait mal.

J'avançai d'un pas, prête à le faire tourner et lui offrir un présent à cinq doigts quand quelque chose fonça sur moi par-derrière.

— C'est quoi ces conneries ? criai-je d'une voix stridente en m'écrasant par terre.

La colère ne disparut pas tout d'un coup, mais petit à petit. Une fois que j'eus récupéré suffisamment mes esprits pour comprendre avec qui je bataillais, je m'arrêtai et restai étendue là, la joue contre le ciment.

Je fermai les yeux, furieuse contre moi-même. Était-il possible de s'abaisser encore plus ? Non. Je m'étais arrangée pour blesser chacun de mes amis ce soir. Je pouvais sentir l'odeur de la robe fondue d'Eliana. La culpabilité et la honte me lacérèrent les tripes, emportant tout ce qu'il me restait d'espoir de contrôler la furie qui grandissait en moi.

Eliana se serra encore plus contre moi et sa main caressa ma tête.

— Chut, dit-elle doucement à mon oreille. Je suis là, Megan. Tu ne blesseras personne d'autre.

La dernière pointe de colère me quitta, ainsi que toute autre émotion. Je restai léthargique, dans le vide que je ressentais.

— Tu vas bien, Oanen ? demanda-t-elle.

— Oui. Megan ?

— Elle n'est pas blessée à l'extérieur. À l'intérieur, ça ne va pas. Il vaudrait mieux appeler Adira.

Quelque chose bougea en moi. J'avais envie de ressentir de la colère envers la conseillère, mais je n'y parvins pas. Elle ne cessait de m'échapper. Je me sentais étouffée et à vif.

— Relâche-moi, Eliana.

— Je ne peux pas. J'ai juré de ne te laisser blesser personne. Si je te lâche, tu le feras. Et je ne veux pas enfreindre ma promesse.

À nouveau, toute la colère et la frustration que je souhaitais ressentir m'échappèrent, ainsi que ma volonté de me remuer et de me relever. Je restai couchée là pendant que quelqu'un appelait Adira.

Je ne sentis pas le portail s'ouvrir. Il faisait déjà trop froid par terre pour saisir la différence de température. Mais quand elle arriva, je le sus.

— Tes parents sont en chemin, Oanen, dit la conseillère. Tu peux te lever à présent, Eliana.

— Tout ira bien, Megan, murmura mon amie à mon oreille.

Son poids disparut de mon dos. Avant que je puisse bouger, une main se posa sur mon épaule. Mon ventre se noua lorsque le portail d'Adira me transféra du béton à mon lit. Subitement tournée vers le plafond, j'étais trop désorientée pour faire quoi que ce soit tandis qu'elle se penchait vers moi et embrassait mon front.

Les ténèbres se refermèrent sur ma conscience, asphyxiant la fureur qui avait à nouveau essayé de me consumer de l'intérieur.

— Repose-toi.

Ce mot me suivit dans le néant.

CHAPITRE DOUZE

JE ME RÉVEILLAI À QUATRE HEURES DU MATIN, IMMÉDIATEMENT
consciente de ce que j'avais fait la veille. La vision de ce bout de
métal qui volait vers le torse d'Oanen emplissait mon esprit, ainsi
que l'odeur de la robe calcinée d'Eliana. La culpabilité menaça de
me faire suffoquer.

— Pitié, faites que ce ne soit pas si mauvais que ça, dis-je en
prenant mon téléphone.

Je tapai un message, prête à l'envoyer, puis j'hésitai. Si Oanen
était blessé et récupérait, je ne voulais pas le réveiller. Néanmoins,
s'il était debout, il y avait des chances qu'il s'inquiète pour moi.
C'était son mode de fonctionnement normal. Je fronçai les sourcils
et regardai le portable. S'il était réveillé, cependant, pourquoi
n'avais-je pas déjà reçu de message de sa part ? Inquiète, je lui
envoyai un SMS, suivi de près par un autre.

Est-ce que ça va ? Pitié, dis-moi que tu vas bien.

S'il te plaît, n'abandonne pas.

Comme je ne recevais pas de réponse tout de suite, je songeai
qu'il était toujours endormi et j'écrivis à Eliana.

Je suis désolée pour hier soir. Est-ce qu'Oanen et toi, vous allez bien ?

Au lieu de rôder près du téléphone en attendant sa réponse, je descendis les escaliers pour me préparer quelque chose à manger.

Deux heures plus tard, habillée et prête pour l'académie, mon faux espoir s'était évaporé. Aucun des deux ne m'avait répondu. Cela ne pouvait signifier que deux choses : que je les avais blessés tous les deux au point qu'ils ne puissent pas m'écrire ou bien qu'ils m'avaient abandonnée. Je doutais que ce soit la dernière option. Même si Oanen pouvait avoir envie de lâcher l'affaire à cause de sa jalousie, je ne pouvais imaginer Eliana me faire un coup pareil à cause de ce que j'avais fait.

Après un débat interne de vingt minutes, à me demander si je devais simplement me rendre chez eux, je pris la voiture et empruntai de bonne heure la route de Girderon, continuant à me faire du souci pour eux. Ashlyn arriva peu de temps après, Eugène assis sur le siège passager.

— Salut, Megan, dit-elle en ouvrant sa portière. Je suis contente que tu sois là. J'étais un peu inquiète à l'idée d'amener Eugène toute seule.

Je me rappelai soudain qu'Ashlyn était au Roost aussi, la veille au soir, et je me précipitai vers elle.

— As-tu des nouvelles d'Eliana ? J'ai peur de l'avoir blessée hier.

Elle sembla étonnée.

— Blessée ? Comment ?

— Tu n'as pas entendu la voiture exploser quand je suis allée dehors ?

— Non. Après qu'Oanen a frappé Fenris, Eliana vous a vus et vous a suivis dehors. Elle a envoyé un message plus tard en disant que vous rentriez tous et qu'Adira s'assurerait que nous retournions chez nous sains et saufs.

— J'ai loupé une bagarre ? demanda Eugène.

Je posai mon attention sur lui. Non seulement il portait à présent des vêtements propres qui s'accordaient à ses cheveux d'un noir de jais et à ses yeux marron foncé, mais en plus il avait l'air heureux.

— Ne t'inquiète pas. Nous sommes voués à en voir bien d'autres si tu décides de rester ici.

Il éclata de rire.

— C'est déjà décidé. J'adore être ici.

Ashlyn leva les yeux au ciel, mais parut amusée.

— Tu n'as même pas passé une seule journée à l'école, lui dis-je.

— Ça n'a pas d'importance. Regarde comme je suis impeccable. Ils peuvent me faire tout ce qu'ils veulent ici, je mourrais heureux parce que je n'avais jamais pensé être un jour à nouveau propre et au chaud.

Une autre voiture arriva, rouge et rutilante. En distinguant trois têtes blondes et une brune au milieu, je sus immédiatement de qui il s'agissait.

Fenris nous fit signe tandis qu'il tenait la portière pour Jenna. Je notai qu'il ne portait aucune marque des deux coups qu'il avait reçus hier soir. Les filles reportèrent leur regard sur Eugène avec un vif intérêt alors que leur groupe nous rejoignait.

— Tout le monde, voici Eugène. Il est nouveau ici.

Je me tournai vers Jenna et les autres filles.

— Ça ne vous dérangerait pas de garder un œil sur lui, le temps que je discute une minute avec Fenris à propos de ce qui s'est passé hier soir ?

Jenna acquiesça avec empressement.

— Bien sûr. Nous ferons en sorte que rien ne le mange.

Les autres filles sourirent et passèrent leurs bras sous ceux d'Eugène. Il afficha un grand rictus et leva un pouce à mon intention avant de se laisser guider à l'intérieur. Ashlyn suivit en secouant la tête.

Seule, je fis face à Fenris. Il m'observa de près, son sourire habituel absent de son visage.

— J'ai peur d'avoir blessé Oanen et Eliana hier soir. Pitié, dis-moi que tu les as vus après notre départ.

Le soulagement se manifesta sur ses traits.

— Je pensais que tu allais me demander d'arrêter de te toucher, dit-il en retrouvant son sourire espiègle.

— Je vais y venir. Mais d'abord, raconte-moi ce qui est arrivé après mon départ.

Il haussa les épaules et soupira légèrement.

— Je ne voulais pas empirer les choses, alors je suis resté à l'intérieur. Eliana vous a suivis et j'ai entendu l'explosion quelques secondes après. J'ai essayé de sortir avec la moitié des gens qui étaient dedans, mais le temps que je fasse mon chemin jusqu'à l'entrée, j'ai aperçu madame Quill emprunter un portail qui se refermait sur elle. Eliana, Oanen et toi, vous étiez déjà partis.

Voilà qui n'aidait pas à apaiser mes craintes.

— Tu dois dire la vérité à Oanen, répondis-je, ignorant les voitures qui se garaient derrière lui. Il est jaloux de toi.

Fenris ricana.

— Si je lui dis la vérité, il ne fera pas que me frapper au visage, il essaiera de me tuer. Les griffons sont protecteurs, au cas où tu ne l'aurais pas remarqué. La seule raison qui fait qu'il n'est pas plus furieux que ça pour l'attention que je te porte, c'est parce qu'il sait qu'il a ton cœur. Non, je préfère laisser les choses telles qu'elles sont pour l'instant.

— Très bien. Par contre, plus de câlins pour toi.

Il fit une grimace.

— Là, tu es juste méchante. Mais d'accord. Je t'aime quand même.

Une des personnes qui marchaient derrière nous commença à avancer plus vite, sans aucun doute dans le but de chercher à faire circuler la nouvelle rumeur.

— Pour te prouver mon amour, continua Fenris, j'ai réfléchi à tes problèmes et je pense avoir trouvé un moyen de t'aider. Comment éteins-tu un feu ?

— Ça dépend du genre de feu. Pourquoi poses-tu la question ?

Il gloussa.

— J'ai vu les flammes dans tes yeux et les brûlures d'Oanen. Il y a un feu en toi. Tu essaies de contrôler la chaleur, n'est-ce pas ? Essaie plutôt de l'éteindre.

Il me fit un clin d'œil et se mêla au flux d'élèves qui entraient dans le bâtiment. Je restai là, debout, réfléchissant à ce qu'il avait dit et attendant un signe de la voiture d'Eliana ou de l'ombre d'Oanen dans le ciel. Lorsque la cloche du premier cours sonna, j'abandonnai et entrai pour partir à la recherche d'Adira. Sa porte était bien fermée comme d'habitude, pourtant il n'y eut pas de réponse quand je toquai. Frustrée, je vérifiai les salles de classe jusqu'à trouver Eugène et Ashlyn. Les voyant en sécurité, je partis à la bibliothèque.

Les mots défilaient devant mes yeux, mais aucun ne restait gravé dans mon esprit. Les heures se succédèrent. Personne ne tapa à la porte et le grondement de mon estomac s'intensifia. Baissant enfin les bras, je sortis et patientai dans ma voiture jusqu'à ce que la dernière sonnerie retentisse.

Les véhicules quittèrent le parking en nombre. Tandis que j'attendais de savoir comment s'était passée la première journée d'Eugène, j'envoyai le même SMS à Oanen et Eliana.

J'essaie de ne pas paniquer, mais votre silence me fait flipper. Rappelez-moi dès que vous pourrez, pitié.

Peu de temps après que j'eus appuyé sur le bouton d'envoi, Ashlyn et Eugène émergèrent du bâtiment, accompagnés de Fenris et ses filles. Ils discutaient tranquillement, le sourire aux lèvres. Une partie de moi les détestait pour leur bonne humeur. Pourquoi ne pouvais-je pas être comme ça ?

Eugène me repéra et trottina jusqu'à ma voiture. Fenris et son troupeau continuèrent leur chemin vers leur bolide, mais il me fit un petit signe de tête.

— Salut, Megan, dit Eugène. Je voulais juste te faire savoir que je n'avais pas changé d'avis. Merci de m'avoir présenté à Jenna. Ses amis et elles sont géniaux.

— Je suis contente que tu te plaises ici. Mais n'oublie pas ce qu'est cet endroit et fais attention.

Il acquiesça et partit rejoindre Ashlyn, qui me fit signe avant de monter dans sa voiture. Abattue et seule, je commençai à reculer de mon propre emplacement. Mon téléphone bipa. J'écrasai la pédale de frein et m'en emparai.

Mes yeux dévorèrent le message d'Eliana.

Je viens chez toi dès que possible. Ne panique pas.

Je relus la deuxième phrase. Que voulait-elle dire ? Pourquoi pensait-elle que je paniquerais lorsque je la verrais ?

En regardant derrière moi, je terminai ma manœuvre et me dépêchai de rentrer. Une fois arrivée, je fis les cent pas dans la cuisine, paniquant malgré son avertissement.

Lorsque j'entendis enfin sa voiture, j'ouvris la porte avant même qu'elle se soit garée. Je me concentrai sur son visage quand elle sortit. Elle avait l'air en forme. En quelque sorte. Elle portait bien plus de maquillage qu'à son habitude.

— Tu as dû te maquiller pour couvrir tes brûlures ? demandai-je, de la peur plein les mots.

— Non, répondit-elle en se précipitant vers moi. Ce n'est pas ça. Regarde de plus près. Ma peau va bien. Entrons avant que tu ne mettes le feu à quelque chose.

J'acquiesçai et la suivis à l'intérieur. Elle tendit une main, que je serrai avant de l'étreindre chaudement.

— J'avais peur de vous avoir blessés au point que vous ne puissiez même pas m'écrire, dis-je contre ses cheveux.

— Je jure que je vais bien.

— Oanen ? demandai-je en reculant pour la regarder.

— Blessé, mais ce n'est pas grave. Tout va guérir.

— Qu'est-il arrivé ? Pourquoi ne m'avez-vous pas appelée ?

— Beaucoup de choses se sont passées. Asseyons-nous. J'ai encore une heure avant de devoir rentrer.

Je pris place en face d'elle et remarquai à quel point ses yeux étaient beaux avec du mascara sombre et du fard à paupières.

— Si tu ne portes pas de maquillage pour dissimuler quelque chose, pourquoi ? Je veux dire, ça te va vraiment bien, mais c'est différent de ce que tu mets d'habitude.

— Le maquillage est lié à ma visite.

Elle tendit le bras sur la table basse pour me tenir à nouveau la main.

— Après l'explosion de la voiture hier soir, Adira t'a ramenée. Ensuite, les Quill et elle ont décrété qu'Oanen et moi faisions obstacle à tes progrès.

— Ils *quoi* ?

Ma colère voulait pointer le bout de son nez, mais grâce à Eliana, elle n'en fit rien.

— Nous ne sommes pas supposés te revoir avant un moment. En particulier Oanen. Ils ont pris son téléphone et lui ont interdit de quitter la maison pendant cinq jours. Une fois qu'ils sauront s'il peut contrôler son désir de te rejoindre, ils l'autoriseront à sortir, mais il en a fini avec l'académie le temps que tu reçoives ta marque.

Çà et là, des flammèches de chaleur me dévoraient de l'intérieur avant de disparaître. Le Conseil me prenait tout. Mes amis. La seule famille que j'avais à présent. Même si je ne pouvais pas sentir ma colère, je pouvais sentir l'impression écrasante d'être seule et piégée.

J'essayai de rester concentrée sur Eliana tandis qu'elle continuait son histoire.

— Les Quill étaient censés prendre mon téléphone aussi, mais j'ai promis de ne pas t'écrire sans leur permission. Quand j'ai reçu ton dernier message, j'ai su que quelqu'un devait te dire ce qu'il se passait avant que tu ne perdes complètement le contrôle. J'ai utilisé le maquillage comme monnaie d'échange. Une semaine comme ça, contre une heure à discuter avec toi.

Mes mains tremblèrent. Je vivais seule dans la maison où ma

mère m'avait abandonnée. Pourtant, ma vie ne m'avait jamais semblé aussi manipulée et gérée par d'autres.

— Je sais que tu es en colère, Megan. Oanen aussi. Moi aussi. Nous devons simplement prouver au Conseil que lui et moi n'avons rien à voir avec tes progrès. Honnêtement, ils devraient déjà le savoir. Regarde-moi, tu veux ?

— Tu es la preuve vivante qu'ils ont raison. À cause de moi, tu portes du maquillage. Tu ne vois pas ? Pour eux, nous ne sommes que des pions sur un échiquier. Ils nous déplacent afin de manipuler nos actions et nos réactions par rapport aux autres. Maintenant, le Conseil vous retire de l'équation, Oanen et toi. Puisque nous savons que vous n'entravez mes progrès en rien – c'est vrai, regarde la vitesse à laquelle ces nouveaux pouvoirs surgissent –, nous devons nous demander pourquoi ils font ça. Pourquoi nous séparent-ils ? Veulent-ils provoquer une réaction en particulier chez l'un d'entre nous ? Que cherchent-ils à accomplir ?

Je pris une inspiration lente et profonde avant de relâcher sa main.

— Tu devrais y aller. Fais savoir à Oanen que je pense à lui.

Elle se leva et m'étreignit une nouvelle fois.

— Je le ferai. Je te dirais bien de te tenir à carreau, mais...

Elle haussa une épaule et me lança un sourire entendu.

— Je leur ferai leur fête quand je serai prête.

Elle acquiesça et partit.

Pendant le reste de la soirée, je ressassai les possibles raisons derrière la décision d'Adira et des Quill.

JE REGARDAI le numéro de téléphone, hésitant à répondre. La dernière fois qu'un numéro inconnu m'avait contactée, j'avais trouvé un cadavre dans la ruelle derrière le Roost. Même si cette découverte avait fini par aider à retrouver le meurtrier, je n'étais pas prête à jouer les super détectives aujourd'hui. M'étant réveillée devant tout un jardin tapissé de neige, je n'étais pas d'humeur à autre chose que regarder des intégrales de séries à la télévision toute la journée.

Le téléphone arrêta de sonner, mais un moment plus tard, un message arriva.

Nous requérons ton assistance. Retrouve-moi chez les Quill dans vingt minutes s'il te plaît. Adira.

Je tapai une réponse rapide.

Je croyais que je n'avais pas le droit d'approcher Oanen ou Eliana. Vous ne voudriez pas m'empêcher d'atteindre mon vrai potentiel, n'est-ce pas ?

Sa réponse fut immédiate.

Bien sûr que non. C'est pour ça que cet entretien restera bref. À tout de suite.

Je grommelai, éteignis la télévision et me préparai. En moins de cinq minutes, j'étais sur la route.

Peut-être est-ce un test, me dis-je. Si je m'en sors bien, ils me laisseront passer du temps avec Oanen et Eliana. Si je ne m'en sors pas, peut-être qu'ils m'expulseront de leur ville de merde.

Je souris à cette pensée. Hors d'Uttira, je pourrais enfin obtenir les réponses dont j'avais besoin.

Donc, soit je la joue carrément cool, soit je pète les plombs. Il n'y a pas de juste milieu, me prévins-je.

Puisqu'il y avait peu de chances qu'ils me fichent dehors, je savais que j'avais besoin de jouer les gentilles.

En atteignant la demeure des Quill, je me garai dans l'allée soigneusement déneigée. Comme d'habitude, la maîtresse de maison m'ouvrit la porte avant même que je parvienne sur le seuil.

— Bonjour, Megan, dit-elle avec un sourire accueillant.

— Je n'arrive pas à décider ce qui est vrai ou faux avec vous, répondis-je au lieu d'une salutation polie. Enfin, est-ce que vous m'appréciez réellement ? C'est difficile à dire, puisque je ne suis bienvenue chez vous que lorsque je vous suis utile pour un travail ingrat. En parlant de ça… que puis-je pour vous aujourd'hui ?

Je n'arrivais pas à croire que j'avais réussi à déballer tout cela tout en gardant un sourire sur mon visage. Le sourire de la mère d'Oanen, en revanche, avait disparu.

— Nous n'avons jamais désiré que tu ne te sentes pas la bienvenue ici ni que tu te sentes utilisée. Nous essayons simplement de faire ce qui est le mieux pour vous deux.

— C'est ça, dis-je. Parce que donner de vraies réponses et conseils, ça ne fait de bien à personne. Pigé. Maintenant, que puis-je faire pour vous ?

— Nous avons quelqu'un dans le bureau que nous aimerions que tu rencontres.

— Je vous suis, dis-je en luttant pour conserver mon sourire.

Je la talonnai jusqu'en haut des marches, vers le bureau qui m'était familier et où attendaient déjà Adira et monsieur Quill, installés avec une autre femme. Elle était menue, blonde, et ne renvoyait qu'une pointe de malveillance sur mon radar. Elle était également bien plus âgée que les autres recrues.

— Megan, dit Adira, j'aimerais te présenter le nouvel agent de liaison d'Uttira, Anne Regan.

Je demeurai là un moment, sans trop savoir ce que j'étais censée ressentir. Je n'avais jamais vraiment voulu ce poste, et pourtant, l'idée que quelqu'un garde un œil sur les gamins que j'avais autorisés à rester ici me semblait une mauvaise chose. Surtout, je me sentais à nouveau mise au pied du mur. On aurait dit qu'ils essayaient une nouvelle fois de me contrôler, d'une certaine façon. Moi ou peut-être ma réaction.

— Anne Regan, le Conseil vous a-t-il dit ce que j'étais ?

— Je suis navrée, non.

— Ce n'est rien. Faites attention. Je suis une furie. On m'a dit que j'étais censée punir les êtres malfaisants.

— C'est ce que tu fais, Megan, dit Adira.

— Et pourtant, vous m'en empêchez.

Je me concentrai à nouveau sur Anne.

— Ils disent qu'ils ont notre intérêt à cœur. Ainsi que celui des humains. Je ne peux pas dire que j'aie vu beaucoup de preuves pour étayer cette affirmation. Observez de près ce que font les membres du Conseil. Battez-vous pour les humains. Je ne veux jamais apprendre que vous faites le contraire.

Je tournai les talons et quittai la pièce.

— Tu ne vas pas demander des nouvelles d'Oanen ? lança Adira.

— Ne jouez pas avec moi. Je suis peut-être jeune et inexpérimentée pour l'instant, mais ce ne sera pas toujours le cas.

En sortant du bureau, je faillis percuter Eliana, qui avait les yeux grands ouverts. Elle m'attrapa par le bras et me guida au bas des marches.

— J'ai entendu, murmura-t-elle quand nous arrivâmes à la porte d'entrée. Je suis désolée qu'ils t'aient enlevé ça aussi.

— Ce n'est pas grave. Ils m'avaient prévenue que ce ne serait que temporaire. Je ferais mieux d'y aller. Je ne veux pas que tu aies des problèmes.

Elle sourit légèrement.

— Après la réplique que tu viens de lancer, je ne pense pas qu'ils fassent quoi que ce soit pour te contrarier avant un moment.

Elle m'étreignit fort.

— On se voit demain.

Je quittai la maison avec un cœur plus lourd qu'à mon entrée. En arrivant à la voiture, je regardai derrière moi et aperçus Oanen à une fenêtre du second étage. Il était là, debout, les mains dans les poches, à m'observer. Je ne pouvais pas savoir ce qu'il pensait ou ressentait à ce moment-là, mais je savais ce dont il avait besoin de ma part.

— On se voit demain, dis-je.

Un léger sourire recourba ses lèvres et je compris qu'il m'avait entendue.

CHAPITRE TREIZE

— Monsieur et madame Quill, je suis venue chercher votre fils, me dis-je à moi-même, affichant un grand sourire tout en enfilant ma veste. Je ne lui veux que du bien et je n'accepterai pas de refus.

Bien évidemment, j'avais regardé trop de rediffusions ces dernières vingt-quatre heures.

Le soir précédent, j'avais décidé d'attendre jusqu'au déjeuner avant de retourner chez les Quill. Ma décision avait moins reposé sur le moment de la journée, et plus sur la quantité de temps dont j'aurais besoin pour me préparer mentalement à cette visite impromptue. Toute la matinée, j'avais tenté de trouver quelque chose d'intelligent à dire. Quelque chose de persuasif qui leur ferait changer d'avis sur leur décision de me tenir à distance d'Oanen et d'Eliana. Cependant, je n'étais pas mieux préparée que je l'étais la veille. Ce n'était pas important. Je refusais de reporter ma visite. J'avais besoin d'Oanen.

Je fermai ma maison à clé et pris un air sérieux en avançant jusqu'à la voiture. Les Quill avaient de grandes chances de m'envoyer balader. Malgré tout, j'espérais que mes commentaires auprès de la mère d'Oanen la veille les inciteraient au moins à m'écouter. J'étais frustrée de ne pas connaître la véritable raison qui se cachait derrière notre séparation.

— Pourquoi l'honnêteté est-elle un concept difficile pour la plupart des gens ? marmonnai-je dans ma barbe.

Je m'engageai sur la route. J'espérais ne pas finir par regretter ce que j'allais faire.

Quinze minutes plus tard, je me garai devant la maison d'Oanen. Il était à la fenêtre et me regarda descendre de la voiture.

— Tu pourrais me faciliter la tâche en sortant toi-même, dis-je.

Il secoua la tête et recula.

— C'est loin d'être séduisant de se faire désirer, qu'on soit une fille ou un garçon, grommelai-je à voix basse.

Il n'y eut personne pour m'ouvrir la porte. Cette fois, je dus toquer et attendre dans le froid.

Quand madame Quill répondit, elle parut surprise.

— Bonjour, Megan. Je ne pensais pas te revoir avant un moment, dit-elle en m'invitant d'un geste.

— Oui, à ce sujet, répondis-je une fois à l'abri du froid. Toute cette histoire de séparation forcée ne me va pas trop. Je suis là pour voir Oanen.

— Je suis désolée, Megan, mais je ne peux pas autoriser cela.

— Oh, si, vous le pouvez. Vous choisissez simplement de ne pas le faire. Peut-être pourriez-vous m'en donner la vraie raison ?

— Nous sommes inquiets du fait que le temps que vous passez ensemble entrave tes progrès.

— Mes progrès vers quoi ?

— Le contrôle.

— Vous voyez, je ne suis pas d'accord. Ce qui entrave mes progrès, c'est le manque de conseils, comme je l'ai dit hier. J'aimerais croire que vous, votre mari et Adira êtes incapables de me guider parce que vous n'en avez pas le savoir. Cependant, j'ai vu les dossiers d'Adira et la bibliothèque censurée de l'académie, je suis donc plutôt sûre que vous faites exprès de me dissimuler des informations.

Savez-vous ce que pensent certains ? demandai-je, sentant déjà ma furie intérieure se réveiller comme lorsque j'avais réfléchi à la question chez moi. Certaines personnes croient que l'omission est un péché aussi gros qu'un mensonge pur et dur. Et selon mes connaissances en la matière, un péché est synonyme de malveillance.

Cette fois, je me laissai aller au changement. Quand mes yeux s'illuminèrent, j'en étais consciente.

— Je suis fatiguée d'être votre pion. De vos mensonges. Les dieux contrôlent suffisamment ma vie. Je ne donnerai pas plus de pouvoir à qui que ce soit d'autre. Le Conseil a deux choix. Me laisser quitter Uttira ou me garder, mais me laisser vivre en paix.

Un frisson me parcourut le dos et je me tournai juste à temps pour attraper le poignet d'Adira avant qu'elle parvienne à me toucher.

Elle grimaça et recula rapidement, protégeant sa peau brûlée.

— Vous devriez savoir qu'il ne faut pas toucher une furie quand elle est en colère, lançai-je d'une voix à l'écho déjà plus profond.

— Megan, tu dois te contrôler, dit-elle calmement.

Je souris, mais ce n'était pas par gentillesse.

— Je ne pense pas. Me maîtriser ne ferait que vous arranger vous, pas moi. Je crois que j'ai besoin de tout lâcher.

Adira blêmit et madame Quill me contourna rapidement pour se tenir près de sa sœur.

— Nous avons eu tort d'essayer de garder Oanen loin de toi. Il est à l'étage, dit-elle en tendant le bras pour presser un bouton sur le haut-parleur près de la porte. Oanen, tu as de la visite.

Je me demandai brièvement pourquoi elles me donnaient si facilement ce que je voulais.

— Je m'attendais à mieux de ta part, dit Adira. Pas un tel comportement.

— Pourquoi pensez-vous que j'aurais un meilleur comportement, étant donné votre façon de me traiter ?

— Parce que tu as été élevée en tant qu'humaine.

Je ricanai.

— Les adolescents humains ont un comportement tellement mauvais que la plupart des parents souhaiteraient qu'il existe des options pour les faire adopter sur le tard. Ne jugez pas tous les humains en fonction de ce que vous voyez à Uttira. Ne vous attendez pas à moins d'insolence de la part d'une furie adolescente. Attendez-vous à pire, au contraire.

Madame Quill tendit la main et toucha le bras de sa sœur, puis elles disparurent dans un portail.

Je levai la tête en direction des bruits de pas dans les escaliers. Oanen descendit sans détacher ses yeux des miens. Je croisai les bras et l'examinai. Il avait l'air brûlé, une fois de plus, mais pas aussi gravement que je l'avais imaginé. Seulement le visage rougi et les sourcils calcinés. Rien qui exige qu'il reste au lit.

Ma colère continua d'augmenter. Pas envers lui, mais envers Adira et le reste du Conseil.

— Je dois te le demander. Qu'est-ce que le Conseil sait sur toi pour t'empêcher de venir me voir ?

— Ma marque, répondit-il après un moment.

Même si je m'étais doutée qu'ils le faisaient chanter, je n'avais pas pensé à cela. Il ne m'avait jamais laissé entendre qu'il désirait sa marque au point de m'abandonner pour ça. La douleur me transperça.

— Pourquoi est-elle aussi importante ?

Il ne répondit pas avant d'être arrivé à la dernière marche sur laquelle il resta, à plus de quatre mètres de moi.

— À cause de toi. Ta maison est presque tout le temps vide. Les furies ne vivent pas à Uttira. Du moins, pas si elles peuvent l'éviter. Et de ce que j'ai appris, personne ne souhaite non plus qu'elles habitent ici. Ce qui veut dire qu'à la longue, tu vas finir par obtenir ta marque.

Je le contemplai un moment, assimilant ses paroles et leur signification.

— Et sans ta marque, tu crois que je te laisserai derrière quand j'aurai la mienne ?

— En quelque sorte.

— Je ne pense pas que ce lien fonctionne ainsi. Moins de vingt-quatre heures sans avoir de tes nouvelles et je devenais folle.

— Folle à quel point ? demanda-t-il, les lèvres frémissantes.

— Au point de raser la ville pour te retrouver, ou du moins au point d'arracher les ailes de fée d'Adira.

Il gloussa.

— Tu sembles bien aimer arracher les ailes.

— Apparemment. Ce doit être dans mon sang.

— Elle n'a pas vraiment d'ailes, tu sais.

— Peu importe. Est-ce que j'ai suffisamment refroidi pour approcher ?

Il baissa les yeux sur mes pieds.

— Le sol pourrait encore s'enflammer.

Je regardai et vis les marques roussies qui s'étalaient autour de moi.

— Si je vais dehors pour tenter de me refroidir, est-ce que j'aurai besoin de revenir te sauver ?

— Non. Je pense que tout le monde a compris ton point de vue, ils nous laisseront tranquilles.

— Pour l'instant.

Je soupirai et partis vers la porte.

— Je reviens.

Dehors, je tournai en rond, m'amusant à faire fondre la neige et noircir l'herbe en dessous. Une fois que j'eus fini d'écrire « les furies ne devraient pas jouer avec le feu » dans le jardin avant des Quill, je sus que je pouvais à nouveau rentrer. Il m'avait fallu trois passages pour assombrir suffisamment le mot « feu ».

Souriant intérieurement, je sursautai un peu en me tournant pour découvrir Oanen.

— Ma mère m'envoie te dire que tu as convenablement appris ta leçon sur le feu et que tu peux arrêter d'écrire.

— Elle ne pense pas vraiment que je m'infligeais ça pour me punir, n'est-ce pas ?

— Non.

Je jetai un œil à la maison.

— Je ne m'y connais pas trop en relations sentimentales, mais je suis censée m'arranger pour que tes parents m'apprécient. J'ai pris carrément un autre chemin, là.

— Ne t'inquiète pas. Ils t'apprécient.

Il baissa les yeux sur ma création dans le jardin.

— Tu te sens mieux ?

— Est-ce qu'on parle de température ou de vengeance ?

— Les deux.

— Alors, oui.

— Bien.

Il raccourcit la distance entre nous et passa les bras autour de moi. Je le serrai en retour, savourant la sensation de son étreinte. On aurait dit qu'on ne s'était pas touchés depuis une éternité et je ne m'étais pas rendu compte à quel point cela m'avait manqué, à quel point j'en avais eu envie jusqu'à maintenant.

Il repoussa quelques mèches de mes cheveux et déposa un baiser sur ma tempe. Le feu qui s'était presque complètement endormi se réveilla et je m'éloignai aussitôt.

La question de Fenris sur la façon d'éteindre un feu fit une nouvelle fois écho dans mon esprit. Je détestais avoir autant besoin d'Oanen sans pouvoir le toucher ni être touchée comme je le souhaitais.

— As-tu le droit de quitter à nouveau la maison ? demandai-je.

— Oui.

— Tant mieux, parce que j'aimerais aller quelque part pour essayer quelque chose.

— Ça me semble effroyablement vague.

Je souris et le conduisis jusqu'à la voiture. Une fois à l'intérieur, j'ouvris les fenêtres avant de démarrer le moteur. Je ne me faisais pas confiance pour rester calme.

— Vas-tu me donner un indice ? demanda-t-il lorsque nous arrivâmes sur la route principale.

— Pas encore. Si j'y pense trop, il va faire très chaud ici.

— Je suis intrigué.

Son intonation embrasa instantanément mes entrailles.

— Arrête ça.

Je m'efforçai de ne pas penser à ce que j'allais proposer. Quand j'avais eu l'idée ce matin, j'avais presque fait fondre la poignée du réfrigérateur.

Il ne nous fallut que quelques minutes pour atteindre l'académie.

— On va encore entrer par effraction ? demanda-t-il.

— Si on y est obligés, mais pas pour s'introduire dans le bureau d'Adira. La piscine, cette fois.

Nous sortîmes et essayâmes de passer par la porte des élèves. Verrouillée. Je pris les devants et fis le tour sur le côté, où j'avais trouvé une fenêtre ouverte la dernière fois. Nous grimpâmes à l'intérieur. Cette fois, personne ne flottait à la surface de la piscine.

— Très bien, dit Oanen une fois à côté de moi. Et maintenant ?

— Maintenant, tu rentres dans l'eau.

Je retirai ma veste et la posai sur une chaise. Lorsque je me penchai pour enlever mes chaussures, un grand plouf fit écho dans la pièce. Je regardai la pile de vêtements d'Oanen, puis son rictus beau à se damner tandis qu'il nageait sur place.

— Je pense que je vois où tu veux en venir, dit-il.

— Vraiment ? Parce que je ne suis pas certaine moi-même de savoir où cela va nous mener.

Je déboutonnai mon jean et le posai sur la pile croissante de vêtements. Oanen ne dit rien quand je passai mon t-shirt par-dessus ma tête et le mis de côté. Je n'aurais pas pu dire un mot, même si je l'avais voulu. Mes mains tremblaient. J'étais nerveuse de me tenir devant lui en sous-vêtements. Mais plus encore, j'étais nerveuse parce que je craignais que tout se passe de travers.

Je me dirigeai vers la piscine et m'assis sur le rebord, plongeant une jambe après l'autre dans l'eau. De la vapeur siffla autour de moi dès le premier contact. L'eau froide commença à chasser la chaleur qui s'enroulait autour de mes membres et la vapeur s'apaisa.

— En théorie, la piscine devrait m'empêcher de surchauffer à cause du contrôle de température pour les créatures marines qui l'utilisent en général. Si ça ne marche pas et que tu sens que l'eau commence à chauffer, tu devras sortir pour éviter de bouillir à petit feu comme un homard. Compris ?

— Compris, dit-il. Maintenant, viens. Testons ta théorie.

Je pris une profonde inspiration pour calmer mes nerfs, puis je glissai le reste de mon corps dans la piscine. Oanen s'approcha dans l'eau, une lueur presque prédatrice dans les yeux.

— Détends-toi, Megan, dit-il avec un petit sourire. Je ne vais pas te faire de mal.

Il enroula un bras autour de ma taille et me tira contre sa poitrine tout en agrippant le bord de la piscine de l'autre main. La sensation de sa peau contre la mienne intensifia la chaleur en moi. De la vapeur s'éleva autour de nous en fines volutes, tandis que l'eau du bassin s'efforçait de me garder au frais.

— Est-ce que ça va ? demandai-je.

— Non. Tu me tues. Embrasse-moi, bon sang.

Je souris et posai les mains sur son torse nu avant de réduire la distance entre nous. Je touchai ses lèvres avec hésitation, prêtant plus attention à la façon dont le contact m'affectait et à la température de l'eau plutôt qu'au baiser en lui-même. Oanen ne me laissa pas faire bien longtemps. Il lécha ma lèvre supérieure et m'étreignit plus fort, exigeant toute ma concentration.

Cramponnée à lui, je gémis au contact de sa langue sur la mienne. Sa main caressa mon dos, dans un mouvement frais sur ma peau brûlante. Nous nous séparâmes en nous regardant.

— Ça va toujours ? demandai-je.

— On ne peut mieux.

Une fois de plus, sa bouche réclama la mienne. Cette passion me coupa le souffle et m'ôta toute notion de prudence. Je m'accrochai à lui, m'abandonnant à ce baiser. À son goût. À son ressenti. L'eau remonta sur mes épaules jusqu'à ma gorge quand il relâcha le bord et enroula mes jambes autour de sa taille. La sensation de son érection fermement pressée contre ma culotte me ramena suffisamment à la réalité pour que je brise à nouveau le contact.

Oanen leva une main afin de chasser une mèche mouillée de ma tempe, tout en nageant sur place et en m'observant de ses yeux dorés.

— Tu es la plus belle chose dans ma vie. Je n'aurais jamais cru que les dieux puissent accomplir une telle perfection.

— Tu ne dis pas ça simplement pour me mettre dans ton lit, n'est-ce pas ? répliquai-je, connaissant déjà la réponse.

— Non. Je ne dis pas ça parce que j'ai envie de toi. J'ai envie de toi parce que c'est vrai.

Je le regardai longuement, saisissant enfin ce que je ressentais pour lui.

— Depuis quand es-tu devenu tout pour moi ?

Je l'embrassai doucement, frôlant légèrement ses lèvres.

Mon cœur fredonnait une mélodie suave, une chanson d'amour et d'acceptation de soi. Il m'encourageait à me donner à la créature belle et exceptionnelle qui voulait que je sois sienne. Je glissai mes mains sur ses épaules et dans son dos, pressant ma poitrine contre la sienne. Il gémit sur ma bouche. La chanson nous enveloppa, nous amadouant afin que nous libérions notre passion l'un pour l'autre.

Oanen m'agrippa les jambes et plaqua ses hanches contre les miennes. Le plaisir me donnait le frisson dans tout le corps. Le besoin de donner et de recevoir redoubla alors que nous sombrions dans l'eau, nos bouches unies dans un baiser brûlant qui menaçait de consumer mon âme. Je sentais son désir pour moi. Son envie de m'appeler « sa moitié ». Tout ce que je ressentais pour lui entra en collision et se solidifia dans ma poitrine, une boule d'émotions si intense qu'elle brûlait d'être partagée.

Je perdis le contrôle sur les sentiments que je craignais d'exprimer et les relâchai sans retenue vers Oanen.

De l'eau gicla autour de nous. Sous le choc, j'ouvris les yeux. Ses lèvres furent arrachées aux miennes à travers les bulles et je le vis voler en arrière. Il percuta l'autre côté de la piscine avec une telle force que, même sous l'eau, je pus entendre le carrelage se fendre.

Je remontai à la surface sans même avoir perdu mon souffle et nageai frénétiquement jusqu'à lui. Il ne bougeait pas. Son corps flottait, la tête en bas, près d'une échelle. Je refermai un bras autour de lui, juste sous les siens, et le poussai vers le bord en ignorant l'échelle. Je le hissai hors de la piscine, sur la margelle en ciment.

Dès que je fus à genoux à côté de lui, je posai mon oreille contre sa poitrine. Le battement de son cœur et le soulèvement de son torse me rassurèrent.

Me redressant sur les talons, je passai la main dans ses cheveux.

— Oanen ? appelai-je.

Son visage était à nouveau couvert de cloques. La majorité de sa peau présentait différents degrés de brûlure. Si ses cheveux n'avaient pas fondu, c'était probablement grâce à l'eau.

— Oanen, tu m'entends ?

Il gronda légèrement.

— Ooh. Ça a l'air mauvais, fit une voix derrière moi.

Je jetai un œil surpris par-dessus mon épaule pour découvrir une fille au visage vert qui nageait dans le bassin.

— Je pense que je l'ai blessé, dis-je en essayant de lutter contre ma panique. Il ne répond pas.

— Oh, c'est vraiment dommage. J'espère que tu apprécieras ce coup en pleine face, ajouta-t-elle avant de plonger sous l'eau.

Je ne savais pas qui elle était, mais j'avais envie de la tuer. Oanen agrippa ma main, m'empêchant de sauter dans l'eau après elle. Je me retournai vers lui. Il avait ouvert les yeux.

— Est-ce que ça va ? demandai-je.

— Oui et non. J'aimerais bien retourner dans l'eau et réessayer, mais je pense que je vais avoir besoin de quelques minutes.

Il parlait lentement en prenant de petites respirations tous les trois mots. Il lui faudrait bien plus que quelques minutes.

— Tu veux réessayer ? Tu es dingue ?

— Pour toi, dit-il avec un sourire suivi de près par une grimace.

Je me sentais malade.

— Tu as très mal ?

— Je pense que je me suis brisé une côte ou deux. Aide-moi à me relever.

— Tu ne devrais peut-être pas. Laisse-moi appeler...

— Megan, je vais bien. J'ai juste besoin d'un coup de main pour éviter de me faire encore plus mal.

J'hésitai jusqu'à ce qu'il essaie de rouler seul sur le côté. La douleur qui lui crispa le visage me poussa à me pencher pour qu'il se serve de moi comme soutien et se relève. Chacune de ses grimaces me déchirait. J'avais fait ça. Je l'avais blessé. Encore. Combien de fois était-ce arrivé ? J'avais perdu le compte.

Une fois debout, nous fîmes le tour de la piscine jusqu'à ses vêtements. Ce fut gênant de l'aider à enfiler son pantalon. Surtout parce que cette garce au visage vert ne cessait de jeter des coups d'œil au-dessus de l'eau, reluquant ouvertement les fesses d'Oanen.

Une fois qu'il eut mis son pantalon, je m'habillai en un tournemain. J'allais me proposer comme béquille, mais il était déjà à mi-chemin de la fenêtre.

— Tu vas finir par te tuer, dis-je, hésitant à l'aider à grimper ou à le retenir de force.

— Tout ira bien.

Il leva sa jambe par-dessus le rebord de la fenêtre et disparut de ma vue.

Quand je me penchai par l'ouverture, je le découvris étendu dans la neige et je me précipitai à son secours.

— Nous aurions pu utiliser les portes.

Je l'aidai à se remettre debout et le guidai vers le parking.

— Oui, mais le nouvel agent de liaison aurait été obligé de venir ici et je ne pense pas qu'elle soit encore prête pour un second round avec toi.

L'humour se mêlait à ses paroles, une tentative pour masquer ses efforts.

— Second round ? demandai-je en faisant comme si de rien n'était. Tu dis ça comme si je l'avais attaquée.

— Elle a peur de toi après t'avoir rencontrée une seule fois.

— Tant mieux. Elle devrait avoir peur de tout le monde ici. Au moins, elle sera plus attentive.

— Et elle deviendra paranoïaque.

Je lui ouvris la portière du côté passager et le regardai s'installer sur le siège. Soit il cachait de mieux en mieux sa douleur, soit il avait moins mal. Je la refermai une fois qu'il fut bien assis et me hâtai de contourner le capot pour monter derrière le volant.

— Je ne sais même pas si cette ville a un hôpital, dis-je.

— Il n'y en a pas. Ce n'est pas nécessaire. Nous guérissons tous assez rapidement.

Il tendit le bras et posa la main sur ma jambe.

— Je peux sentir ta panique. Je vais bien. Arrête de t'inquiéter, s'il te plaît. Donne-moi une semaine, puis nous réessaierons.

Le fait qu'il passe de « quelques minutes » à « une semaine » m'affecta lourdement.

— Comment ? demandai-je. Je ne sais pas contrôler ce qui

m'arrive ni ce qui va arriver. Je ne savais même pas que je pouvais faire des explosions de feu comme ça. On ne retournera pas dans cette piscine.

— Ce n'est pas ta faute.

— Non ? C'est moi qui t'ai amené. C'était mon idée de voir si l'eau pouvait fonctionner.

— Ça aurait peut-être marché s'il n'y avait pas eu ce chant de sirène.

— De sirène ?

Je repensai à la mélodie qui avait joué dans ma tête et me souvins des sirènes grecques qui piégeaient les hommes en leur faisant imaginer qu'elles se déshabillaient en ligne.

— Je croyais que ça ne marchait pas sur nous.

— Normalement non, car nos esprits sont naturellement plus protégés quand nous sommes conscients de la chanson. Là, nous étions occupés.

— Alors, la chanson a fonctionné ? J'ai envie de la tuer.

— Ce n'était pas elle qui chantait, elle n'est pas ce genre de sirène. C'était un autre, un triton. Elle était dans la piscine et l'a probablement convaincu de l'aider. Je suppose que c'est aussi elle qui s'en est prise à Ashlyn.

— Je ne sais pas. Je n'ai jamais vu son visage. J'ai juste...

Soudain, je poussai un juron.

— Quoi ?

— Je l'ai frappée. Oui, c'était elle.

Je ralentis en arrivant devant chez lui et me garai. Il posa sa main sur la mienne pour m'empêcher d'éteindre le moteur.

— On se voit demain.

Portant ma main à sa bouche, il m'embrassa les doigts.

— Merci pour cet incroyable après-midi.

Il me brisait le cœur avec toute cette dévotion dans son regard. Il pouvait à peine bouger sans grimacer et il avait des boursouflures partout sur le torse et le visage. La peau autour de ses poignets, où j'avais posé mes jambes, semblait déjà commencer à peler. Malgré cela, malgré tous les dégâts que je faisais, il me remerciait.

Je déglutis difficilement.

— Au revoir, Oanen.

Il me relâcha et je me mordis la lèvre tandis qu'il sortait lentement de la voiture. Devant la portière, il s'arrêta et se pencha juste assez pour me voir.

— Dis-le, lança-t-il. Dis-moi qu'on se verra demain.

— On se voit demain.

Ses lèvres se courbèrent légèrement, mais son sourire n'atteignit pas ses yeux quand il referma. Je le regardai rentrer lentement jusqu'à la maison. Avant qu'il arrive à la porte, je baissai la fenêtre. L'air froid apaisa mon esprit et m'aida à prendre une décision difficile.

— Oanen, appelai-je.

Il se tourna et me regarda.

— Je pense que nous avons fait une erreur. Nous devons tous les deux accepter que même si nos cœurs se disent oui, nos corps se disent non. Essaie de rester loin de moi. J'essaierai de faire pareil.

CHAPITRE QUATORZE

L'image d'Oanen debout et torse nu dans la neige resta gravée dans mon cerveau durant tout le trajet retour. Il ne m'avait pas interpellée ni tenté de m'arrêter quand j'étais repartie. Au lieu de ça, il avait envoyé un message avant que je ne regagne la route. Un message que je n'avais toujours pas lu.

Je tournai dans mon allée et me garai derrière. Résistant à l'envie de sortir mon téléphone de ma poche, je descendis et marchai jusqu'à la maison. Ce ne fut que lorsque j'eus accroché ma veste et rangé mes chaussures près de la porte que je jetai un œil à ce qu'il avait envoyé.

C'est loin d'être séduisant de se faire désirer, qu'on soit une fille ou un garçon.

Je ronchonnai. Je m'étais doutée qu'il ne me rendrait pas la tâche facile dès que j'avais décidé que nous ne devions pas rester ensemble comme il le voulait. Inspirant lentement, j'écrivis une réponse avec précaution.

Je ne me fais pas désirer. J'ai essayé d'être la petite amie dont tu as besoin. Ça ne fonctionne pas. Je suis désolée, mais c'est mieux ainsi.

Sa réponse fut immédiate.

Ce ne sont pas quelques brûlures et os cassés qui vont changer quelque chose. Tu es mienne quoi qu'il arrive. On se voit demain.

Pourquoi refusait-il d'admettre que tout était fini ? Je tapai une autre réponse, espérant qu'il comprenne.

Je pense que ce serait mieux si je prenais quelques jours de pause. La distance nous aidera à accepter que c'est terminé.

Je pensais recevoir un autre message, mais le portable demeura silencieux le reste de la journée. Même Eliana n'écrivit pas. Je continuais à me dire que c'était pour le mieux. Néanmoins, la douleur dans ma poitrine n'était pas d'accord et ne cessait de grossir à tel point que j'avais du mal à respirer.

Une fois le soleil couché, je me glissai au lit, espérant que le sommeil ferait taire le regret et le déni que je ressentais. Mais il ne vint pas facilement. Je remuai et tournai, la douleur corrosive créant une grande tristesse à laquelle je ne semblais pas parvenir à échapper.

La fatigue prit finalement le dessus bien après minuit.

J'étais tourmentée par des cieux sombres balayés par le vent et remplis d'éclairs. Un cri d'aigle retentit au-dessus de ma tête et je courus sans pouvoir m'arrêter. Il n'y avait pas de refuge à l'abri du froid et de la pluie battante. Pas d'abri ailé sous lequel me mettre en sécurité. J'étais complètement seule dans un monde qui désirait m'éliminer. La foudre me frappa encore et encore, jusqu'à ce que je ne puisse progresser qu'à quatre pattes, rampant dans la boue.

Enfin, la pluie cessa. Une main parcourut mon dos et apaisa la douleur qui faisait rage en moi.

— Tu as assez souffert.

La boue entre mes doigts se transforma en draps. Le lit bougea et je me retournai pour trouver la seule personne que je cherchais. Oanen s'installa derrière moi et enroula un bras autour de ma taille pour me rapprocher de son torse nu et humide. Je me détendis contre lui, laissant mon cœur se calmer.

— Je refuse de croire que ce que je ressens pour toi est une erreur, dit-il doucement, son souffle sur ma nuque. Nous avons fait le vol d'union. Il n'y aura jamais personne d'autre pour moi. Tu es mienne, Megan. Il est temps que tu l'acceptes.

Je soupirai et me blottis contre lui. L'orage en moi s'apaisa et ne revint pas me torturer tant que je restais étendue, sous la protection de cet abri que j'avais si éperdument cherché.

Je me réveillai lentement, me remémorant la sensation des bras d'Oanen autour de moi. Malgré cela, quand je me retournai, j'étais seule dans le lit. Les sourcils froncés, je me levai et descendis. Il n'était pas non plus dans la cuisine et la porte de la salle de bain était ouverte.

— Oanen ? appelai-je.

Aucune réponse.

En montant au grenier, je me rappelai l'intensité de mon rêve. Oanen avait-il fait partie de mon imagination, lui aussi ?

Mon cœur se comprima douloureusement à la pensée qu'il n'ait été que dans ma tête. Comment allais-je garder mes distances si je me sentais dans un tel état en moins d'une journée ? Je ne serais pas capable de m'empêcher de courir dans ses bras dès que je le verrais. Ce qui était exactement pourquoi je devais me bouger les fesses et arriver à l'académie avant lui.

Une fois dans ma chambre, je m'arrêtai pour regarder mon lit, espérant qu'il ne soit pas venu. Des rigoles de sang étaient dessinées sur mon oreiller et mes draps. J'avais pleuré dans mon sommeil. Beaucoup. Je m'essuyai le visage et sentis des traces de sang coagulé autour de mes yeux.

— Trop sexy, marmonnai-je en commençant à défaire le lit.

Mes draps dans les bras, ainsi que des vêtements propres, je descendis à nouveau pour jeter le sale dans la machine et prendre une douche.

Quinze minutes plus tard, je filai par la porte avec mon déjeuner en main et grimpai dans la voiture. Ce ne fut qu'une fois arrivée à Girderon que je me rendis compte de mon erreur. Le compte-rendu du lundi. J'allais devoir affronter Adira. Après ma grande scène pour qu'elle ne me tienne pas éloignée d'Oanen, voilà que je rompais avec lui. J'avais horreur d'avouer que j'avais eu tort.

Il n'y avait que quelques voitures dans le parking quand je m'arrêtai. Je sortis et me dépêchai de rentrer, bien décidée à en finir avec ce rendez-vous.

Tout espoir d'éviter Adira mourut lorsque je vis la porte ouverte de son bureau.

— Entre, Megan, dit-elle avant que je puisse battre en retraite.

Je m'exécutai et restai debout derrière la chaise.

— Je suis là. Sur quelle tâche inutile pseudo-éducative désirez-vous que je m'attelle à présent ?

— Je t'invite à continuer à consulter la bibliothèque.

— Quoi ? Vous ne voulez pas que la furie hors de contrôle se mêle à la populace ?

Dès que ces paroles sarcastiques eurent quitté ma bouche, je me rendis compte que j'avais vu juste et j'éclatai de rire.

— Que se passera-t-il lorsque j'aurai lu toutes les informations ridicules de cette bibliothèque ? Quelle tactique allez-vous utiliser pour me faire perdre du temps ? demandai-je.

— J'espère que tu auras découvert qui tu es d'ici là.

— Pourquoi ne pas simplement me le dire ?

Elle soupira. Son visage agréable de façade se fissurait enfin.

— Très bien, Megan. Tu es une furie, comme ta mère avant toi. Est-ce que l'entendre de mes lèvres t'aide à comprendre mieux qu'auparavant qui tu es ? Non, ce n'est pas le cas. Savoir qui tu es, c'est une question de découverte de soi. Tu as besoin d'apprendre qui tu es à l'intérieur. Et quand ce sera fait, tu auras toutes les réponses sur la personne que tu deviendras.

— Qui je suis à l'intérieur ?

J'agrippai le dossier de la chaise.

— Je vous ai donné un aperçu de la vraie moi hier. Je suis une boule de rage en feu. Un feu qui brûle tellement qu'il détruira tous ceux qui sont autour de moi. Et savez-vous pourquoi je suis si furieuse ?

Je me penchai vers elle.

— Parce que ma mère m'a abandonnée ici. Parce que j'ai droit à des réponses débiles d'adultes qui pensent en savoir plus que moi. Parce que les dieux m'ont faite ainsi.

Le dossier se désintégra sous ma poigne. Je vis les cendres pleuvoir sur le sol, puis je croisai le regard d'Adira. Cette fois, j'y perçus une pointe d'inquiétude.

— Arrêtez de jouer avec moi. Ça ne se terminera pas bien pour vous.

Je quittai son bureau et m'enfermai dans la bibliothèque, où j'espérais ne rien abîmer. Avec des heures à perdre devant moi, je me mis au travail et cherchai le moindre renseignement qui m'aiderait à briser le lien avec Oanen. Il n'aimerait pas ma solution, cependant c'était la seule que j'avais. J'avais essayé sa manière et cela n'avait pas fonctionné.

La pièce s'illumina lorsque le soleil se leva plus haut dans le ciel. Pourtant, chaque heure qui passait ne m'apportait toujours pas d'information nouvelle. J'ignorai le coup contre la porte et je fus soulagée en constatant qu'aucun air frais ne s'engouffrait. Mon estomac se serra et je dégustai lentement mon sandwich tout en continuant ma lecture.

La lumière derrière la fenêtre diminua, premier indice du temps que j'avais passé penchée sur ces livres sans intérêt. Les pages ouvertes devant moi mettaient en avant la lignée de plusieurs créatures. J'étais sur le point de lever la main pour le laisser retourner vers son étagère quand quelque chose attira mon attention.

· · ·

De nombreuses créatures descendent d'Echidna, connue des mortels comme la mère de tous les monstres. Elle possède le beau visage d'une jeune fille posé sur le corps d'un serpent. Une progéniture multiple lui est née.

Ses enfants furent dotés de la capacité d'apparaître sous une forme humaine délicieuse, pour appâter et attaquer les humains avant de dévorer leur chair que tant désirent. L'un de ses enfants, le Sphinx, naquit cependant sans cette faim insatiable pour leur chair, mais avide de leur esprit. Seuls les plus intelligents survivaient à la présence de cette créature féminine. Elle emmenait les mâles dans son lit et cette union engendra les premiers oracles du monde des hommes.

Ces rares créatures étaient en apparence semblables à leur divine grand-mère Echidna, et en connaissance à leur mère semi-divine. Elles pouvaient pressentir le passé, le présent et le futur. Leur conseil était si convoité que beaucoup périrent lors de guerres humaines. Les oracles qui restaient se retirèrent du monde des hommes. Comme les dieux, leur existence devint un mythe dans l'esprit des mortels.

Je levai la main lorsque le livre enchaîna avec la description d'une autre branche. Je me fichais des minotaures, pas des oracles. Si elles s'étaient retirées du monde des hommes, cela signifiait que l'une d'entre elles pouvait très bien être ici, à Uttira. Et qu'elle pouvait me donner de vraies réponses sur ce que je deviendrais et la manière de contrôler ma rage.

Je quittai rapidement la bibliothèque et récupérai mes affaires. Je n'avais pas reçu de message d'Oanen ni d'Eliana et je trouvai cela étrange, étant donné qu'il était bientôt dix-sept heures. Je n'arrivais pas à croire que j'étais restée si tard à la bibliothèque. Tout en progressant dans les couloirs sombres, j'envoyai un SMS à Fenris.

Tu ne connaîtrais pas d'oracle, par hasard ?

Sa réponse arriva avant que j'atteigne la sortie.

Non, mais je vais me renseigner.

Il faisait déjà nuit dehors quand je quittai le bâtiment. Pourtant, il ne faisait pas assez sombre pour que je manque ce que l'on avait fait à ma voiture. Cette fois, au lieu de casser le pare-brise, mon ennemi avait salement rayé la peinture. D'abord la vitre brisée, ensuite la combine de la sirène à la piscine, et maintenant ça ? Tout le monde à Uttira semblait déterminé à tester les limites de ma colère.

Énervée, je pris une photo des dégâts et l'envoyai à Fenris sans autre commentaire. Peu importait ce qu'il prétendait avoir réglé, le coupable ne l'avait pas écouté. À moins que j'aie plus d'un ennemi ici, ce qui était fort possible.

Des lumières brillaient chez moi lorsque je rentrai. Fronçant les sourcils, je tournai dans l'allée et fis le tour de la maison. L'absence de voiture me rendit soupçonneuse et je sortis doucement avant de me diriger vers la porte de derrière.

Par la fenêtre, j'aperçus Oanen aux fourneaux. Mon cœur manqua un battement et ma poitrine se serra. Même après ce que j'avais découvert à la bibliothèque, je savais qu'il serait plus malin de m'en tenir à ce que j'avais dit et de le renvoyer en attendant de trouver un moyen de contrôler la tempête qui cherchait toujours à se déchaîner à l'intérieur de moi.

Il se tourna légèrement. Ses mouvements étaient plus gracieux et son expression n'affichait pas de grimace, mais la vision de son visage encore rougi m'aida à affirmer ma résolution. Ces instants terribles près de la piscine m'avaient presque tuée. Je ne pouvais pas traverser cela de nouveau.

J'ouvris la porte et entrai.

— J'espère que tu as envie de hamburgers. C'est à peu près la seule chose que j'arrive à faire, dit-il.

— Un burger, ça me va.

Je pris une profonde inspiration.

— Je croyais qu'on s'était mis d'accord et qu'on allait essayer de garder nos distances l'un de l'autre.

— Non. C'est ce que toi, tu veux faire. Je n'ai jamais accepté ça.

Il se détourna du feu et me regarda.

— Nous avons fait le vol d'union. Il n'y a pas de retour en arrière. Tu dois arrêter de fuir et accepter ce que tu sais déjà.

— C'est-à-dire ?

Il marcha vers moi.

— Que nous sommes faits pour être ensemble. Je sais que tu le sens. Ce besoin d'être près de moi. De me voir, de me parler, de me toucher.

Il leva la main et prit ma joue en coupe.

— Je sais que tu souffres en essayant de te tenir à distance. Et je sais que tu as peur de me faire encore plus mal si tu ne le fais pas.

Il m'attira à lui jusqu'à ce que ma poitrine frôle la sienne.

— Arrête de te refuser ce que tu désires vraiment.

Ses lèvres se posèrent sur les miennes dans un baiser qui me coupa le souffle. Mon cœur s'emballa. Je nouai mes doigts dans ses cheveux et lui donnai ce qu'il voulait, même pour quelques secondes. Ses hanches se pressèrent contre les miennes, un contact bien trop proche de celui de la piscine. Cette fois, je reculai. Il ne me laissa pas aller bien loin.

— Dis-moi que tu vas cesser de nous combattre, demanda-t-il en posant son front contre le mien.

— Certainement pas. Chaque fois que je te ferai mal, j'essaierai de m'éloigner. Je tiens trop à toi pour risquer ta vie comme ça.

— Et moi, je tiens trop à toi pour te laisser partir.

— Nous sommes dans une impasse, alors.

— Pour l'instant. Prête à manger ?

J'acquiesçai et il me relâcha. Il servit deux assiettes et nous nous assîmes ensemble à table.

— Qu'est-ce que tu as prévu de faire demain ?

— Je ne sais pas trop. Je ne suis pas certaine de pouvoir supporter une nouvelle journée à la bibliothèque.

— Je parie que non. Je te demanderais bien ce que tu y as trouvé pour rentrer si tard, mais je sais que ça ne servirait à rien.

J'ouvris la bouche par acquit de conscience, mais rien ne sortit. Il gloussa puis retrouva son sérieux.

— Quelles sont les chances pour que tu me laisses passer la nuit ici ? Je ne serai pas là demain, mes parents m'ont demandé d'assister à une réunion du Conseil et je ne suis pas sûr de vouloir rester séparé de toi plus de vingt-quatre heures.

— Donc la nuit dernière n'était pas un rêve ?

— Non. Je suis content que tu ne m'aies pas frappé pour vérifier. De toute façon, je n'aurais pas pu rester à l'écart même si je l'avais voulu. Tu souffrais trop.

Je ne pouvais nier ce que j'avais ressenti et ce que je ressentais encore maintenant.

— Oui. Tu peux passer la nuit ici. Tu peux m'aider à faire le lit aussi.

— Je l'ai déjà fait, en espérant que tu acceptes.

Mes entrailles jouèrent le chaud et le froid à son insinuation.

— Tu veux dire que tu as envie de prendre le risque de dormir avec moi dans mon lit ? demandai-je.

— C'est ça.

Je ne pus retenir la peur qui me traversait. Et si je le blessais à nouveau ? Je me souvins qu'il s'était plutôt bien débrouillé la veille. Peut-être que tout irait bien.

— Changes-tu d'avis ? demanda-t-il doucement.

— Non. Tu peux rester.

La suite du repas passa en un éclair. Oanen prit une douche et, en attendant, je montai rapidement et me changeai pour la nuit. Je fis les cent pas une fois terminé.

Un mauvais rêve, un seul faux pas, et je risquais de le griller.

— Je suis presque sûre que le griffon frit n'a pas le même goût que le poulet frit, Megan, marmonnai-je.

Au gloussement d'Oanen, je me tournai vers la porte.

— Tu parles beaucoup toute seule.

— Comme tous les gens sains d'esprit.

— Les gens se parlent pour savoir à quel point ils ont envie de goûter leur petit ami ?

Mes tripes implosèrent sous la chaleur.

— C'est bon, Megan, dit-il avec un léger sourire. Je veux te goûter à nouveau, moi aussi.

La chaleur empira et je sentis le bois fumé sous mes pieds.

— Nouvelle règle. Tu ne peux pas dormir dans mon lit tant que je ne me suis pas moi-même endormie.

Je levai un bras pour désigner le couloir.

— Va dans la chambre d'amis jusqu'à ce que tu m'entendes ronfler.

— Tu ne ronfles pas.

— Alors, tu vas attendre un long moment.

Il sourit, me rapprocha de lui pour m'embrasser rapidement, puis il quitta la pièce.

— Tu es chaude, Megan. Mais ce n'est rien que je ne puisse gérer, lança-t-il.

Je secouai la tête et me glissai sous les couvertures. L'odeur du tissu qui se consumait m'entoura alors que j'essayais de calmer ma respiration.

— Tu dors ? demanda-t-il depuis l'autre pièce.

— Va te coucher, Oanen.

CHAPITRE QUINZE

UN MOT ET UN PANIER-REPAS M'ATTENDAIENT SUR LA TABLE QUAND JE descendis. Même si sa prévenance me réchauffait le cœur, j'aurais préféré qu'Oanen soit là. Me réveiller seule dans le lit avait été un soulagement et une déception à la fois. Mais les deux trous dans mon oreiller et des draps non roussis m'avaient remonté le moral.

Attrapant mon déjeuner, je sortis. Je n'avais pas du tout prévu de passer la journée coincée à la bibliothèque comme Adira le souhaitait. Le temps de la patience était révolu. Je voulais des réponses, et je les voulais maintenant. L'école était remplie de jeunes gens qui avaient grandi à Uttira. L'un d'eux devait forcément savoir quelque chose sur les oracles. J'aurais dû poser la question à Oanen la nuit dernière, cependant toutes nos histoires s'étaient mises en travers de ma route.

Eliana m'attendait quand j'entrai dans le parking.

— Précisément celle que je voulais voir, dis-je en ouvrant la portière.

— Moi aussi. Oanen a dit qu'il ne serait pas là aujourd'hui. J'étais impatiente qu'il me donne enfin mon tour.

— Tu sais que tu peux aussi traîner avec nous deux, n'est-ce pas ?

— Hors de question. Berk.

Elle fronça le nez.

— Pourquoi pas ?

— Avec tout ce que vous dégagez chaque fois que vous vous regardez, tu as vraiment envie que je me transforme en dévoreuse aux yeux noirs et que je commence à grignoter mon pseudo frère ?

— Tu marques un point. Désolée de ne pas y avoir pensé plus tôt. Tu devrais passer ce soir. Je lui dirai d'aller se promener.

Elle éclata de rire.

— Comme s'il allait t'écouter. Tu es officiellement liée à un griffon à présent. Aucune chance qu'il te laisse seule pendant de longues périodes.

— Il n'est pas là, pour l'instant, dis-je avec un sourire en coin.

— En effet. Et je parie que tu as prévu quelque chose qui le contrariera probablement quand il reviendra.

— Pas vraiment. J'ai juste besoin de trouver une oracle.

Eliana secoua la tête.

— Sais-tu ce que c'est, au moins ? demanda-t-elle.

— Oui. Des personnes qui détiennent les réponses. Qui s'y connaîtrait en oracle, selon toi ? Est-ce qu'elles sont toujours en vie ? Où habitent-elles ? Y en a-t-il à Uttira ?

— Eh bien, Fenris était un bon point de départ, la dernière fois, observa-t-elle.

Un léger agacement remonta le long de ma colonne vertébrale juste avant qu'un rire interrompe notre conversation.

— Comme si le petit loup savait quoi que ce soit sur les oracles.

Je me tournai pour regarder la fille qui venait de parler. Ses cheveux étaient d'un vert familier commun aux sirènes, mais je m'efforçai de ne pas lui en tenir rigueur.

— Et toi, oui ? demandai-je.

Elle sourit, dévoilant une rangée de petites dents pointues.

— Oui. J'en connais plusieurs, même.

Je laissai le doute s'afficher sur mon visage.

— D'accord. Que sais-tu exactement ?

Son regard devint dur.

— Oh, ça ne va pas fonctionner comme ça, petit poisson. Tu veux une information, je veux quelque chose en retour.

Son comportement commençait à me taper sur les nerfs.

— Tu as pris ce qui m'appartenait, dit-elle. Je veux le récupérer.

Je fronçai les sourcils, perplexe.

— Je ne t'ai rien pris.

Toute trace d'humour quitta ses traits.

— Tu as pris mon humain et tu m'as frappée en plein visage.

La colère se réveilla en moi. Était-ce la même sirène ? Celle qui avait essayé de tuer Ashlyn et qui nous avait observés, Oanen et moi, à la piscine ? Je serrai le poing.

Les doigts d'Eliana se refermèrent immédiatement sur les miens, et une part de cette rage qui montait en moi disparut.

— Qu'est-ce que tu racontes là ? demandai-je. Tu veux Ashlyn en échange d'informations que tu pourrais ou ne pourrais pas avoir ?

— C'est exactement ce que je dis.

— Tu ne manques pas d'air. Hors de question que je te livre un humain. Jamais.

— Comme tu voudras.

Elle sourit d'un air suffisant et s'éloigna en direction de l'école.

Je jetai un regard à Eliana.

— Vas-tu me porter comme un sac à dos aujourd'hui ? demanda-t-elle.

— Peut-être. Combien pèses-tu ?

Elle sourit, mais ne lâcha pas ma main tandis que nous prenions le chemin de l'école.

Le vrombissement puissant d'un moteur et des jets de gravier nous firent tourner la tête juste à temps pour voir Fenris arriver. Il n'était pas accompagné de son fidèle troupeau. Il nous repéra avant même d'éteindre le contact et nous fit signe d'attendre.

Son petit trot dans notre direction attira le regard de presque toutes les filles qui s'attardaient encore dans le parking.

— Mesdemoiselles. Quel plaisir des yeux ! Dites-moi que vous avez prévu quelque chose de plus pimenté que de vous tenir la main.

Je levai les yeux au ciel et Eliana me relâcha.

— Peut-être. Quelqu'un a pourri ma voiture hier encore, dis-je en désignant les longues zébrures.

Fenris fronça les sourcils et partit inspecter la peinture. Il renifla à plusieurs reprises et secoua la tête, dégoûté.

— Ce n'est pas la même personne, mais ne t'inquiète pas, je trouverai qui c'est.

— Merci. Cette fois, tu me laisseras parler, d'accord ?

Il me fit un grand sourire.

— Seulement si j'ai droit à un câlin.

J'ouvris les bras et ne fus pas surprise de me retrouver pressée contre son torse avant même de pouvoir cligner des yeux. Il fourra son nez dans mes cheveux, inspira profondément, puis émit un petit grognement de déception et recula.

J'essayai de ne pas ricaner quand il prit mes doigts et les porta à ses lèvres pour un baise-main traditionnel.

— Tu devrais mieux travailler tes câlins, me dit-il.

— Merci pour le conseil. Je suis certaine qu'Eliana sera ravie de m'aider aujourd'hui. De ton côté, trouve-moi le nom du coupable.

— Je m'en charge, ma déesse de la colère.

Il sourit et je le regardai s'éloigner en trottinant. Lorsque je me tournai vers Eliana, je la surpris en train de m'observer.

— Quoi ?

— Je crois qu'il essaie de causer des problèmes entre Oanen et toi. Tu sais qu'il flairera son odeur.

— Comme tu l'as fait remarquer, Oanen n'est pas là aujourd'hui.

Elle secoua la tête et nous entrâmes, rejoignant la foule dans les couloirs.

— Alors, pourquoi as-tu besoin d'en savoir plus sur les oracles ? demanda-t-elle.

— Parce que je suis fatiguée qu'on me réponde de la merde.

Eliana éclata de rire.

— C'est ce que tout le monde fait ici. Pourquoi penses-tu que les oracles seraient différentes ?

Elle marquait un point. Mais cela ne changeait pas mon plan. J'interrogeai tout le monde durant notre premier cours. Certains me regardèrent comme si j'avais lâché une bombe silencieuse en pleine classe. D'autres ricanèrent ou sourirent en coin sans répondre. Le second cours ne fut pas bien différent. Je posai même la question au professeur Flavian.

— Megan, les oracles sont des créatures dangereuses. Tu utiliserais mieux ton temps si tu retournais à tes études dans la bibliothèque.

— Non. Ça ne ferait rien. J'ai déjà donné et déjà lu. J'ai besoin de réponses et personne ici ne veut me les donner.

— Je suis désolé, Megan, je ne peux pas t'aider.

— Ou plutôt vous ne voulez pas. Ce n'est pas la même chose.

En sortant de la pièce, je tombai directement sur Eliana.

— J'ai entendu, dit-elle.

— Ça commence vraiment à me gonfler. Tu veux manger ?

Elle me lança un regard surpris puis me serra rapidement dans ses bras. J'éclatai de rire et lui rendis son étreinte. Ma frustration disparut immédiatement.

— Ce n'est pas ce que je voulais dire, mais je prends quand même.

— Oh, tu voulais…

— Ah, voilà ce que j'aime voir, dit Fenris dans son dos. Je peux participer ?

Eliana recula et lui jeta un regard réprobateur.

— Je pense que tu lui as assez fait de câlins. Elle est avec Oanen et tu le sais. Arrête de causer des problèmes.

Il lui lança son plus beau sourire taquin.

— Ça veut dire que c'est toi qui vas m'en donner un à la place ?

Elle secoua la tête et se tourna vers moi.

— On va manger ?

Fenris me fit un clin d'œil par-dessus sa tête.

— Je voulais te faire savoir que je n'avais pas encore trouvé ton rayeur de voiture, cependant la rumeur se répand comme quoi tu chercherais une oracle. Je garde le nez et les oreilles ouverts pour les deux.

— Merci.

Nous l'abandonnâmes et nous mêlâmes au flot d'étudiants qui partaient déjeuner. Au lieu de nous installer dehors, nous occupâmes l'une des pièces vides pour manger notre repas en paix.

— Franchement, Megan. Qu'est-ce que tu espères apprendre ? Pourquoi une oracle ?

— D'abord, je veux savoir s'il y en a encore en vie. Après, je veux savoir où ladite oracle vivrait si c'était le cas. Enfin, je veux qu'elle me révèle ce que je deviendrai ou comment je peux contrôler mes humeurs. Les deux, si le cœur lui en dit.

— Je ne m'y connais pas trop en oracles, mais je sais que rien n'est jamais gratuit. Tu dois donner quelque chose pour obtenir quelque chose.

— Tes câlins sont gratuits. La protection d'Oanen est gratuite.

— Non. Je te prends quelque chose à chaque fois. Et le prix de la protection d'Oanen, c'est le lien.

— Et notre amitié ? Elle est gratuite ?

— Non. Il y a un coût, là aussi. Maintenant, tu es marquée d'infamie pour t'être associée au succube qui ne peut pas se nourrir.

— Mon infamie n'a pas l'air de déranger Fenris.

— C'est parce qu'il veut quelque chose. Je n'ai pas encore trouvé quoi, c'est tout.

Je pris une nouvelle bouchée du sandwich d'Oanen pour éviter de répondre si elle m'interrogeait. Elle n'en fit rien.

— Comment vais-je découvrir ce dont j'ai besoin ? demandai-je après avoir avalé mon gros morceau de pain.

Elle haussa les épaules.

— Continuer à interroger les gens, je suppose. Les informations circulent. Quelqu'un doit bien savoir quelque chose.

Une fois notre repas terminé, nous jetâmes nos sacs dans la poubelle de tri près de la porte. Une pointe d'irritation remonta le long de ma colonne vertébrale et je tournai vivement la tête en direction du couloir. Eliana m'agrippa tout de suite la main. Aucune de nous ne bougea tandis que des voix filtraient dans la pièce.

— Elle demande à tout le monde.

— Ça ne m'étonne pas. Ne lui dites rien. Cette garce me doit un humain. Elle n'a aucune idée dans quoi elle a mis les pieds.

Je reconnus la seconde voix. La morue que j'avais frappée en plein visage.

— Pourquoi ne pas le lui dire ? demanda la première. Elle n'arrivera jamais sur l'île sans aide.

Il y eut un moment de silence.

— Tu es géniale. C'est bien mieux que de faire abîmer sa voiture ou de lui faire frire son copain.

Sans la poigne d'Eliana, je serais sortie en trombe. La rage qui essayait de s'exprimer retomba avant que je puisse la saisir. Eliana me retint la main jusqu'à ce que leurs pas s'éloignent. Dès qu'elle me relâcha, je courus dans le couloir, mais je le trouvai vide.

Elle m'observa avec prudence, essayant sans doute de déterminer s'il était temps de jouer les sacs à dos.

— Où se trouve l'île ? demandai-je.

— Il n'y a qu'un lac, alors je suppose que c'est là-bas.

Le même lac où j'avais frappé la morue. Il y avait une île quelque part sur cette grande étendue d'eau et je devais la trouver. Pour cela, j'avais deux moyens, rechercher par les eaux ou par les airs. Les deux prendraient du temps si je ne me faisais pas une idée générale de la zone où regarder. Le lac était gigantesque.

— Je dois retourner à la bibliothèque. On se voit après les cours, dis-je d'un air absent, réfléchissant déjà à ce que j'aurais besoin de faire.

— Tiens-toi bien, m'interpella Eliana alors que je pressais le pas.

Je sortis mon téléphone de ma poche et commençai à composer le numéro d'Oanen. Avant d'atteindre le second couloir, j'entendis la voix d'Adira et m'arrêtai net. C'était la dernière personne sur laquelle je voulais tomber. J'étais encore sacrément furieuse contre elle.

— J'ai confiance, je sais que tu t'en sortiras bien le jour où tu décideras de partir, disait-elle. Tes parents et moi, nous comprenons que cela ne se fera pas tant que le lien ne sera pas bien implanté entre vous deux. Mais quand ce sera fait, il faudra que tu accomplisses un travail important.

— Je comprends, répondit Oanen. Je ferai le nécessaire.

Je fronçai les sourcils et apparus au coin. Les deux se tournèrent pour me regarder.

Adira afficha un petit sourire.

— Je te laisse annoncer la nouvelle.

Elle battit en retraite dans son bureau et referma la porte.

— La nouvelle ? demandai-je.

— Cette réunion entre mes parents et le Conseil ? C'était pour ma marque. Je ne le savais pas.

Une bulle d'excitation explosa en moi.

— Laisse-moi regarder.

Il tourna la tête et je vis une grande triquetra, un nœud celtique à trois branches, à la base de son cou.

— Ma mère l'avait aussi à l'intérieur du poignet, dis-je. Je n'arrive pas à croire que c'est la marque qui nous laisse entrer et sortir d'Uttira.

— Oui. L'emplacement et la taille n'ont pas d'importance. Tu peux choisir, le moment venu.

— C'est parfait, Oanen, dis-je en me rapprochant, attrapant son avant-bras. Tu peux m'emmener voir ma mère.

Son expression flancha légèrement.

— Je ne peux pas. C'est le seul serment que j'ai dû faire pour qu'ils me l'accordent. Je ne peux pas te faire quitter Uttira avant que tu reçoives la tienne.

Je pouvais sentir mes entrailles commencer à brûler et je reculai rapidement de deux pas.

Il tendit le bras comme pour réduire à nouveau la distance, mais je levai la main.

— Non. Je ne suis même pas sûre d'être assez loin.

Son expression changea. Il avait l'air vexé.

— Je ne suis pas en colère contre toi, répondis-je. Je suis en colère contre le Conseil. Quels enfoirés !

— Ils essaient de protéger les humains. Sans contrôle, tu pourrais en blesser beaucoup.

— Sans déconner. Je pourrais blesser beaucoup de monde à Uttira aussi. C'est pour ça que je dois comprendre comment me maîtriser. J'ai besoin de réponses que ma mère peut me donner.

Je serrai les poings, au comble de la frustration, et jetai un regard noir vers la porte d'Adira. Des volutes de fumée s'enroulèrent autour de la porte en bois.

— Je peux essayer de la retrouver, déclara-t-il. Ta mère. Le Conseil n'a jamais rien dit pour m'en empêcher. Sais-tu où elle pourrait être ?

Mon regard se posa sur lui et toute ma colère me quitta.

— Oui.

Je lui envoyai notre dernière adresse par message.

— Je pense qu'elle habite toujours là-bas. Peut-être.

— Bien. Je peux y aller tout de suite à une seule condition.

— Bien sûr. Quoi donc ?

— Que tu rentres chez toi et que tu y restes jusqu'à ce que je revienne. Eliana viendra prendre de tes nouvelles.

— D'accord.

Il se rapprocha et referma les bras autour de moi.

— On trouvera une solution, Megan. Ensemble.

Il inclina ma tête vers lui sans que je songe à ses raisons.

Ses lèvres frôlèrent légèrement les miennes, m'infligeant une piqûre de désir. La chaleur emplit à nouveau mon ventre. Sa langue balaya la ligne de mes lèvres, que j'entrouvris dans un petit gémissement de désir. Des flammes s'amassèrent sous ma peau. J'agrippai ses épaules et me dressai sur la pointe des pieds, emportée par le besoin de le toucher encore plus.

Il m'embrassa comme s'il ne devait jamais me revoir et j'en fis de même, tout aussi éperdument. Quand nous nous séparâmes enfin, son visage était rouge et il arborait deux marques de brûlure sur les épaules.

Je grimaçai.

— Ne fais pas ça, dit-il. J'ai adoré chaque seconde. Le feu de ton baiser fait bien plus que me brûler. Il me permet de savoir que ce que tu ressens est réel. Que je suis vraiment celui avec lequel tu veux être.

— Naturellement.

Je n'arrivais pas à croire qu'il en doutait.

— C'est parfois difficile à dire étant donné que tu portes sans cesse l'odeur de Fenris.

— À ce sujet. Il m'a fait promettre de ne rien dire, mais je jure qu'il y a une raison pour ça. Sache qu'il n'est pas du tout intéressé par moi.

Oanen m'examina un moment puis acquiesça.

— Merci. Je te fais confiance, Megan. Et je lui fais confiance parce que tu me le demandes. Mais ce n'est tout de même pas facile de sentir son odeur sur toi.

— Je sais. Je suis désolée. Je lui demanderai si je peux t'en parler.

— À mon retour. En espérant que ça ne prenne pas longtemps.

Je souris et le poussai dans le couloir.

— Vas-y. Plus vite tu pars, plus vite tu reviendras. Et plus vite j'arrêterai de te brûler au second degré dès que nous sommes ensemble.

Il me donna un dernier baiser et s'éloigna. L'excitation me

traversa à la perspective que tous nos problèmes seraient peut-être bientôt terminés. Il me tardait de le serrer dans mes bras sans m'inquiéter de lui faire mal.

Ce ne fut que lorsqu'il tourna dans le couloir que la réalité déversa toute sa merde sur mon arc-en-ciel. Ma mère nous avait fait souvent déménager, il n'y avait donc pas de garantie qu'elle n'ait pas recommencé. Et si elle n'était pas là où je l'avais laissée ?

Je renvoyai rapidement une série de messages à Oanen avec toutes les principales adresses dont je me souvenais, puis je me rendis à la bibliothèque. Même s'il la trouvait, rien ne nous assurerait qu'elle accepte de me parler. Après tout, elle m'avait abandonnée ici sans explication dès le départ. J'étais lasse d'attendre. L'information sur les oracles était une piste solide pour obtenir des réponses. Et maintenant, je savais également qu'il y en avait une qui vivait ici, dans l'île sur le lac. Ne serait-il pas plus intelligent de ma part de rechercher au moins tout ce que je pouvais à son sujet et de me renseigner sur l'endroit où la trouver si Oanen faisait chou blanc avec ma mère ?

Fouiller la bibliothèque s'avéra utile pour une fois. Sur l'une des étagères du bas était rangé un grand livre avec des cartes d'Uttira dessinées à la main. Le lac étendu avait un sort apposé sur lui qui réduisait sa taille dans le monde humain, tout en le maintenant entier à l'intérieur d'Uttira. Il faisait aisément la superficie de l'un des Grands Lacs d'Amérique du Nord.

Au centre de l'eau, le cartographe avait placé un point appelé l'île de l'Infortune. Il n'y avait pas d'autres détails ni d'autres points.

Je sortis avec mon information sans chercher à assister aux autres cours. Si je voulais atteindre l'île sans l'aide d'Oanen, j'avais besoin d'un bateau et d'équipement. Et d'un tas de conseils pratiques sur les sirènes que je ne pourrais pas trouver dans les livres. Je pris mon téléphone dans le panier du couloir et envoyai un message à Ashlyn.

As-tu le temps de passer chez moi ce soir ? Ou sinon, je peux venir. J'ai des questions à te poser au sujet du lac.

Bien sûr, répondit-elle. *Je préférerais que tu viennes.*

Je serai là à cinq heures.

Oanen comprendrait.

CHAPITRE SEIZE

Ashlyn s'assit sur le canapé après m'avoir proposé quelque chose à boire. Elle avait l'air moins triste à présent. Les cernes qui avaient obscurci le pourtour de ses yeux durant la semaine suivant la mort de son oncle avaient disparu. Pourtant, je décelais toujours un soupçon de mélancolie dans son expression. Sans doute s'attarderait-elle encore un moment. Je ne pouvais imaginer ce que cela faisait de continuer à vivre dans cet endroit en ayant perdu sa famille à deux reprises.

Je m'installai en face d'elle.

— Je suis désolée de ne pas avoir eu le temps de beaucoup parler avec toi. Comment ça va ?

— Bien. Enfin, non. Mais mieux. Ça me plaît qu'Eugène, Zoé et Kelsey soient là. Camil et moi ne parlions pas beaucoup, même si nous avions presque le même âge.

Je me remémorai la fille que j'avais trouvée morte dans une benne à ordure et je sentis une pointe de regret à l'idée que les choses n'aient pas changé assez rapidement à Uttira pour pouvoir l'aider.

— Ils parviennent à bien s'adapter, selon toi ? demandai-je.

— Eugène accepte tout. Kelsey et Zoé digèrent encore. Je pense qu'elles n'ont toujours pas décidé quoi faire.

— J'aurais aimé que le Conseil leur offre juste assez d'argent pour avoir une vie meilleure et les laisse partir.

Ashlyn ricana.

— Je sais que tu as de bonnes intentions, mais tout l'or du monde n'empêcherait pas ce qui finirait par leur tomber dessus. Elles n'ont pas de parents. Elles n'ont pas de filet de sécurité. Personne pour les protéger contre les difficultés qui les attendent dehors. En vivant ici, tu devrais savoir que le monde humain que tu connais n'est pas exactement ce qu'il est. Il y a des prédateurs, là dehors, qui se nourrissent des oubliés, de ceux qui sont sans attache.

Un frisson me parcourut, un infime énervement qui n'avait pas vraiment de source.

— Est-ce que ça va ? demanda-t-elle. Tes yeux ont viré à l'orange.

— Tu ne risques rien, mais pour tout dire, non, ça ne va pas. Parler de prédateurs ravive les flammes qui brûlent en moi depuis la mort de ton oncle. Ça me démange de faire quelque chose à ce sujet, mais je suis coincée ici.

Je me penchai légèrement.

— Sais-tu quelque chose à propos de l'île de l'Infortune ? demandai-je.

— Non. Qu'est-ce que c'est ?

— Une île au milieu du lac. Une oracle y vivrait, apparemment.

Elle afficha soudain un air soupçonneux.

— Qui t'a raconté ça ?

— J'ai entendu des sirènes en parler.

Elle secoua la tête.

— Ne crois rien de ce qu'elles disent. Elles feraient n'importe quoi pour t'attirer dans l'eau. C'est probablement un piège.

— C'est pour ça que je voulais te parler. Tu es ma meilleure source d'informations fiables en ce qui concerne les sirènes. Que se passe-t-il une fois dans l'eau ?

— Je ne sais pas. Les autres humains qui y sont allés ne sont jamais revenus. Jamais.

C'était ce qu'Oanen avait dit. Mon indignation attisa ma colère de furie, mais rien ne se produisit.

— J'ai besoin de parler à cette oracle. As-tu des conseils à me donner ?

— Oui, ne le fais pas. Dès que tu mettras un bateau à l'eau, les sirènes essaieront de le renverser. Tu as vu ce qui arrive quand elles t'attirent sous la surface.

— Et tu as vu comment je réagis.

Elle me dévisagea un moment.

— Il te faudra du poids supplémentaire dans le bateau pour qu'il soit difficile à renverser. Certaines armes pour les dissuader ne seront pas du luxe. Probablement des vêtements de rechange. Si c'est sur une grande distance, tu finiras par tomber. De plus en plus de sirènes vont affluer et joindre leurs efforts. Leur simple nombre finira par te faire chavirer.

J'y réfléchis et acquiesçai. Je n'étais pas humaine. Même si j'avais été blessée la seule fois où j'avais approché l'eau, ma plaie n'avait pas été permanente. Était-ce un risque que j'étais prête à prendre ? Je repensai au visage brûlé d'Oanen et à ses sourcils partis en fumée. Oui. J'étais prête.

— Quand comptes-tu y aller ? demanda Ashlyn.

— Bientôt. Oanen essaie de trouver ma mère. Il a déjà vérifié son ancienne adresse et elle n'y est pas. Il n'y a plus rien. Ça, c'est mon plan de secours. J'ai besoin de réponses, Ashlyn.

— Quand tu décides de partir, fais-le à l'aube. Elles ne sont pas aussi actives. Et promets-moi de m'envoyer un message juste avant. Je n'essaierai pas de t'arrêter, mais si quelque chose tourne mal, les Quill devront savoir où commencer les recherches.

— Très bien. Accorde-moi une journée avant de sonner l'alarme.

MON TÉLÉPHONE BIPA. Je lâchai aussitôt le torchon de la vaisselle et consultai le message. Mon cœur s'emballa quand je vis que c'était un nouveau texto d'Oanen. Il m'informait des progrès de ses recherches depuis ces trois derniers jours, et jusqu'à présent, cela n'avait rien donné. Notre longue séparation aurait pu être tolérable si au moins il dégotait des indices quant à l'endroit où elle se trouvait. Mais ce n'était pas le cas.

Chaque jour, le manque grandissait et je m'inquiétais de ce qui arriverait quand je le reverrais enfin. Je me sentais si instable à l'intérieur. J'avais besoin de réponses. J'éprouvais un tel besoin pour Oanen que respirer me faisait mal. Et cela m'angoissait.

Luttant pour garder mon calme, je lus le message. Il n'y avait pas plus de bonnes nouvelles que la dernière fois.

Cali est une autre impasse.

J'avais envie de jurer. Au lieu de ça, j'écrivis une réponse calme.

Très bien. Merci d'avoir vérifié.

Comment tiens-tu le coup ? Veux-tu qu'Eliana t'emmène au Roost ce soir ?

J'étais restée cloîtrée à la maison pendant des jours. En vérité, cela commençait à me rendre dingue. Mais la dernière chose que je souhaitais, c'était une foule de gens et de la musique tambourinante. J'avais envie de me tirer de cette satanée ville et d'étrangler ma mère. Mais je ne pouvais pas dire tout cela à Oanen, sinon il rentrerait directement par la voie des airs.

La pensée de le revoir accéléra mon rythme cardiaque, et pendant un bref moment d'excitation, je songeai à lui demander de revenir. Le souvenir de son visage brûlé m'en empêcha. J'optai pour un mensonge.

Je vais bien. Je viens de finir la vaisselle. Je ne suis pas vraiment d'humeur pour le Roost. Fenris sera probablement là dans toute sa gloire et ses envies de câlins.

Je me sentais coupable d'utiliser Fenris comme excuse, cependant je ne voulais pas qu'il appelle Eliana même si je l'avais rassuré sur mon état. Heureusement, sa suggestion n'avait aucun rapport avec ce qu'il percevait en moi. Disons qu'il me connaissait très bien.

Tu me manques. Je serai bientôt de retour, répondit-il.

Une seconde plus tard, un autre message arriva.

Nous ferons plus de recherches et nous réessaierons dans quelques jours.

Mon cœur commença à s'emballer sérieusement. Il revenait ? Je fis taire ma panique et répondis avec nonchalance.

Ça m'a l'air bien. Tu me manques aussi.

C'était vrai. À tel point que je ne dormais pas bien la nuit. Surtout à cause de ces rêves où je mettais le feu à la ville. Parfois, Eliana se campait en travers de mon chemin. Parfois, Ashlyn ou Fenris. Oanen n'y était jamais, cependant. Même dans mes rêves, je savais qu'il n'était pas là.

Je pris ma veste et verrouillai la porte avant de partir. J'avais mis entre parenthèses mes plans pour le lac dans l'espoir qu'Oanen trouverait ma mère. Cet espoir était mort à présent. Comme Oanen était sur le chemin du retour, il était temps que je me mette sérieusement à la recherche de l'île de l'Infortune et de l'oracle.

La première chose à faire, c'était de vérifier l'état du bateau que j'avais vu sur le lac.

Le trajet ne fut pas long. J'arrivai juste avant la nuit. L'embarcation que j'avais repérée lors de ma précédente visite était toujours rangée sur le côté, enfouie sous plusieurs centimètres de neige. Une fois que je l'eus déblayée, je la contournai à la recherche de fissures éventuelles. Le bateau paraissait solide. Il y avait des rames et même un gilet de sauvetage en dessous.

Je pris une photo et envoyai un message à Ashlyn.

Est-il assez robuste ?

Elle ne mit qu'un instant à répondre.

Il est solide. C'est l'une des règles. Les sirènes ne peuvent pas saboter le bateau tant qu'il n'est pas sur l'eau. Tu ne pars pas tout de suite, si ? C'est trop dangereux la nuit.

Non. Pas tout de suite. Je vérifie tout pour demain. Je te dirai quand je serai certaine de partir.

Elle ne répondit pas.

Je jetai un dernier coup d'œil au bateau, puis je remontai dans la voiture afin de rentrer chez moi. En traversant la ville, je m'arrêtai pour acheter trois fois mon poids en sels adoucisseurs d'eau. La vendeuse ne fit aucun commentaire, mais je voyais bien la curiosité dans son regard.

Lorsque ma maison apparut à l'horizon, je distinguai une lumière, et pendant un bref instant, l'impatience explosa en moi. Oanen. Il était rentré. Cette pensée s'était à peine formée que je me rendis compte que c'était impossible, à moins qu'il ait soudainement développé la capacité d'ouvrir des portails comme Adira. Il lui faudrait quelques jours pour revenir à tire d'ailes.

Eliana était assise à la table de la cuisine. Son expression déclencha un éclair de frayeur en moi. Je m'arrêtai de l'autre côté de la porte, craignant que la nouvelle qu'elle avait à m'annoncer me contrarie au point de la blesser.

— Qu'y a-t-il ? Il est arrivé quelque chose à Oanen ?

Elle se leva, les mains sur les hanches, et me jeta un œil désapprobateur.

— Non, imbécile. Quelque chose va t'arriver à toi. À quoi penses-tu, à partir toute seule sur le lac après ce qu'on a entendu dans le couloir ?

Le soulagement m'envahit, mais le feu qui me roussissait le ventre grondait toujours.

— Tu n'as rien dit à Oanen, n'est-ce pas ?

— Non, parce que je vais te convaincre de renoncer avant qu'il revienne.

— C'est justement pour ça que j'ai besoin de le faire, Eliana. Je peux voir ton visage rougir et je sais que ce n'est pas de la colère.

C'est la chaleur qui émane de moi. Que crois-tu que fera Oanen quand il reviendra ? Il va demander à me voir, et peu importe mes tentatives pour me contrôler, je suis morte d'impatience de le voir aussi. Chaque fois que je suis en sa présence, je surchauffe. Il ne se tiendra pas à distance parce qu'il sent à quel point j'ai besoin de lui. Tu vois le problème ? Je vais le cuire comme une dinde de Thanksgiving. Je dois aller sur le lac. Il faut absolument que je trouve des réponses. Il doit être en bonne santé quand on se retrouvera.

Elle expira et laissa retomber ses bras le long de son corps.

— Je sais. Moi aussi, j'ai besoin de savoir que tu vas bien, mais je ne fais pas confiance à ces sirènes.

— Moi non plus. J'ai une tonne de sel dans le coffre. Ashlyn m'a dit d'alourdir le bateau, et je pourrai aussi le leur jeter au visage si elles essaient de me renverser.

— Bien. Nous passerons acheter du vinaigre aussi demain matin. Ça les brûlera, tout comme le sel.

— » Nous » ?

— Tu n'iras pas seule.

La chaleur s'apaisa enfin lorsque je la regardai.

— Tu es merveilleuse. Je t'aime, lui dis-je.

Elle sourit et traversa la pièce pour me serrer dans ses bras. Tout ce que j'avais accumulé cette semaine disparut lentement quand je lui rendis son étreinte.

— À cause de toi, je vais devenir obèse, dit-elle, la tête posée sur mon épaule.

Je ricanai.

— Je croyais que j'étais sans calories.

— C'est le cas, répondit-elle en gloussant.

Lorsque je fus enfin sereine, vidée de toute colère, elle recula.

— As-tu déjà dîné ? demanda-t-elle.

— Non.

Elle m'interrogea pendant que nous préparions des sandwiches.

— À quelle heure part-on ? Tu penses qu'il nous faudra combien de temps pour atteindre l'île ? Et quel est le plan quand elles nous feront chavirer ? Parce que, selon Ashlyn, elles y arriveront.

Je regardai Eliana.

— Tu fais gonfler mon cœur de Grinch. Ça me plaît que tu veuilles venir avec moi, mais tu ne peux pas.

Elle commença à froncer les sourcils et je levai une main.

— Écoute-moi.

— J'écoute.

— Oanen t'a-t-il raconté ce qui est arrivé à la piscine ?

Elle secoua la tête.

— Il n'a pas dit où vous étiez allés, ni rien d'autre d'ailleurs, quand il est rentré. Il est simplement monté dans sa chambre.

Elle me jeta un regard penaud.

— J'ai pu voir qu'il était blessé et qu'il avait de nouvelles brûlures.

— Eh bien, je l'ai emmené à la piscine en pensant que l'eau serait la solution pour ne pas le brûler en le touchant.

— Je suis désolée que ça n'ait pas marché.

— Ça aurait pu marcher si la morue n'avait pas demandé à un triton de chanter pour nous. Cela va sans dire, ça a commencé à chauffer. La furie en moi a explosé et fait voler Oanen. J'ai pu l'entendre percuter le mur de la piscine, même sous l'eau. Je ne préfère pas imaginer ce qui lui serait arrivé si nous n'avions pas été sous la surface.

Je soutins son regard, la suppliant silencieusement de comprendre.

— Je suis dangereuse. Ce n'est pas mon choix, mais c'est comme ça. Si elles me font tomber à l'eau, je vais m'énerver. Je ne serai pas capable de contrôler ce qui arrive, et tous ceux qui se trouvent dans l'eau en même temps que moi finiront blessés.

— Alors, c'est ton plan ? Faire bouillir les sirènes ?

— Ce n'est pas tant un plan qu'une conséquence courue

d'avance. Ce n'est pas comme si je devenais intentionnellement brûlante. C'est quelque chose qui survient, sous la colère ou la passion.

Elle rougit devant ce dernier mot, mais elle acquiesça.

— C'est logique. Les deux émotions sont proches.

— Ça te donne bon goût, dit-elle en souriant.

J'éclatai de rire.

— Espèce de succube perverse. Je suis ton petit encas personnel, c'est ça ?

Son sourire disparut lentement au moment de poser nos assiettes sur la table.

— Et si tu ne parviens pas à chauffer ? Elles pourraient se rapprocher assez pour te toucher. Et si ta fournaise ne se réveille pas quand tu es blessée ?

Je secouai la tête tandis qu'elle prenait sa première bouchée.

— D'abord, je pense que ma fournaise fonctionne encore mieux quand je suis blessée. Ensuite, si je finis à l'eau, ça va me mettre en rogne. Je déteste l'eau des lacs. C'est dégueu. Une fois dedans, je doute qu'elles soient capables de se rapprocher. À la piscine, ma chaleur m'a séchée en quelques secondes une fois que je suis sortie de l'eau. La morue était dans le bassin avec nous, mais elle ne s'est jamais approchée. Je pense que c'est parce que l'eau est trop chaude autour de moi. Ma chaleur sera ma propre bulle de protection.

Elle leva une main.

— Ton téléphone, s'il te plaît.

Je le lui tendis et mangeai mon sandwich tout en la regardant installer une application.

— C'est quoi ? demandai-je quand elle me le rendit.

— Je viens tout de même avec toi au lac. Mais je resterai sur la rive pour observer tes progrès sur mon portable. Cette appli te pistera. Tu devrais probablement mettre le tien dans un sac en plastique avant de monter dans le bateau.

Elle avait raison.

— Nous devrions aussi te préparer de quoi manger et boire, ajouta-t-elle.

ÉTENDUE DANS MON LIT, je contemplais calmement les craquelures du plafond tout en ignorant la légère odeur de brûlé qui s'élevait de mes draps.

Après le coup de fil d'Eliana aux Quill pour leur faire savoir qu'elle comptait passer la nuit chez moi, nous avions préparé des provisions et protégé mon téléphone. Enfin, désœuvrées, nous étions parties nous coucher tôt pour être éveillées bien avant l'aube et acheter en ville le vinaigre qu'elle voulait que j'emporte.

Même s'il n'y avait rien d'autre à faire pour l'instant à part dormir, je ne pouvais m'empêcher de cogiter.

Et s'il n'y avait pas d'île ? Si ce que nous avions entendu, ainsi que la carte de la bibliothèque, était une sorte de vaste blague pour m'attirer dans l'eau, comme Ashlyn l'avait suggéré ? Ou encore, si elle était réelle, mais qu'il n'y avait pas d'oracle ?

L'odeur de brûlé s'accentua. S'il n'y avait pas d'oracle, il n'y avait pas de réponses. Sans réponse, Oanen était bon pour être farci et servi sur un plateau.

Un raclement précéda l'arrivée d'Eliana. Elle portait une longue chemise de nuit blanche virginale qui me fit sourire.

— Tu dois dormir, dit-elle doucement en me poussant dans le lit.

Je me déplaçai pour lui laisser la place et elle se coucha au-dessus des couvertures. Elle tendit le bras et me caressa les cheveux. Elle ne me touchait pas la peau, et pourtant je sentais qu'elle chassait mon angoisse.

— Jusqu'à ce que tu t'endormes, dit-elle calmement.

Je fermai les yeux et sombrai en quelques minutes. Pourtant, mon esprit ne cessait de ruminer ses pensées tourmentées.

Je cherchais une île dans une mer balayée par la tempête. Ce que je trouvai me comprima la poitrine de terreur. Une montagne en verre rouge et dentelé s'élevait au-dessus du lac. Des vagues s'écrasaient sur les éclats pointus et l'eau se transformait en sang. Sans autre choix, je dérivai vers les côtes.

Lorsque je me réveillai, j'étais seule et il y avait du sang sur mon oreiller. Il était de couleur crème quand je m'étais mise au lit, mais à présent, il avait viré au rose. Je détestais ne pas savoir ce que je devenais. Cette incertitude nourrissait la rage qui montait en moi. Même seule, j'avais envie de frapper quelque chose.

En prenant soin de ne pas déranger Eliana, je descendis les escaliers et vérifiai l'heure sur mon téléphone. Le réveil d'Eliana ne sonnerait pas avant trente minutes. Comme j'avais besoin de temps pour moi, je partis dans la salle de bain avec l'espoir de me calmer par une bonne douche. Malheureusement, un coup d'œil au miroir ne fit que m'échauffer davantage.

Du sang séché s'écaillait sur mes joues, formant des croûtes aux coins de mes yeux.

— Si je revois un jour ma mère, je lui mettrai une manchette pour s'être fait la malle comme ça. C'est vraiment n'importe quoi, dis-je à mon reflet dans la glace.

Après la douche, qui me remonta à peine le moral, je m'habillai et m'attelai au petit déjeuner. Je glissais la seconde omelette dans l'assiette au moment où Eliana descendit.

Elle sourit, un peu trop guillerette de si bon matin.

— Bonjour, dit-elle.

Je levai les yeux au ciel et déposai nos assiettes sur la table.

— Quoi ? Tu n'as pas bien dormi après mon départ ?

— Pas vraiment.

— Je suis désolé. Je serais restée plus longtemps, mais ce n'est pas bien pour moi de me nourrir quand je suis vraiment fatiguée.

— Non, c'est bon. C'est juste à cause de la distance avec Oanen. Dormir devient difficile. Mes rêves sont trop bizarres. La nuit dernière, j'ai rêvé que j'étais déjà sur l'eau, à la recherche de l'île.

Quand je l'ai trouvée, ce n'était pas ce à quoi je m'attendais. Je m'imaginais une petite terre de verdure avec des rives de sable. Ce que j'ai vu dans mon rêve était une montagne de verre couverte de sang. Je savais que je devais y aller et me sacrifier pour connaître les réponses.

Eliana blêmit.

— Je n'aime pas ça.

— C'est bon. Ce n'était qu'un rêve.

— Je ne suis ici que depuis quelques années, mais j'ai déjà compris quelque chose de vraiment important. Rien n'est « que » à Uttira. Il y a des significations, des intentions cachées, plein de trucs sous-entendus.

— Alors, tu es en train de dire que je devrais chausser des bottes ?

Elle secoua lentement la tête.

— Ton rêve, s'il signifie quelque chose, n'est pas aussi évident. Fais attention et ne crains pas de revenir sans réponses.

Nous terminâmes notre petit déjeuner et descendîmes en ville pour acheter des réserves de vinaigre dans les dix minutes à combler selon le planning d'Eliana.

— Nous devons tout de suite charger le bateau avec le sel, dit-elle en sortant du parking.

— Les sacs ne sont pas si lourds. Ça ira.

Elle me jeta un regard inquiet.

— Ce n'était qu'un rêve, répétai-je pour la énième fois. Je n'aurais pas dû t'en parler.

— Si, tu as bien fait. Nous sommes amies, et les amies ne se cachent rien, pas vrai ?

Je repensai à Fenris et sentis une brève pointe de culpabilité.

— Ça ne fait que t'inquiéter encore plus. Ça ne change rien d'autre. Et le souci que tu te fais me donne l'impression d'être une crétine.

— Tu n'es pas une crétine. Je me serais inquiétée quoi qu'il advienne. Et puis, ça a changé quelque chose, après tout ! Si les sirènes sont déjà réveillées quand on arrive au lac, tu abandonnes.

— Oui. Mais Ashlyn a dit qu'elles n'étaient jamais levées aussi tôt. Quand Trammer essayait de l'emmener à la pêche, à l'aube, les créatures de l'eau se plaignaient que leurs enfants n'aient pas les mêmes chances que les autres. Tout ira bien.

Elle poussa un profond soupir et acquiesça. Malgré tout, elle n'avait pas l'air plus apaisée quand nous arrivâmes sur le parking.

Nous déchargeâmes le coffre en silence et portâmes les affaires sur le ponton. La lune éclairait à peine notre chemin et le vent frais fit frissonner Eliana en quelques minutes. Elle n'émit aucune plainte et je n'essayai pas de la persuader d'attendre dans la voiture. Nous préparâmes le départ et tirâmes le bateau à deux au bord de l'eau. Les vaguelettes lapaient l'embarcation de bois, produisant un bruit qui jurait avec le silence de l'aurore.

Eliana observa l'eau un long moment. Moi aussi. Rien ne bougeait.

Attrapant le premier sac de sel, je le portai jusqu'au bateau et le déchirai. Sac après sac, nous remplîmes le fond avec près de cent quatre-vingts kilos de sel.

— Ce n'est pas suffisant, dit-elle à mi-voix.

— Si, ça ira.

Elle hocha la tête tandis que je rangeais dans le bateau mon sac étanche contenant vêtements, nourriture, eau, ainsi que mon téléphone. Une fois que j'eus terminé, je me tournai vers elle. Elle me sauta dessus avant que je puisse cligner des yeux, m'enlaçant dans l'étreinte la plus énergique qu'elle m'ait jamais donnée.

— Fais attention et reviens.

— Oui. Promis.

Elle me relâcha enfin et me regarda monter dans l'embarcation. Le sel craquait sous mes pieds à chaque pas et le bateau tangua légèrement lorsque je m'assis. En entendant le clapotis, nous nous tournâmes vers l'horizon.

Nous attendîmes ainsi que l'orange succède au bleu roi dans le ciel d'avant l'aube. Dès que le soleil vint brouiller l'horizon, Eliana s'avança et posa ses mains sur la proue.

— Au moindre soupçon, fais demi-tour.

J'acquiesçai en m'emparant des rames. Elle me poussa vers le lac en prenant soin de ne pas mettre les pieds dans l'eau sur la dernière lancée.

Plongeant les rames avec prudence, je tentai un premier coup afin d'orienter le bateau en marche arrière. C'était un peu étrange au début et Eliana se mordilla la lèvre inférieure tout en m'observant. Le second coup de rames s'avéra plus facile. Le bruit qu'elles produisaient en claquant la surface et les chocs légers des porte-rames qui les maintenaient en place étaient emportés par le vent.

Eliana prit son téléphone et regarda l'écran avant de lever le pouce. Elle suivait déjà ma progression alors que je n'étais même pas à trois mètres du bord. Je secouai la tête et baissai les yeux sur l'eau qui m'entourait.

En apercevant une tête sous la surface, je faillis pousser un cri. Les cheveux verts de la sirène flottaient autour de son visage quand elle me sourit. Dans l'eau, quelque chose fila vers nous sur sa droite. Du coin de l'œil, je captai un mouvement à gauche.

Au lieu de m'intéresser aux créatures mystérieuses, je levai la tête vers Eliana et lui fis un sourire et un rapide signe de la main, m'efforçant de paraître détendue dans mon bateau encerclé par les sirènes.

En trois autres coups de rames, je dépassai la jetée et m'éloignai vers le large, en eaux profondes.

CHAPITRE DIX-SEPT

Mon esprit réfléchit en quatrième vitesse tandis que la distance augmentait entre le littoral et moi. Eliana ne retourna pas à la voiture, m'observant d'un regard vif. Tout comme la sirène qui faisait des cercles sous les vagues légères.

Les créatures allaient-elles attendre que j'arrive à un point où je ne pourrais plus rentrer à la nage ? Si tel était le cas, elles seraient bien déçues. J'étais bonne nageuse, et comme pour toute autre activité physique que je pratiquais, je ne me fatiguais pas facilement.

Je jetai un nouveau coup d'œil aux visages sous la surface, puis je souris à Eliana comme si les eaux étaient toujours vides. Je ne voulais pas qu'elle panique et appelle les Quill, ou pire, Oanen. La menace de quelques sirènes ne m'inquiétait pas, mais l'idée qu'Oanen découvre ce que je prévoyais et rentre en vitesse, oui. Je ne pouvais pas l'affronter dans cet état. Je ne pouvais pas risquer de le blesser. Non, c'était mieux ainsi. Je pouvais sans problème affronter quelques sirènes. J'aurais simplement aimé savoir ce qu'elles attendaient.

Comme moi, peut-être ne souhaitaient-elles pas impliquer quelqu'un d'autre, guettant que je sois hors du champ de vision d'Eliana. Espérant que ce soit le cas, je continuai à ramer. Mes bras ne fatiguaient pas alors que la silhouette de mon amie devenait de plus en plus petite, mais je commençais à avoir soif. Juste avant qu'elle ne soit qu'un point sur le rivage, je sortis les rames de l'eau et pris ma bouteille.

— Peut-elle toujours te voir ? demanda alors une voix étouffée.

J'utilisai la bouteille pour cacher le mouvement de mes lèvres en répondant :

— Oui. Elle a les yeux rivés sur moi.

Des rires dérivèrent autour du bateau. Je déglutis lentement, soulagée d'avoir vu juste. Après un dernier signe rapide à Eliana, je repris les rames et me préparai mentalement à ce qui allait suivre.

Dès qu'elle fut hors de vue, la première sirène sortit la tête de l'eau.

— Tu en as mis du temps. Tu as les bras les plus faibles que j'aie jamais vus. Tu es sûre de ne pas faire une crise d'épilepsie ?

Je l'ignorai en conservant un rythme régulier.

— Est-ce qu'elle sait qu'elle tourne en rond ? fit soudain une voix plus basse.

Plusieurs autres lui intimèrent le silence.

Cette fois, je levai les yeux au ciel. Pensaient-elles que j'étais stupide ? Non seulement je pouvais toujours voir la côte, à l'horizon, mais également le soleil. Puisque les deux étaient restés pratiquement à la même place, je savais que je ne tournais pas en rond. Toutefois, cette question entraînait un autre point important.

Une trajectoire en ligne droite, c'était bien joli, mais je devais m'assurer de le faire dans la direction générale de l'île. Du moins, d'après la carte de la bibliothèque. Je reposai à nouveau les rames.

— Pourquoi s'arrête-t-elle en permanence ?

— Elle va tellement boire qu'elle aura envie de faire pipi. Je ne veux pas qu'elle pisse dans mon lac.

Le bateau tangua légèrement.

— Par le trident de Poséidon ! Combien pèse cette baleine terrestre ?

Sans leur prêter plus attention, je consultai mon téléphone. Le point qui me représentait sur la carte montrait que j'étais à peine éloignée du rivage. Laissant l'application ouverte, j'enfermai le portable dans le sac étanche et le posai sur le siège devant moi.

Cette fois, quand je plongeai la rame dans l'eau, des doigts se tendirent pour l'attraper. Je la tirai vivement et assénai un coup sec sur la main.

Des rires, ainsi que des insultes, fusèrent autour de moi.

Je me remis à ramer, observant le ballet des sirènes sous l'eau. Elles s'amusaient à nager sous la coque pour la heurter, me faisant tanguer sans cesse. Je n'avais pas l'estomac fragile et ces mouvements ne me dérangeaient pas. En fait, si c'était ce qu'elles pouvaient faire de pire, je n'aurais aucun problème à atteindre l'île.

Elles continuèrent ainsi pendant un moment alors que je progressais lentement. Ramer n'était peut-être pas très fatigant, mais cela devint ennuyeux une fois que la rive disparut de mon champ de vision.

J'eus à peine formulé cette pensée qu'une paire de mains saisit le côté droit du bateau, s'appuyant dessus et soulevant le côté gauche. Je me penchai immédiatement pour contrebalancer le poids et rangeai les rames à l'intérieur. Dès que j'eus les mains libres, je ramassai ma gourde d'eau et frappai les mains toujours agrippées à l'embarcation.

Une tête apparut et la sirène aux cheveux vert-bleu souffla, dévoilant ses petites dents pointues. Sa prise sur le bateau se raffermit alors qu'elle commençait à se hisser hors de l'eau. Me penchant vers le fond du bateau, je saisis une poignée de gros sel et la lui jetai au visage.

Elle hurla et replongea dans l'eau. Le mouvement de balancier cessa immédiatement.

— Le saviez-vous ? dis-je sur un ton narquois en recommençant à ramer. Même si les sirènes vivent dans l'océan, elles ne supportent pas le contact direct avec le sel séché. Sachez que j'en ai un plein bateau.

— Je la hais, murmura une voix sous l'eau.

— Je te l'avais dit, répondit une autre. Ne t'inquiète pas. Ce sera bientôt son tour.

Je vérifiai l'eau de chaque côté, mais ne vis rien. J'étais encore plus préoccupée que lorsqu'elles nageaient tout autour.

Me concentrant une nouvelle fois sur la carte de mon téléphone, je ramai plus vite. La batterie tenait bien le coup, mais mon avancée me faisait craindre d'être à court bien avant d'atteindre à nouveau la côte. Ou pire, de devoir faire le trajet de retour au pifomètre.

L'absence des sirènes ne dura pas longtemps. En une heure, le nombre qui nageait autour de moi avait doublé. Et une heure plus tard, il avait triplé.

Cependant, au cours des heures suivantes, peu de choses changèrent. D'après mon téléphone, je n'avais parcouru qu'un quart du chemin vers le milieu du lac. Chaque nouvelle sirène posait les mêmes questions stupides.

— Où va-t-elle ?

— Elle pense qu'il y a une île.

— Elle pense qu'il y a une oracle.

Un rire suivit le dernier commentaire.

— Une oracle. Elle n'en a pas besoin. Je peux très bien prédire son futur : la mort au fond de notre lac.

Si jusqu'à présent, ramer m'avait aidée à apaiser la colère qui continuait à remonter le long de mon dos, l'activité commençait à perdre son effet. Malgré cela, mes jointures blanches autour des rames n'indiquaient pas seulement ma baisse graduelle de contrôle, elles me permettaient de maintenir les sirènes à distance. Je repoussais facilement les mains qui tentaient de me voler les rames et je parvenais même à cogner quelques têtes chaque fois que je les soulevais.

Les jurons et sifflements étaient décuplés au fur et à mesure que l'eau environnante grouillait de queues de sirènes.

Avais-je le droit de les frapper ? Je ne devais pas céder à la colère qui s'insinuait sous ma peau. Elles mijotaient quelque chose, et ça finirait mal pour ma pomme si je les laissais faire.

— Vous n'avez pas quelque chose de mieux à faire ? Allez vous peigner les cheveux avec une fourchette ou un autre truc de ce genre, hurlai-je, perdant patience lorsqu'une nouvelle venue tenta d'attraper une rame.

— Elle n'a pas osé dire ça.

— Oh si, elle a osé, répondis-je à la voix inconnue sous l'eau. Vous et vos tronches d'appâts, vous feriez mieux d'aller plus profond pour chanter avec Sébastien. Fichez-moi la paix.

Une tête sortit de l'eau sur ma droite et je me concentrai sur le visage livide de la fille. Cette cible alimenta ma colère.

— Tu viens de nous traiter d'appâts ? demanda-t-elle.

— Carrément.

Je soulevai une rame et la cognai sur le côté du crâne. Elle retomba dans l'eau comme une pierre et j'éclatai de rire.

Une autre tête jaillit près de l'extrémité du bateau, interrompant mon accès d'hilarité. Son regard empli de haine se riva au mien. La colère que je ressentais à présent avait beaucoup plus de sens, et l'odeur de bois fumant titilla mes narines tandis que je scrutais la sirène. C'était celle qui m'avait fait éclater à la piscine, en présence de mon petit ami.

— Tu te crois maligne en remplissant ton embarcation de sel, hein ?

Elle sourit, montrant ses petites dents aiguisées.

— Ton bateau pèse lourd dans l'eau. Trop lourd pour être renversé. Bien joué, sans-famille.

J'eus envie de plonger vers elle, mais je gardai ma position. Elle essayait de me piéger. Pourquoi ?

— Qu'est-ce que tu veux ?

Son sourire s'agrandit.

— Tu sais ce que je veux. Je veux cette humaine. Mais je me contenterai de toi.

Je ricanai.

— Tu ne peux rien contre moi.

— Seule ? Non. Mais je ne suis pas seule.

Elle repartit dans l'eau, nageant loin du bateau.

— Tu sais quel est le problème de ton rafiot rempli de sel qui pèse trop lourd dans l'eau ? demanda-t-elle d'une voix doucereuse.

Je plissai les yeux.

— Il est assez lourd pour couler.

Un petit objet sauta à l'arrière du bateau, et l'instant d'après, de l'eau se mit à jaillir. Je soulevai les rames à l'écart des mains voleuses et je me précipitai vers la poupe, au moment où la morue disparaissait à nouveau sous l'eau. Attrapant la bonde, je repoussai le sel loin du trou et remis le bout de caoutchouc à sa place.

Je regardai tous les visages qui me scrutaient à bonne distance.

— Si vous me coulez, je serai dans le lac avec vous. Vous savez ce que c'est, la bouillabaisse ?

Leur rire gazouilla autour de moi, puis elles replongèrent sous la surface.

Regagnant ma place, je récupérai les rames et repris ma progression dans les eaux tumultueuses, avec une férocité qui les fit rire encore plus bruyamment. L'odeur de bois brûlé et de sel chaud était toujours plus forte et je luttais pour maîtriser sa colère. Comment ma mère faisait-elle ? Toutes ces fois où j'avais dit quelque chose pour la contrarier, elle n'avait jamais perdu le contrôle. Je fronçai les sourcils. Non. Quand elle avait brisé cette tasse de café durant notre dernier jour dans l'ancienne maison, je me souvenais d'une vague sensation de chaleur. À l'époque, j'avais mis cela sous le coup de l'imagination. Mais maintenant, je savais ce que c'était.

Le souvenir fut loin d'être utile pour me calmer et je pensai à Eliana qui m'attendait sur la côte. Je devais me concentrer pour atteindre l'île et revenir avant le coucher du soleil. Je ne voulais pas l'inquiéter. Je devais rester à l'affût.

La bonde à l'arrière du bateau sauta une fois de plus.

— Je jure sur les dieux que je suis à trois secondes de plonger, hurlai-je après avoir à nouveau lâché les rames pour la remettre en place.

Des vagues vinrent s'écraser sur la coque, à quelques centimètres seulement du rebord. Je n'avais rien pour écoper le sel chargé d'eau. Elles allaient couler le bateau si elles continuaient à retirer la bonde.

Quelque chose produisit un bruit sourd dans mon dos et je me retournai juste à temps pour voir l'une de mes rames disparaître par-dessus bord. C'était l'une de ces morues qui la détenait. Elle la lança loin de l'embarcation et ma rame toucha l'eau dans une éclaboussure, hors de portée.

Je jurai et soulevai l'autre de son porte-rame. Je savais qu'elles voulaient que je me penche et essaie d'attraper celle qui flottait, mais je n'étais pas stupide. J'avais déjà été témoin de ce qu'elles faisaient dans ce genre de scénario. Au lieu de ça, j'utilisai la rame qui me restait pour manœuvrer jusqu'à l'autre.

Le bateau tangua de façon précaire et j'écartai les jambes afin d'éviter que les sirènes ne me fassent basculer.

— Les films se plantent carrément, dis-je. De belles et douces créatures qui rêvent de devenir humaines, mon cul ! Plutôt des piranhas, des adolescentes attardées avec la mentalité d'un poisson rouge.

Une main jaillit de l'eau et me fit un doigt d'honneur avant de se refermer sur la rame. J'aperçus le bois flottant qui s'éloignait rapidement et je montrai les dents, dangereusement agacée. Le bateau cahota, me faisant presque perdre l'équilibre.

— Allez-y, lançai-je. On va voir ce qui arrive si vous me faites tomber.

Elles rirent à nouveau et je continuai d'utiliser mon unique rame dans un effort pour me propulser en direction de l'autre. Le mouvement du bateau dans l'eau était lent et saccadé. Les progrès que je faisais étaient anéantis dès que la garce nageait plus loin avec ma rame.

— Tes bras commencent à fatiguer ? fit une voix chantante.

— Monte dans le bateau pour le découvrir toi-même.

Le silence m'accueillit et mes cheveux fouettèrent mon visage alors que je scrutais la surface. Avec toute cette colère, et à force de ramer, je ne remarquais le vent que maintenant. Je croyais que les sirènes agitaient l'eau, mais en réalité, c'étaient des vagues plus puissantes. Détournant mon regard du lac menaçant, je levai les yeux vers le ciel. Les nuages s'amassaient à l'horizon vers le nord, mais le soleil n'avait toujours pas atteint son zénith. Tant mieux. Ces sirènes faisaient de leur mieux pour me ralentir, mais j'avais encore le temps.

Le bateau tangua soudain. Mes yeux se tournèrent immédiatement vers la bonde, mais elle était toujours en place. L'embarcation se balança à nouveau puis avança si brutalement que je perdis l'équilibre et tombai. Mon dos heurta le bord du siège. Je grimaçai et roulai sur le côté pour me mettre à genoux.

Le vent battait mon visage et me piquait les yeux. Toujours agenouillée, je tendis le bras pour prendre mon téléphone et voir dans quelle direction elles m'emmenaient.

À ma grande surprise, les sirènes ne me poussaient pas vers la rive. Bien au contraire. Je voyais le point sur mon traceur GPS se rapprocher lentement du milieu du lac. Elles m'emmenaient exactement là où je voulais aller. Je souris.

Le bateau s'arrêta si brutalement que je volai vers l'avant et me cognai la tête sur l'autre siège. Je poussai un juron et me touchai le visage pour y chercher des échardes. Je n'en trouvai aucune, toutefois mes doigts entrèrent en contact avec du sang. De la chaleur s'amassa dans mon ventre, bouillonnant dans mes veines.

— C'est la deuxième fois, morue, dis-je entre mes dents.

Je me levai lentement, observant l'eau autour du bateau à la recherche de leurs visages rieurs. Je ne trouvai rien. Cependant, malgré la distance, je pus distinguer quelque chose à la surface du lac. Mon cœur bondit dans ma poitrine et j'eus envie d'éclater de rire. L'île.

Un bruit se fit entendre à mes pieds. Je baissai les yeux sur l'eau qui jaillissait à l'intérieur du bateau. Elles avaient fait sauter la bonde. L'eau du lac submergea mes chaussures. Je regardai à nouveau l'île et pris mon téléphone, jetant un œil au point à travers l'étui transparent.

L'eau du lac affluait par l'arrière du bateau. Des algues et des morceaux non identifiables flottaient. Je n'avais plus le choix ; il me fallait nager.

Je plongeai sur le côté. L'eau siffla et crépita au moment où ma peau entra en contact avec elle. Je ne sentis sa froideur extrême qu'une courte seconde. Puis ma chaleur reprit le dessus.

Remontant à la surface, je dégageai de mon visage une algue nauséabonde.

— J'empeste le poisson ! hurlai-je, vraiment agacée.

L'eau bouillonnait autour de moi. Rien n'osait s'approcher. Plus loin, quelques têtes émergèrent, juste assez pour me permettre de voir leurs yeux.

— Vous vouliez que je sois dans l'eau. Allez, venez me chercher !

Aucune d'elle ne bougeait. Je commençai à nager vers l'une des sirènes qui se trouvait aussi dans la direction de l'île.

— Par ici, petit poisson. Petit, petit, appelai-je.

Il n'y avait plus de rires cette fois. La sirène plongea sous la surface sans réapparaître. Retenant le sac étanche avec mon portable entre mes dents, je commençai à nager vers l'île. En quelques secondes, je compris que c'était une erreur. Le goût du plastique fondu restait accroché à mes lèvres tandis que je vidais l'eau du sac et tentais d'allumer le téléphone. Peine perdue. Capitulant, je fourrai l'appareil dans ma poche et repris ma route.

Je dus m'arrêter à de nombreuses reprises pour m'assurer que j'étais toujours sur le bon chemin. Ce n'était pas facile. Sans mon portable, je devais faire du surplace et flotter sur les vagues, attendant d'avoir un meilleur aperçu de l'île.

Le lac glacé qui m'entourait ne suffit pas à calmer ma colère. Cependant, la quantité de vapeur qui m'enveloppait commença à décroître.

Plus je me rapprochais de l'île, plus les sirènes se montraient audacieuses. Elles m'encerclaient, me lançant à nouveau des insultes et des railleries.

— Non, mais c'est quoi, ce style de nage ?

— Mmh... tu arrives à goûter son sang dans l'eau ? Il est délicieux.

— C'est ça, mords à l'hameçon. Un bras devant l'autre. Fatigue-toi pour nous.

— Vous sentez ? L'eau se rafraîchit.

Elles avaient raison. Plus l'île grossissait, plus je pouvais ressentir mes efforts. Je ne m'étais jamais poussée aussi loin auparavant. De toutes les activités que j'avais faites, je m'étais arrêtée dès que j'avais senti ma colère se calmer. Même si je la percevais encore, mon énergie faiblissait. Pourquoi ?

Il me fallut un moment pour me rendre compte que les paroles autour de moi avaient cessé. Lorsque je m'arrêtai pour vérifier à nouveau ma position, je repérai les sirènes à une bonne distance derrière moi.

— Tu es presque au bout, lança la morue. Tu penses pouvoir y arriver ?

Sans lui répondre, je me retournai et continuai. La vision de l'île aride et rocailleuse provoqua un frisson d'inquiétude dans mon corps. Elle était bien plus grande que je l'avais prévu. Ses formations rocheuses saillantes créaient une ligne qui me surplombait, pas si différente de mon rêve. Elle n'était pas en verre, cependant, ni couverte de sang. Peut-être que mon appréhension provenait des arêtes de poissons morts à travers lesquels je devais patauger pour atteindre la rive. Cet endroit pouvait-il être encore plus dégoûtant ?

Mes pieds touchèrent enfin le sol et je m'affaissai, soulagée. Marchant laborieusement dans l'eau à hauteur de taille, j'ignorai délibérément les cadavres de poissons. Épuisée, je trébuchai sur la plage rocailleuse et me laissai tomber lourdement. J'avais dû me démener plus que prévu, parce que je commençais à trembler, assise sur les galets. Je devais échapper au vent, me sécher, et peut-être faire une sieste rapide pour me requinquer avant de débuter mes recherches.

Au loin, une seule tête émergea de l'eau. La morue m'observa avec un sourire malicieux. Elle pensait probablement la même chose que moi. J'étais arrivée en sécurité sur l'île, mais comment allais-je repartir ?

Le sourire sur son visage disparut et elle plongea sous l'eau, me laissant complètement seule.

Je pensai à Eliana et soupirai. Elle allait être tellement inquiète.

— Eh bien, dit soudain une voix féminine non loin de moi. En voilà une surprise.

CHAPITRE DIX-HUIT

Surprise, je regardai par-dessus mon épaule. Une femme vêtue d'une robe blanche fluide se tenait près d'un amas rocheux. Elle était belle, avec des cheveux dorés balayés par le vent et des yeux d'un bleu argenté étincelant. Un sourire accueillant et chaleureux éclairait ses traits.

Un autre frisson me parcourut le dos.

— Quelle belle surprise, dit-elle. Ce n'est pas tous les jours que j'ai droit à une si adorable visite. Je m'appelle Lucia. Puis-je t'offrir de t'asseoir dans un endroit sec, et peut-être, quelque chose à boire ?

Je me levai avec précaution, époussetant mes fesses. Du sang et des arêtes de poisson s'agglutinaient sur mes doigts froids.

— Je m'appelle Megan. Un endroit chaud et sec, ce serait génial.

— Chaud, dit-elle avec un sourire. Oui. La chaleur, c'est bien.

Elle me fit signe de la suivre et disparut entre deux énormes rochers.

Mes chaussures émirent un bruit de succion humide quand je marchai sur la plage en pente vers l'étendue rocheuse. La crevasse entre les rochers était étroite, cependant je pouvais sentir l'air chaud qui s'en échappait et apercevoir le léger vacillement d'un feu.

En me tortillant, je pénétrai dans la grotte. Le passage mal éclairé où je me trouvais n'était pas beaucoup plus large que l'entrée.

— Ça permet de garder la chaleur à l'intérieur, dit Lucia quelque part devant moi, comme si elle lisait dans mon esprit.

Je fis un pas en avant et quelque chose craqua sous ma chaussure. Je plissai les yeux et regardai sous mon pied, mais ne pus rien voir dans les ténèbres visqueuses autour de mes jambes.

— Je suis navrée pour le désordre. Ce n'est pas facile de garder la grotte propre.

Alors que je continuais à avancer, mon sentiment de malaise grandissait. Ce n'était pas la colère.

Le sol descendait en pente douce sur plusieurs mètres avant de prendre un virage. La lumière vacillait de plus en plus. J'empruntai le boyau, espérant en voir le bout, mais ce n'était qu'un autre passage. Je regardai dans mon dos en direction de l'éclat lumineux que je laissais derrière moi.

— Nous sommes presque arrivées, Megan. Un feu pour te réchauffer et du vin. Si tu as l'âge, bien évidemment.

Je me tournai à nouveau vers les flammes, mes chaussures crissant à chaque pas.

— Si j'ai l'âge ? Je ne pensais pas que ces règles s'appliquaient aussi ici.

Son rire léger flotta jusqu'à moi.

— J'essaie de les respecter. Sans elles, notre monde ne serait que pur chaos. Personne ne désire cela.

Quelque chose roula sous mon pied, me faisant perdre l'équilibre. Je tendis les bras pour ne pas tomber et mes paumes entrèrent en contact avec la roche glaciale et gluante. Un air froid, chargé d'humidité et alourdi par la fumée, emplit mes narines. Reculant à cause de l'odeur et de la pierre froide, je retirai ma main. L'odeur disparut.

La maison de l'oracle était dégoûtante.

— Pourquoi vivez-vous dans une grotte ? demandai-je tout en me dirigeant vers la lumière vacillante.

— Il n'y a aucun matériau de construction sur l'île de l'Infortune.

Je fronçai les sourcils. Elle avait raison. Il n'y avait que des cailloux et des ossements. Comment, alors, pouvait-elle faire du feu ?

Un autre tournant refléta la lumière. La chaleur m'enveloppa et de la vapeur s'éleva du jean humide et froid qui collait à mes jambes. Je savais que je me rapprochais. Au lieu de me dépêcher, je ralentis.

Mes tripes me disaient que quelque chose clochait, toutefois mon humeur de furie restait calme. Pas un souffle de colère. Bien sûr, j'étais sacrément agacée par le froid, l'humidité et le fait que je sentais le poisson, et pourtant cela n'avait rien à voir avec Lucia. Pourquoi, alors, avais-je l'impression qu'il ne fallait pas continuer ?

— Est-ce que tu me suis, Megan ? Je viens de nous servir du bon vin chaud.

Comme j'ignorais ce qui me valait cette impression étrange, je persévérai et empruntai le virage. Le soulagement me saisit lorsque je débouchai sur une salle.

Un feu brûlait dans le trou béant sur un côté de la grande caverne. Une épaisse fumée montait en volutes vers la petite ouverture dans le plafond. Je remarquai à peine les flammes que j'avais suivies jusqu'ici. Au lieu de ça, mon regard fut attiré par une grande table de bois qui occupait le centre de la grotte. Elle brillait, opalescente dans la lueur du feu de camp, presque blanche. Des gravures sombres décoraient la surface, des scènes de batailles épiques montrant des hommes avec des pagnes et des armures, combattant sur des montagnes et des vallées.

— Elle est belle, n'est-ce pas ?

La voix de Lucia me sortit de ces images hypnotiques. Elle se tenait derrière la table et tira la seule chaise rembourrée.

— Viens. Assieds-toi. Repose-toi et dis-moi pourquoi tu es ici.

Je marchai vers la table et la vieille coupe, qui cachait une partie d'une scène qui ne cessait d'attirer mon attention.

— Je suis venue vous parler.

— Moi ? Pourquoi ?

Je parvins à lever les yeux vers elle.

— Vous êtes une oracle, n'est-ce pas ?

Elle sourit doucement et me montra la table.

Je m'assis dans un profond soupir. Jusqu'au moment de soulager le poids de mes jambes, je ne m'étais pas rendu compte à quel point j'étais fatiguée. C'était étrange d'être aussi épuisée. Il faudrait que je parte à la nage sur un lac au point de faire de l'hypothermie la prochaine fois que je serais furieuse.

— Je suis une oracle. La seule oracle actuellement présente à Uttira, répondit-elle en désignant la coupe.

Je m'en emparai et sentis sa main caresser mes cheveux mouillés.

— Tu as si froid. J'ai une autre robe si tu souhaites te changer.

Je secouai la tête et portai la coupe à mes lèvres. Le goût métallique de l'objet me fit hésiter. Une sensation oppressante me comprima l'estomac et je jetai un œil au feu par-dessus le bord de la coupe. Les flammes dansaient sur les bûches blanches. C'étaient des os.

Je reposai la coupe, incapable de me concentrer à nouveau sur la source du feu.

— Qu'y a-t-il ? Tu n'aimes pas le vin ? Je peux aller te chercher de l'eau.

— Non. C'est bon.

Je clignai des yeux en essayant de me concentrer sur ce qui nourrissait les flammes. Avais-je vraiment vu des os ?

Une piqûre de colère me transperça entre les deux yeux. Avant que je puisse réagir, elle avait disparu. Je fronçai les sourcils et me frottai les paupières, peinant à me concentrer sur quoi que ce soit à l'exception du feu, de la table et de la sensation de ses doigts sur ma tête.

Quelque chose clochait. Je regardai les murs, mais ne vis que des ténèbres floues. Décidément, ça ne tournait pas rond.

— Pourquoi vivez-vous au milieu du lac ? demandai-je.

— Nous sommes tous faits pour être quelque part, Megan. Où voudrais-tu que je sois ?

— En ville. Dans une maison normale.

— Facilement accessible ? Non, petite friandise. C'est ainsi que se déclenchent les guerres.

« Petite friandise » ? Ses paroles me donnaient le frisson. Je décidai qu'il était temps de commencer à écouter mes tripes, même si ma furie restait calme. Mon instinct me criait de ne pas me détendre ni me reposer, que je devais me dépêcher, que je m'attardais bien trop même si je venais tout juste d'arriver.

— Comment tout cela fonctionne-t-il ? demandai-je. Mon amie m'a dit qu'il y avait un prix pour tout. Quel est votre prix pour répondre à mes questions ?

Lucia émit un petit rire.

— Ton amie me semble très sage. La plupart des gens qui viennent ici pensent que le but de mon existence, c'est de répondre aux questions.

— Ce n'est pas le cas ?

— Oui et non. Même si je peux avoir un aperçu du futur, ce n'est pas l'intégralité de mon existence. Nous devrions être plus que la somme de nos objectifs, tu ne crois pas, Megan ?

— J'imagine.

— N'imagine pas. Sois-en sûre.

— C'est pour ça que je suis ici. Parce que je ne suis sûre de rien.

— Oh ? fit-elle tout en me caressant les cheveux.

— J'ai besoin de réponses. Ma mère m'a abandonnée et je veux savoir pourquoi.

— Laisse le passé au passé. Les raisons de son départ n'ont pas d'importance. Le futur est ce que tu recherches, n'est-ce pas ?

— Oui. Que voyez-vous dans mon avenir ?

— Je te vois boire ton vin.

Une pointe de frustration me traversa et je repoussai la coupe sur la table. Un sifflement résonna près de mon oreille. En me retournant vers Lucia, j'aperçus autre chose à sa place. Une grande bouche et une peau à écailles. Aussitôt, son visage redevint clair, souriant gentiment, avec sa belle chevelure autour de ses épaules.

Elle toucha encore mes cheveux, caressant les mèches sèches.

— Quelle est votre vraie forme, Lucia ?

Elle sursauta légèrement.

— Ma vraie forme ? Que veux-tu dire ?

— Nous en avons tous une, pas vrai ? C'est pour ça que je suis ici. J'ai besoin de connaître la mienne. J'ai besoin de savoir ce que je deviendrai.

— *Deviendrai.* Tu ne deviendras rien de plus que ce que tu es déjà, petite créature.

Sa main quitta mes cheveux et elle avança près du feu.

— J'ai du pain chaud aussi, si tu veux.

Elle tendit le bras vers une marmite dans les ténèbres. Tandis qu'elle revenait vers moi, ses yeux eurent un reflet argent, comme s'ils reflétaient la lumière. Pourtant, elle tournait le dos au feu.

La rage me lacéra, si dure que je crus soudain être déchirée en deux. Je me levai brusquement, renversant la chaise et plaquant mes mains sur la table devant moi. Une fumée de bois fraîchement brûlé me monta aux narines.

L'oracle s'arrêta net. La forme de ses traits vacilla très brièvement entre serpent et femme, à l'instant où ma colère disparut. Nous nous dévisageâmes pendant un long moment.

— Vous n'êtes pas ce que vous semblez être, déclarai-je. Et cet endroit non plus.

Tout en parlant, je regardai à nouveau la pièce qui m'entourait. Cette fois, j'en vis bien plus que je ne le voulais.

Une paroi composée d'os faisait tout le tour de la grotte à

hauteur de taille. Le sol en était également recouvert. Ce n'étaient pas des ossements humains, pas plus que des arêtes de poissons.

— Est-ce que vous mangez les sirènes ? demandai-je, reposant mon regard sur elle.

Elle sourit légèrement.

— Tu as déjà remarqué qu'il n'y avait rien sur cette île. De quoi croyais-tu que je me nourrissais ?

— Je ne comprends pas, dis-je en fronçant les sourcils.

Elle éclata de rire.

— Bien sûr que non. Si tu comprenais, tu ne serais pas là.

Un autre éclair de colère me parcourut avant de disparaître à nouveau.

— Ce que je ne comprends pas, c'est pourquoi je ne vous brûle pas. C'est pourtant mal de tuer.

— Mon oisillon furieux, qu'est-ce qui définit ce qui est mal, à part les règles que l'on nous enseigne ?

Ma peau s'échauffa sous mon agacement. Elle répondait à mes questions avec des semi-vérités et de vagues maximes. Même si la nage m'avait un peu fatiguée, ma colère générale était prête à reprendre du service.

L'odeur de fumée de bois devint plus forte et son regard tomba sur la table.

— Arrête, ordonna-t-elle en se précipitant vers moi. Tu vas la détruire.

La fumée tourbillonnait. Mes cheveux chatouillèrent mes joues tandis que je retirais les mains du bois et constatai les marques de brûlures. Les gravures sous mes paumes avaient disparu.

— Saleté d'oiseau de l'enfer, siffla-t-elle.

— Serpent affabulateur, rétorquai-je en levant le nez vers elle.

Elle plissa les yeux.

— Je ne mens pas.

— Comment expliquez-vous ces ossements ? demandai-je. Vous

tuez des gens, et je pense même distinguer quelques os humains par là.

— J'ai déjà répondu à cela. il faut bien que je mange.

— Alors, pourquoi ne suis-je pas en colère ? Consommer la chair, cela va à l'encontre des règles. C'est malfaisant.

— Parce que le passé n'existe pas ici. Ni le futur. Seulement le présent. Et dans le présent, je n'ai ni tué ni dévoré qui que ce soit.

Ses paroles m'inquiétèrent. Non pas sur le fait de tuer, mais sur le temps. Quelque chose clochait depuis mon arrivée. Mes cheveux avaient séché à son contact. Quelques minutes seulement avaient passé. Alors qu'il me fallait une bonne heure pour les sécher en temps normal, voilà qu'ils n'étaient plus mouillés. Mes tripes me disaient que je devais me dépêcher d'obtenir mes réponses avant de déguerpir au plus vite.

— Quelle est ma vraie forme, et comment contrôler ma rage ? demandai-je.

Elle sourit et tendit le bras pour toucher mes cheveux. Je lui frappai la main. Maintenant, sa peau contre la mienne propageait un frisson de révulsion dans tout mon corps. Elle était froide et humide, comme les pierres.

L'impatience raviva le feu grandissant en moi.

— Lucia, vous avez à peu près dix secondes pour commencer à me donner de vraies réponses avant que je me mette sérieusement en colère.

Elle éclata de rire.

— Je n'ai rien fait pour que tu me considères comme malveillante, petite friandise.

Ses paroles me donnaient la chair de poule. Si elle n'avait rien fait de mal pour l'instant, elle avait clairement prévu quelque chose de mauvais pour moi dans le futur. Comme la colère ne fonctionnait pas bien avec elle, je choisis une autre stratégie.

Je me concentrai sur les flammes en moi et pensai à Eliana qui m'attendait et s'inquiétait. Puis je pensai à Oanen. À toutes ces fois où je l'avais brûlé parce que je ne savais pas ce que je faisais. Enfin, je songeai à ma mère et à toutes les réponses qu'elle n'avait pas partagées.

Ma fureur s'emballa et je vis le moment où l'oracle comprit la situation. Ses yeux argentés reflétèrent la lueur orange qui émanait des miens.

— Si tu pars maintenant, dit-elle, je te donnerai les réponses que tu recherches.

— Non.

Je plaquai ma main sur la table et souris.

— Cette odeur, on dirait qu'on fait griller des marshmallows, vous ne trouvez pas ?

— Sale oiseau de malheur. Je répondrai à une question maintenant, et à une seconde quand tu seras dans le bateau, en train de ramer loin d'ici.

— Très bien. Mais si jamais vous ne respectez pas votre parole, je reviendrai détruire tout sur ce caillou désert que vous considérez comme votre maison.

Elle acquiesça et jeta un regard insistant sur ma main. Je la retirai de la table et arquai un sourcil.

— Viens.

Elle tourna les talons et commença à marcher vers la fissure entre les rochers.

— Ta véritable forme est née du...

Elle disparut de mon champ de vision et je m'empressai de la suivre, me glissant dans le passage.

— Née de quoi ? demandai-je.

— Née du feu. Essaie de suivre, je ne me répéterai pas. Ça ne fait pas partie de notre marché.

Je pressai le pas, glissant et trébuchant sur le sol recouvert d'os.

— Les réponses vagues ne font pas non plus partie du marché. Je sais déjà que j'ai du feu. Je veux connaître ma véritable forme. À quoi ressemblerai-je ? À une femme serpent, comme vous ? J'ai besoin de détails.

Elle éclata de rire quelque part devant moi, le hurlement du vent emportant le son au loin.

— Tu n'as rien à voir avec moi. Que tu sois née du feu signifie que tu as été faite à partir des flammes de l'enfer. Tu es la messagère de l'enfer. Tu guides les âmes des condamnés vers l'endroit ultime où elles ne trouveront pas le repos.

— Mais à quoi ressemblerai-je ?

Empruntant le second virage, je distinguai le faible éclat de lumière, mais pas Lucia. Un autre frisson me parcourut lorsque la première rafale glaciale se faufila dans le passage, entrant en contact avec mon jean légèrement mouillé. Ce ne fut qu'en émergeant par l'ouverture, dans le vent qui soufflait en ce début de crépuscule, que je compris ce qui était arrivé.

Le temps avait passé depuis que j'étais entrée dans la grotte. Plus que je l'avais prévu. Une tempête s'était réveillée, occultant la lumière du jour et faisant tourbillonner le lac en une mer de vagues violentes.

Devant moi, sur la rive, Lucia se tenait près d'un bateau. J'avançai en trébuchant, le vent me battant et fouettant mes cheveux sur mon visage. Il ne pleuvait pas encore, néanmoins je pouvais sentir l'humidité dans l'atmosphère lourde.

— Je ressemblerai à quoi ? répétai-je en m'approchant.

Sa robe se gonflait sous les bourrasques, mais sa chevelure dorée bougeait à peine.

— Tu ressembleras quasiment à ce que tu es à présent. Les cheveux flottants et les yeux brillants de feu. Sauf que tu seras recouverte de flammes géantes.

Ce n'était pas si terrible.

— Et le reste ?

— Dans le bateau.

Elle me montra l'embarcation que les vagues essayaient

d'emporter au large. La bonde était à nouveau en place et les deux rames m'attendaient. Mon sac, avec mes affaires de rechange, était déchiré et vidé au fond du bateau. Il n'y avait pas de sel. Pas d'armes. L'oracle voulait-elle que je m'en aille dans ces eaux balayées par l'orage, juste avant le coucher du soleil ?

Nos regards se croisèrent et elle sourit lentement.

— Tu dois y aller, Megan. Une fois que tu seras sur le lac, nous aurons toutes deux ce que nous désirons.

— Vous souhaitez ma mort ! dis-je sans réfléchir.

Je sus que j'avais raison quand son sourire s'élargit.

— Reste ici avec moi et tu ne connaîtras jamais la vérité, ou monte dans ce bateau et tente ta chance sur le lac.

— Je n'ai pas vraiment choix.

— Tu as toujours le choix. Et tu es la seule à pouvoir décider.

Écartant mes cheveux, je grimpai dans le bateau. Il tangua et fit une embardée. Je regardai Lucia derrière moi, qui me poussait vers les vagues déferlantes.

— La réponse, hurlai-je par-dessus le bruit.

— Rame, Megan. Je tiendrai ma promesse.

Je commençai à ramer, bientôt détrempée lorsque la première vague heurta la proue.

La voix de Lucia me parvint tandis que je prenais mes distances avec l'île.

— Contrôler ta rage reviendrait à demander à un poisson de ñe pas nager. Tu es née pour être en colère. On ne peut pas la contrôler. Ceux qui t'ont dit le contraire t'ont menti.

Adira. Les Quill. Le Conseil. Ils m'avaient tous menti. Tout ce que l'on m'avait demandé de faire. Tous ces tests. Des mensonges. Pourquoi ? Ils m'empêchaient d'obtenir ma marque en se basant sur mon incapacité à maîtriser ma rage. Cela signifiait-il que je ne l'obtiendrais jamais ? Que je serais pour toujours prise au piège à Uttira ?

Je voyais rouge. Et à travers ce flou d'émotions bariolées, je vis

Lucia se transformer. Son beau visage fondit pour révéler la tête plate et brillante d'un serpent. Son corps s'allongea, ses bras et jambes disparurent.

Tout à coup, je compris ce qu'elle voulait vraiment dire quand elle avait affirmé que nous aurions toutes deux ce que nous désirions une fois que je serais sur le lac. Elle m'avait donné ma réponse, et maintenant, elle allait obtenir ce qu'elle avait souhaité depuis le début. Un bon repas.

Je tirai puissamment sur les rames, ignorant l'eau glacée qui me frappait le dos. Plus rien ne comptait, à part ramer aussi vite que possible. Ma vie en dépendait.

CHAPITRE DIX-NEUF

Je regardai Lucia onduler sur le ventre et pénétrer dans les vagues mousseuses.

Son intention de tuer dansait dans les reflets argentés de ses yeux. Alors, pourquoi n'étais-je pas en colère ? Bordel, où était passée mon humeur de furie ?

— De tous les moments où tu aurais pu disparaître, il fallait que tu choisisses celui-là ! Rouler des pelles avec Oanen ? Oui. Être à deux minutes de se transformer en sushi ? Non.

L'oracle ouvrit grand la bouche et goûta l'air de sa langue fourchue. Puis elle plongea sous une vague et fila dans ma direction, son corps zigzagant avec aisance à travers l'eau turbulente.

Je frissonnai à nouveau et ramai de plus belle, maintenant ma position assise en croisant un pied sur l'autre. Les rames grincèrent sous mes efforts pour avancer plus vite.

— Je ne me ferai pas bouffer par un serpent de six mètres.

Pourtant, les vagues étaient contre moi, réduisant ma progression à chaque poussée.

Lucia se rapprochait.

Je levai les rames au-dessus de l'eau et en dégageai une de son socle, prête à m'en servir comme arme. Si je ne parvenais pas à la frapper, je la lui enfoncerais dans la gorge.

Au dernier moment, sa tête plongea sous l'eau. Le bateau fit une embardée, loin de l'île, de plus en plus vite. Les remous empirèrent et je faillis dégringoler de mon siège tandis que le bateau était propulsé en avant. Je reposai la rame et m'agrippai aux rebords tout en me demandant ce que fichait Lucia. Derrière le bateau, l'île rapetissait.

Juste avant qu'elle disparaisse sur la ligne sombre et floue de l'horizon, Lucia cessa de me pousser. Je relâchai ma prise sur l'embarcation et m'empressai de récupérer la rame.

Le corps grand et humide de Lucia sortit de l'eau, atterrissant sur le bateau avec moi. Sa queue plaqua la rame et elle ouvrit la bouche. Je réagis sans réfléchir, la cognant en plein sur sa gorge exposée. Elle recula en sifflant.

— Qu'y a-t-il ? raillai-je. Vous n'aimez pas que votre nourriture se défende ?

Elle reprit sa forme humaine, sa robe blanche toujours en place, étrangement sèche. Une main sur le cou, elle me jeta un regard noir.

— Même si j'ai envie de découvrir le goût d'une jeune furie, je ne suis pas encore prête pour un voyage en enfer. Je vais donc appâter ma proie, comme elle appâte la sienne.

— Quoi ?

— Si tu es parvenue jusqu'à mon île, une île dissimulée par magie aux yeux des créatures terrestres ou aériennes, ce n'était pas un accident. Tu as énervé une sirène en lui volant sa proie humaine et elle a pensé que si elle t'envoyait jusqu'à moi, je m'occuperais de son problème. En général, je serais encline à l'aider si cela me permettait de me remplir la panse. Mais je ne suis pas stupide au point de risquer d'attirer l'attention des dieux.

— Comment ça ? demandai-je. Ne sont-ils pas morts ou endormis, quelque chose comme ça ?

— Oui, quelque chose comme ça, répondit-elle, fixant son attention sur les vagues autour de nous.

Elle prit la rame et la remit en place. Quand elle reposa les yeux sur moi, ses pupilles étaient à nouveau dilatées et réfléchissantes.

— Rame, Megan.

— Pourquoi ?

— Comme je te l'ai dit, j'ai bien envie de me remplir le ventre. J'apprécie grandement le goût des sirènes.

À présent, il était parfaitement clair que Lucia se servait de moi comme appât afin d'attraper une sirène pour le dîner. Mais que m'arriverait-il lorsqu'elle en aurait terminé avec elle ?

Je l'observai un moment, considérant mes options. Rien n'avait vraiment changé. Je devais toujours rentrer avant la nuit.

Avec un soupir, j'empoignai les rames et luttai pour progresser et m'éloigner de l'île. Plus j'avançais, plus je me réchauffais. J'aurais dû me sentir soulagée, parce que je retournais à ma version normale de moi-même, cependant il y avait encore trop de choses qui clochaient dans ma situation. Que la lumière du soleil faiblisse et que ma progression soit lente ne m'inquiétait pas autant que ce qui arriverait quand l'île ne serait plus en vue. Je n'aurais ni soleil ni GPS pour me guider.

Tandis que je ramais en rythme, le ciel s'éclaircit brièvement, puis le premier flocon tomba.

— Merde, jurai-je entre mes dents.

Le regard de Lucia passa de l'eau au ciel, et elle sourit.

— Sois gentille et va nager, dit-elle doucement.

Avant que je puisse l'envoyer bouler, elle changea à nouveau de forme. Sa queue se déchaîna et me frappa durement dans le dos.

Incapable de me retenir, je basculai par-dessus bord sans aucune grâce. Je tombai la tête la première dans le lac glacé. Le peu de chaleur que j'avais réussi à générer me fut arraché aussi rapidement qu'il était apparu. Les vagues agitées me maintenaient sous l'eau, me roulant dessus à plusieurs reprises. J'étais désorientée. Lorsque j'ouvris les yeux, il me fallut un moment pour m'adapter à l'obscurité. Battus par la tempête, des morceaux d'algues et de saleté flottaient un peu partout dans le monde sous-marin silencieux.

Je donnai de violents coups de pied en direction des mouvements d'écume au-dessus de moi et ma tête finit par sortir de l'eau. Aspirant une bouffée d'air, je regardai alentour à la recherche du bateau et le repérai quelques mètres plus loin. Lucia n'était nulle part en vue. Je frémis en songeant qu'elle ondulait quelque part dans l'eau avec moi et je me mis à nager vers l'embarcation.

Des vagues me passaient par-dessus la tête durant toute mon avancée. J'essayais de ne pas penser à Lucia, à la froideur du lac ni au moyen de regagner la côte. Au lieu de ça, je me concentrai sur mon objectif. Je devais grimper dans le bateau. Une autre vague me percuta, me faisant à nouveau couler et rouler.

Je devais encore trouver mon chemin jusqu'à la surface. Lorsque j'ouvris les paupières, cette fois, je faillis m'étouffer face au visage qui me regardait. La sirène sourit.

En un éclair, elle empoigna mes cheveux et commença à m'entraîner dans les profondeurs.

Mon humeur se réveilla et l'eau se mit rapidement à bouillonner autour de moi. La sirène ne remarqua rien jusqu'à ce que je lui attrape le bras. Elle poussa un cri. Même sous l'eau, il était strident. De sa main libre, elle me donna un grand coup. Ses griffes manquèrent mon visage. Je la relâchai et je la vis foncer dans les ténèbres environnantes. Aussitôt, je battis des pieds vers la surface.

Je pris une grande inspiration en cherchant à nouveau le bateau. Les progrès que j'avais faits durant ma première tentative étaient perdus. Cette fois, je nageai le plus vite possible. La chaleur invoquée lors de mon affrontement avec la sirène resta avec moi jusqu'à ce que je retourne à l'air libre. Je frissonnai légèrement en me concentrant sur le bateau, dont je m'étais nettement rapprochée. Plongeant une nouvelle fois, je redoublai de vitesse à travers ce maudit lac rempli d'affreuses créatures qui voulaient toutes me dévorer.

Quand je refis surface, le bateau était là. Soulagée, je refermai la main sur le rebord. Avant de pouvoir me hisser, néanmoins, je sentis quelque chose dénouer mes doigts. Je n'étais pas préparée à perdre mon appui et je finis à nouveau sous l'eau. Cette fois, d'autres visages m'entouraient. Je comptai au moins une douzaine de sirènes.

Elles foncèrent dans ma direction en montrant les dents. Soudain, quelque chose tomba dans l'eau. L'explosion de bulles blanches m'empêcha de bien voir, mais tout à coup, je compris. Lucia n'avait pas quitté le bateau. Elle était restée cachée, à attendre que son appât fonctionne.

Je battis des pieds jusqu'à la surface. Mon besoin de fuir prenait le pas sur tout le reste. Les sirènes qui ne se trouvaient pas dans le tourbillon de bulles m'attrapèrent. Je parvins à en frapper une au flanc, mais une autre me mordit le bras. Mon souffle me quitta dans un cri de rage. L'eau commença à bouillir à nouveau autour de moi et les sirènes qui tentaient de me maintenir sous la surface déguerpirent.

Je remontai et me cramponnai au bateau, mais il m'échappa à nouveau. Plongeant sous une vague, je regardai autour de moi. Lucia me dépassa en vitesse, aux trousses d'une queue de sirène. Son arrivée brutale dispersa celles qui retenaient le bateau. Je nageai vivement vers l'embarcation, demeurant sous l'eau jusqu'au dernier moment. Une fois que j'eus empoigné à nouveau le bord, j'essayai de me hisser.

Dans un grognement, j'atterris à l'arrière du bateau. Étendue là, j'écoutai les vagues en retenant mon souffle. Mon bras me faisait mal. Je le tendis pour en examiner les perforations qui formaient un grand croissant de lune. Une matière visqueuse vert sombre suintait déjà de la plaie.

— Ce n'est pas encore fini ! hurla une voix.

Le bateau pencha vivement sur le côté.

Je grognai, m'assis et pris une rame, prête à frapper la garce à nageoires qui essayait de me renverser. L'eau jaillit à l'avant, me trempant jusqu'aux os. Sans y prêter attention, je lâchai la rame et saisis frénétiquement le rebord du bateau pour éviter de tomber.

Le corps de Lucia s'éleva dans les airs, hors de l'eau, et passa au-dessus de ma tête. Je suivis ses progrès, bouche bée en voyant la sirène qu'elle tenait par la queue. Celle-ci poussa un cri perçant et s'écrasa dans le lac de l'autre côté du bateau.

Avachie et abasourdie, je sursautai lorsqu'une vague bouscula l'embarcation. J'attrapai la rame, la remis vivement en place et commençai à ramer. Je n'avais plus aucune idée de l'endroit où je me trouvais. Ce n'était pas important. Je savais simplement que je devais m'éloigner du combat avant de finir à l'eau. Mes bras et mes jambes me faisaient mal, et hors de l'eau, à distance des sirènes, ma rage de furie n'était pas suffisamment chaude. Je n'arrêtais pas de trembler et je doutais que cela ait un quelconque rapport avec la neige qui tombait à présent pour de bon, pas plus qu'avec la lumière qui s'estompait. Regardant les morsures sur mon bras, je me forçai à ramer plus vite.

Mes cheveux se hérissaient sur mon crâne tandis que je m'épuisais.

Plusieurs fois, je vis le corps de Lucia s'élever avant de disparaître sous la surface. En voyant une forme surgir près de la proue, je crus que c'était elle. Au lieu de ça, une sirène atterrit sur le siège devant moi. Elle transforma immédiatement sa nageoire en jambes fines, sifflant à mon intention, puis elle scruta les vagues.

L'instant d'après, Lucia surgit dans une gerbe d'eau. Elle la croqua et l'avala tout entière avant de plonger à nouveau dans les abysses.

J'en oubliai de ramer, les yeux rivés sur l'endroit où elle avait disparu.

— Ça aurait dû être toi, fit une voix familière.

Le bateau tangua. Je n'étais pas prête et je basculai une nouvelle fois. Je sentis à peine le froid quand le lac m'engloutit entièrement. Je battis des pieds vers la surface, fatiguée et à bout de nerfs. Ma tête dodelina à travers une vague et je cherchai le bateau du regard. Il se balançait non loin de là.

Avant que je puisse nager dans sa direction, le visage de Lucia apparut à côté du mien. Elle tourna deux fois autour de moi, son corps étrangement gonflé effleurant la surface. Je remarquai son ventre, qui semblait remuer de l'intérieur. Le dégoût me saisit, dénué de colère. Qu'est-ce qui clochait chez moi ? Comment les sirènes pouvaient-elles être malfaisantes, mais pas l'oracle qui les mangeait ?

Lucia cessa d'examiner l'eau pour mieux se concentrer sur moi.

— Tu es bien appétissante. Si pâle avec de jolies lèvres bleues. Tu commences à faiblir.

Sa langue fit un mouvement rapide.

— Tu n'as plus peur de fâcher les dieux ? demandai-je.

— Mon oisillon futé, fit-elle en gloussant. Ça n'a pas changé, mais quelques sirènes sont prêtes à prendre le risque.

Elle observait l'eau avec attention. Je suivis son regard et distinguai plusieurs têtes qui nous épiaient.

— C'était bien amusant, mes petites friandises, lança Lucia. Il nous faudra bientôt recommencer.

Les sirènes sifflèrent avec agressivité.

— Si vous veniez à tuer Megan avant le lever du soleil, apportez-la-moi. Ça ne me dérangerait pas de la goûter. En fait, je pourrais même récompenser celle qui m'en fera don.

Sur ce, elle plongea sous l'eau, disparaissant de mon champ de vision.

Les sirènes et moi nous dévisageâmes longuement. Puis elles plongèrent. Je fonçai vers le bateau.

En quelques secondes, on m'attrapa la cheville, m'attirant sous la surface. Je donnai de puissants coups de pied et parvins à toucher quelqu'un. Un cri perçant retentit. Une main empoigna mon bras blessé, des doigts saisirent mes cheveux, des griffes me lacérèrent le flanc, laissant des marques de feu dans ma peau au niveau des côtes.

Je pouvais à peine penser à cause de la douleur. Au même instant, une autre ligne ardente s'enflamma sur ma cuisse. Je luttai pour me libérer, mais je perdais en force et en vitesse. J'étais en colère, mais j'étais aussi fatiguée.

Des mains agrippèrent ma tête, me tournant et forçant mon attention vers de grands yeux à quelques centimètres des miens. Le visage familier me sourit.

— Tu es à moi, dit-elle.

Sa poigne se resserra et elle me tira vers le haut. Les sirènes qui retenaient mes bras et mes jambes refusaient de me lâcher. Elles me suivirent quand j'émergeai avec la morue.

— Qu'y a-t-il, Megan ? Où sont passées tes menaces de nous changer en bouillabaisse ?

— Oh, va en enfer, répliquai-je.

Mon intonation manquait de mordant. Je savais que j'étais mal barrée.

— Tu aimerais bien. Sache que je vais savourer cet instant.

— Épargne-moi ton monologue de méchante et fais ce que tu as à faire.

Elle siffla dans ma direction et me lacéra le cou. La brûlure m'arracha un cri.

— Tu sais ce que mange ce serpent venimeux quand on ne lui apporte pas d'humains ? Nous ! Nos frères et nos sœurs.

— Et tu crois que ça m'intéresse, que j'aurai pitié alors que tu as essayé de me refourguer comme casse-croûte ? Et Ashlyn aussi ? Tu ne doutes de rien.

Elle retira sa main, manifestement assez agacée pour m'arracher le visage au moment de plonger vers moi. Avant que ses griffes ne m'atteignent, le hurlement d'un aigle déchira l'air.

Mon pouls bondit d'espoir et de peur. Avant que la morue puisse plonger plus profond, elle fut extirpée de l'eau. Je levai les yeux à temps pour la voir suspendue dans les serres d'Oanen. Elle hurla et le roua de coups tandis qu'il montait plus haut dans le ciel.

Une main se referma sur ma cheville.

— Oan… !

À nouveau, je fus submergée. Une seconde plus tard, un griffon majestueux et très énervé plongea dans l'eau. La sirène qui me retenait cria et essaya de s'échapper, mais le bec d'Oanen attrapa sa nageoire et la lui sectionna nettement.

Je souris, enfin vengée, tout en remontant lentement à la surface. Je flottai en clignant des yeux, de plus en plus mollement. Il arriva un moment plus tard dans une grande éclaboussure, une queue de sirène entre les griffes. Lorsqu'il secoua la tête, elle s'envola.

Enfin, Oanen se tourna vers moi. Son regard doré balaya mon visage. J'enroulai les bras autour de son cou et m'y accrochai. Ma peur de le blesser disparut, car je n'avais plus la moindre chaleur en moi.

— Je suis tellement contente que tu sois là. Ramer, ça craint.

Il fourra son bec dans mes cheveux pendant un moment avant de me bousculer. Bientôt, je flottais sur le dos.

— Tu aurais pu me demander de faire la planche, tu sais, marmonnai-je.

Il bondit hors de l'eau. Ses serres entourèrent mon buste, et dans le battement retentissant de ses ailes autour de nous, il me sortit des vagues. J'enroulai les doigts autour de sa jambe et je fermai les yeux.

J'aurais dû me poser mille questions : pourquoi je ne brûlais pas Oanen, comment il m'avait retrouvée. Néanmoins mon cerveau était trop gelé pour se concentrer. Au lieu d'essayer de forcer mon esprit à fonctionner, je me focalisai sur le vide.

Le vent et les flocons de neige balayaient mon visage. La brûlure cinglante n'était rien, comparée à la douleur qui grandissait en moi. Un frisson ébranla mon corps et Oanen poussa un cri.

— Je vais bien, lui dis-je. Je n'en peux plus de puer le poisson. Ramène-moi à la maison, mec à plumes.

Je ne m'étais jamais sentie aussi fatiguée de ma vie. Ce n'était pas à force d'avoir nagé et ramé. Non, la douleur me rongeait de l'intérieur. Comme je ne voulais pas inquiéter Oanen, je m'efforçai de me détendre autant que possible sous sa poigne. Je me concentrai sur le tambourinement régulier de ses ailes, sur le hurlement du vent et sur les vagues qui s'écrasaient. Cela ne m'aida pas. Suivre la ligne de ses plumes avec mes doigts, oui. Un peu.

Mon cœur me faisait mal en sachant à quel point il m'avait manqué. Il me tardait de rentrer, de me doucher et de me pelotonner sous une montagne de couverture dans les bras d'Oanen. La perspective d'être au chaud m'envoya des frissons dans tout le corps.

Il poussa un autre cri, mais je n'avais pas le courage de le réconforter.

Mes doigts caressèrent une dernière fois les plumes de sa cheville avant de s'immobiliser. Les morsures suintantes des sirènes et les entailles me pompaient toute mon énergie. Sauf que, cette fois, je brûlais. J'avais de plus en plus froid. Si froid, en fait, qu'après quelques minutes, mes tremblements cessèrent. Je savais que ce n'était pas bon signe. Malgré tout, le sommeil me menaçait et la douleur de mes blessures commença à s'apaiser. Je soupirai, prête à m'abandonner à l'épuisement.

Le cri d'aigle d'Oanen me secoua et j'ouvris les paupières pour voir le rivage et la voiture d'Eliana illuminée par ses phares. J'étais rentrée.

J'expirai en fermant à nouveau les paupières, suspendue entre les serres d'Oanen. Mon dos toucha délicatement le sol.

Un instant plus tard, ses bras chauds se refermèrent autour de moi.

— As-tu une couverture ? dit-il. N'importe quoi. Elle est tellement froide.

— Froide ? répondit Eliana, inquiète.

Une main me tâta le front.

— Non. Nous n'avons pas emporté de couverture. Tiens. Prends ma veste.

Quelque chose recouvrit mon torse, mais sans résultat.

— Megan, ouvre les yeux, dit Oanen.

J'en avais envie, seulement je n'en avais pas l'énergie.

Il posa ses lèvres sur mon front, puis sur ma tempe, laissant de petites marques de chaleur qui disparurent bien trop rapidement.

— Tu me fais peur, dit-il à mi-voix. J'entends les battements de ton cœur, mais il est trop lent, et je ne peux rien sentir. Pitié, Megan. Ouvre tes jolis yeux.

Il me relâcha.

Mon cœur avait mal pour lui. J'essayais violemment d'ouvrir les paupières, de bouger la main et caresser ses cheveux. Je n'avais plus rien. Qu'est-ce qui n'allait pas ? Je n'avais jamais été malade de ma vie, et maintenant... j'avais l'impression que j'étais en train de mourir.

CHAPITRE VINGT

— Pitié, Megan, murmura à nouveau Oanen. Mets-toi en colère. Tu dois te réchauffer. Ne me quitte pas.

Retenue fermement contre sa poitrine, je souhaitais pouvoir l'étreindre en retour. Le toucher. Lui parler. C'était l'occasion. J'étais assez froide pour pouvoir faire toutes les choses que j'avais envie de faire sans le blesser. Au lieu de bouger, cependant, je restai étendue là, piégée à l'intérieur de mon corps.

Il recula et ses lèvres touchèrent les miennes. La légère pression de chaleur contre ma peau froide provoqua un papillonnement dans mon ventre.

Quand sa bouche quitta la mienne un instant plus tard, j'eus envie de le supplier de revenir.

— Ne t'arrête pas, dit Eliana.

J'entendis un bruit vague qui se rapprochait.

— Quoi ? demanda Oanen.

— J'ai senti quelque chose émaner d'elle. C'était léger, mais c'était là. Embrasse-la à nouveau.

Sa main prit mon visage en coupe.

— Allez, Megan, dit-il doucement.

Mes mains tressautèrent à la sensation de sa bouche sur la

mienne. La tiédeur de son souffle me balaya le visage tandis que ses doigts soulignaient la courbe de ma joue. La chaleur se réveilla dans mon ventre, puissante et rapide. Elle me brûla tout le corps, embrasant chaque entaille et chaque morsure. Mais je n'éprouvai aucune douleur, rien que le goût d'Oanen.

Déterminée à ne pas gâcher ma chance, je levai les mains et nouai mes doigts dans ses cheveux. Dans un soupir soulagé, il approfondit le baiser. Le premier contact entre sa langue et la mienne me donna l'impression d'enflammer ma peau. Je grondai et glissai les mains de ses cheveux à son torse nu. J'avais tellement envie de lui, de la sensation de ses bras autour de moi. J'avais envie de l'agripper et de ne jamais le lâcher. Je le voulais partout sur moi. En moi.

Une main se plaqua sur le sommet de mon crâne, calmant toutes mes pensées centrées sur Oanen.

Je reculai d'un bond et regardai dans ses yeux dorés. La chaleur qui s'y reflétait fit bouillir mes veines, me remplissant de joie. Cependant, les étincelles de passion qui continuaient de jaillir et de flamber en moi ne semblaient pas se rallumer.

— Oanen, fit Eliana d'une drôle de voix. Tes sourcils viennent juste de repousser. Retourne auprès de la voiture.

Il s'écarta de moi avec une réticence évidente et j'observai avec envie son postérieur qui s'éloignait.

— Et enfile des vêtements ! ajouta Eliana.

Je penchai la tête vers elle et remarquai ses yeux d'un noir pur, tandis qu'elle s'assurait qu'il suivait bien ses ordres.

— Je t'ai manqué, petite coquine ? demandai-je.

Son regard se posa sur moi.

— Je suis en colère contre toi. Ne me pousse plus jamais à faire ça.

Elle tira légèrement mes cheveux pour bien se faire comprendre, puis elle leva la main.

— Je croyais que tu aimais le goût des furies, dis-je en battant des cils.

— Des furies, oui. Pas de la luxure.

— Menteuse, lança Oanen depuis la voiture.

Je regardai dans sa direction et toute la passion que je ressentais pour lui me percuta de plein fouet. Sauf que, cette fois, ce n'était pas aussi agréable. La chaleur se réveilla dans mes blessures, les brûlant douloureusement comme du métal en fusion. Je poussai un gémissement et Eliana tendit le bras.

— Non, parvins-je à dire. Pas cette fois.

Oanen avança de quelques pas, mais je levai la main.

— Non. Ça ira.

Pourtant, rien n'était moins sûr. Je ne me rappelais pas avoir eu si mal la dernière fois que j'avais guéri. Tout n'était que souffrance. La douleur irradiait dans mon corps. La colère arriva bientôt. Rien de tout cela n'aurait dû se produire.

— Parle-moi, Megan, lança Oanen. Que se passe-t-il ?

— J'ai mal et je suis énervée.

— Mal ? Où ça ?

Je retroussai la manche de ma chemise fumante pour exposer la morsure de sirène. De la vase verte dégoulina de ma peau sur la neige, qui fondit sous mes pieds.

— Rien de tout cela n'aurait dû se produire, dis-je, faisant écho à ma précédente pensée. Oanen qui part chercher ma mère. Mon voyage sur ce satané lac en quête de l'oracle. Chaque morsure et chaque entaille. Ce n'est que le résultat des conneries des adultes.

Un coup de poignard intense me traversa le corps. Je serrai les dents pour réfréner mon envie de hurler et j'attendis que ça passe.

— Si ma mère n'avait pas fui, marmonnai-je une fois que j'eus retrouvé l'usage de la parole. Ou si quelqu'un ici avait dit la vérité, pour une fois ...

L'élancement de douleur qui suivit me déchira, m'arrachant un cri. Une odeur de brûlé me monta au nez et je m'efforçai d'inspirer.

— C'est bon. Respire, Megan, dit Oanen. Concentre-toi sur moi. Sur le son de ma voix.

J'ouvris les yeux, que je ne me souvenais pas d'avoir fermés, et trouvai Oanen accroupi à quelques mètres de moi. Son visage était rouge, perlé de sueur. Derrière lui, Eliana avait les yeux grands ouverts et me dévisageait.

— Doux Jésus, fit-elle à mi-voix.

Haletant de douleur, je baissai le regard. Des flammes léchaient ma peau autour de la morsure, dévorant ma manche.

Était-ce ainsi que je guérissais ?

Avant que cette pensée ne prenne complètement place dans mon esprit, le feu s'étendit, remontant le long de mon bras. Je regardai Oanen, saisie d'une panique aussi rapide que les flammes qui me consumaient.

— Tu vas bien, Megan. Le feu ne te brûle pas.

— Bien sûr que si, ça brûle ! Ça me fait un mal de chien.

— Regarde ta peau. Tu vas bien.

Je baissai à nouveau les yeux pour constater qu'il avait raison. Pourquoi avais-je mal, alors ? Je grondai une nouvelle fois tandis que mon enfer explosait vers l'extérieur. Le rugissement des flammes emplit mes oreilles et ma peau s'étira à tel point que j'avais l'impression qu'elle allait se fendre.

Soudain, tout s'arrêta. Je tombai à genoux, hors d'haleine et éreintée, me demandant à quel moment je pourrais me relever.

— Elle va bien, Oanen. Pourquoi n'irais-tu pas chercher ta chemise ?

Je levai la tête vers eux. Eliana le retenait par le bras pour l'empêcher de me rejoindre. Son regard croisa le mien et mon cœur fondit devant l'inquiétude que j'y vis.

— Je vais bien, dis-je.

— Va chercher ta chemise, répéta-t-elle, le poussant vers la voiture. Elle a besoin d'une minute.

Je fronçai les sourcils et baissai les yeux pour jauger les dégâts sur mes vêtements. Je restai bouche bée. Je ne portais plus rien. Plaquant un bras sur mes seins et protégeant mon intimité de l'autre main, je relevai à nouveau le regard. Oanen avait déjà tourné les talons vers la voiture.

Eliana m'adressa un sourire penaud.

— On dirait que tu vas avoir besoin de stocker des vêtements, toi aussi.

— J'espère vraiment que ce genre de choses ne va pas m'arriver souvent, dis-je en me remettant debout avec précaution.

Le sable à présent exposé sous mes pieds avait fondu en une pellicule de verre irrégulière.

— Il semblerait bien que si.

— Comment ça ?

Elle haussa légèrement les épaules et brandit son téléphone, le tournant pour que je puisse voir la photo qu'elle avait prise. Je flottais dans les airs, les bras grands ouverts, consumée par un enfer de flammes. Ma bouche était ouverte et ma tête penchée en arrière. Sur moi, tout était en feu, même mes cheveux. Je plissai les yeux et me rapprochai, essayant d'ignorer le fait que j'étais nue comme un ver sur la photo.

— Qu'y a-t-il derrière ? demandai-je en fixant les deux flammes qui s'étendaient de chaque côté.

— On dirait de petites ailes.

— Est-ce que ma vie pourrait être pire ? Je vais flinguer cette oracle.

— Pourquoi ?

Avant que je puisse répondre, Oanen s'approcha avec une chemise dans les mains. Le regard ardent qu'il me renvoyait embrasa à nouveau mes entrailles.

— Calmez-vous, tous les deux, dit Eliana. Oanen, retourne-toi. Megan, continue.

Oanen me fit un clin d'œil en me lançant la chemise et nous tourna le dos. Je passai rapidement le vêtement par-dessus ma tête.

— L'oracle n'a rien dit à propos des ailes. Elle m'a aussi révélé qu'il n'y avait aucun moyen de contrôler mes humeurs et qu'Adira et le Conseil n'avaient fait que me mentir.

— Mmh, fit Eliana en regardant le lac d'un air absent.

Oanen m'attira dans ses bras, profitant qu'elle ait le dos tourné.

— Ne me fais plus jamais une peur pareille, dit-il contre mes cheveux.

— Je ne suis pas certaine de pouvoir te le promettre. Je pense qu'Eliana a raison. Les flammes doivent être un autre de mes super pouvoirs.

— Je ne parlais pas des flammes. Pourquoi ne m'as-tu pas attendu ?

— Parce que j'avais envie de te serrer contre moi sans te transformer en maïs soufflé extra croustillant à ton retour. Je ne veux plus te faire de mal.

— Je ne pense pas que ce soit possible. Je te tiens dans mes bras à présent, et tout va bien.

Je levai les yeux vers son visage rougi et émis un grognement dubitatif.

— C'est parce que j'étais trop près quand tu as explosé. Tu n'es plus aussi chaude maintenant.

Je me dressai sur la pointe des pieds et l'embrassai sans ménagement. Il me rendit mon baiser. Pendant un long moment, il n'y eut rien d'autre que lui et moi, et ce que nous ressentions l'un pour l'autre. Je me délectais de pouvoir l'embrasser et le toucher comme je le désirais.

Au loin, j'entendis Eliana se racler la gorge.

— Je pense que tu peux conclure avec certitude que tu te contrôles à présent, lança-t-elle.

Je reculai pour observer les yeux dorés d'Oanen. Aucun poil de son visage n'avait brûlé. Je souris. Il entremêla ses doigts aux miens et me lança un regard tendre.

— Puisque nous savons que tu ne me feras plus mal maintenant, et si on se promettait de rester ensemble ? N'essaie plus de rompre avec moi.

— Je pense pouvoir y arriver.

Mon sourire disparut lorsque mon humeur se réveilla.

— Qu'ont-ils tous à mentir dans ce trou paumé ?

— Le Conseil ? demanda Oanen.

— Non, l'oracle. Elle a dit que je ne pouvais pas contrôler ma colère. Je viens de te serrer dans mes bras sans te mettre le feu.

— Je pense qu'elle t'a dit la vérité, Megan, intervint Eliana, près de la voiture.

En me tournant vers elle, je constatai que la peinture de la carrosserie avait fondu.

— Putain de merde, dis-je en découvrant les dégâts.

— Oui, alors plus de câlins coquins pour toi quand tu es en colère.

— Sans déconner. Et pourquoi crois-tu qu'elle a raconté la vérité ?

— Parce que, s'il y avait quelqu'un de malfaisant dans le coin, je doute que tu sois capable de te contrôler. Si tu ne nous brûles pas par accident, Oanen et moi, cela signifie que tu contrôles ton pouvoir. Je pense que tu peux le maîtriser, à la différence de ta colère. C'est elle qui te permet d'identifier les êtres malveillants.

— C'est vraiment chercher la petite bête. Je ne doute pas qu'elle ait fait exprès de m'induire en erreur. Tu sais ce qui est le plus frustrant dans tout ça ? Selon ma définition, elle était malfaisante, mais je n'étais pas en colère comme une furie envers elle.

— Pourquoi crois-tu qu'elle était malfaisante ? demanda Eliana.

— Elle mange des sirènes. En grande quantité. Je l'ai vue faire.

— Aucune règle ne dit qu'elle ne peut pas manger de sirènes ni d'autres créatures, intervint Oanen. Ce n'est pas parce que nous ne pouvons pas consommer de chair humaine que tout le monde doit s'y plier.

— Elle a prétendu qu'elle essayait toujours de suivre les règles, dis-je en réfléchissant. Tout ce voyage était une perte de temps, alors. Elle ne m'a rien appris qui puisse m'aider.

Ma fureur se raviva et je posai rapidement les yeux sur nos mains jointes. Son pouce caressait ma peau, sans une seule trace rouge apparente. Je ne générais aucune chaleur externe.

— Ce n'était pas une perte de temps, commenta Oanen, attirant mon attention. Pas si maintenant, tu peux vraiment contrôler tes pouvoirs.

— Je pense que nous devrions tester cette théorie, dit Eliana.

— Comment ?

Elle afficha un grand sourire.

— Allons au Roost.

— Je n'aime pas ça, dis-je en regardant les portes rouges du Roost depuis la vitre du côté passager.

— Moi non plus, ajouta Oanen.

— Arrêtez de jouer les bébés, lança Eliana depuis la banquette arrière. C'est la meilleure façon de savoir si Megan est réparée, et vous le savez tous les deux.

Je n'aimais pas songer que j'avais été cassée, mais étant donné le nombre de fois où j'avais brûlé Oanen, je devais me rendre à l'évidence.

— Très bien. Finissons-en.

J'ouvris la portière et sortis, grimaçant lorsque l'air froid tourbillonna autour de mes jambes nues. Le t-shirt d'Oanen descendait sous mes fesses, de sept petits centimètres seulement. J'avais d'abord voulu rentrer pour me changer, mais Eliana avait objecté qu'en me montrant sans rien d'autre sur le dos, j'inciterais plus probablement les clients à avoir des pensées interdites.

— Je te jure, si quelqu'un voit mon cul, je vais carrément me mettre en rogne.

— Tant mieux. C'est le but, rétorqua-t-elle en venant se tenir à côté de moi.

— En rogne contre toi, précisai-je.

Elle sourit, clairement peu préoccupée par mon humeur. La portière du côté conducteur s'ouvrit et je regardai Oanen par-dessus mon épaule.

— Tu es sûr de ne pas vouloir attendre dans la voiture ? demandai-je.

— Ensemble, tu te rappelles ?

J'acquiesçai et me dirigeai vers l'entrée. Comme d'habitude, la musique tambourinait déjà à l'intérieur, même s'il était à peine dix-huit heures.

La légère pellicule de neige fraîche qui recouvrait le trottoir voleta autour de mes pieds quand j'ouvris la porte. L'air chaud m'enveloppa, mais je n'eus pas l'occasion de l'apprécier.

Une pointe d'agacement remonta rapidement le long de ma colonne vertébrale. Sans m'arrêter, je marchai à grandes enjambées, bousculant les danseurs sur mon passage et filant vers le fond de la salle. Quelques types sur la piste s'interrompirent pour me regarder. Je pouvais capter leur bouffée de malveillance à la vue de ma poitrine à peine dissimulée par le fin vêtement d'Oanen. Leurs mauvais penchants ne firent que gonfler quand ils comprirent que je ne portais pas de pantalon. Néanmoins, leurs pensées étaient pures en comparaison avec ce qui émanait du fond de la boîte.

Au lieu d'essayer de me calmer et de fuir, je m'ouvris à ma colère. Les détails affluèrent dans mon esprit. Des choses que je ne devrais pas savoir. Par exemple, le fait qu'Eras harcelait de nouveau Kelsey et Zoé. Or il n'y avait pas que cela. Quelque chose me titillait. Quelque chose qu'il avait fait par le passé et que je ne pouvais voir moi-même dans le présent.

Je fendis la foule de danseurs et le trouvai avec ses amis, assis à la table du fond avec Kelsey et Zoé, toutes les deux plongées dans leurs livres, la tête basse.

— Allez, les filles, dit Eras d'une voix enjôleuse. Vous n'êtes pas obligées de me regarder. Personne ne le saura. Ce sera entre nous. Vous n'avez qu'à hocher la tête. Je me glisserai sous la table et je vous ferai frémir en quelques secondes. Ce sera génial. Promis.

— Pas aussi génial que ça, lançai-je d'une voix vibrante de l'écho de la furie. Eras Amadeus Aeccin, confesse tes péchés.

La bouche d'Eras resta béante tandis qu'il se tournait vers moi. Les garçons à la table avec lui déguerpirent au plus vite.

Kelsey et Zoé levèrent brusquement la tête. Elles me regardèrent avec de grands yeux, comme si elles étaient sur le point de pleurer. Eliana me contourna et se glissa sur la banquette pour les réconforter.

— Ne m'oblige pas à me répéter, Eras.

Sa bouche se referma.

— Je n'enfreignais aucune règle, furie. Tu n'as aucune raison de m'attaquer.

— Oh, mais si. Quelque chose que tu as fait par le passé. Quelque chose qui a enfreint les règles.

La chaleur en moi s'intensifia. Je ne la combattis pas et me rapprochai, penchée vers lui.

— Confesse-toi.

Cette fois, mes paroles entraînèrent un aveu balbutiant au sujet d'un larcin, de voyeurisme – je doutais fortement que ce soit un crime – et de vandalisme. Cette dernière mention me fit froncer les sourcils. Il détailla comment il avait brisé mon pare-brise et séduit une sirène pour qu'elle raye ma carrosserie.

— Tu es coupable de malveillance, déclarai-je en l'attrapant par le col de son polo, le hissant au-dessus de son siège.

Il n'était plus qu'un tas larmoyant.

— Continue ainsi et je te garantis une place dans les couloirs des enfers. Repends-toi et purifie-toi.

— Je vais me racheter, je le jure. Dis-moi comment faire.

Son empressement et sa sincérité totale calmèrent mon humeur.

— Uttira a besoin d'une bibliothèque. Tu participeras à sa construction.

Il acquiesça frénétiquement et je le relâchai. Il atterrit par terre dans un bruit sourd et fila vers la sortie. Ce ne fut qu'après-coup que je me rendis compte de ce que je venais de faire. J'avais contrôlé mon pouvoir en libérant ma colère. En revanche, j'avais carrément montré mon postérieur à toute la salle.

Je me tournai pour affronter la foule.

— Vous venez de voir mes fesses ?

Tout le monde secoua la tête.

— Souvenez-vous, c'est mal de mentir, dis-je en fronçant les sourcils.

La moitié leva nerveusement la main.

— Tu peux te pencher à nouveau sur la table ? s'exclama Fenris dans la foule. Je n'ai pas bien vu. Oanen était devant.

Je jetai un coup d'œil vers le griffon, qui semblait assez furieux pour scalper un chien.

— Et si on rentrait à la maison ? proposai-je à mi-voix.

Avant qu'il puisse répondre, un portail apparut près de nous. Adira en sortit.

— Oanen a d'autres obligations ce soir, Megan, annonça-t-elle. Ainsi que toi.

— Oh ? Et de quelles obligations parlons-nous ? demandai-je en arquant un sourcil.

— Le Conseil souhaiterait qu'Oanen se rende à New York, au restaurant L'Oie et le Gésier, pour une affaire officielle. Quant à toi, j'aimerais que tu contrôles deux nouvelles recrues.

Je regardai Kelsey et Zoé, toujours blêmes. Même si cela pouvait être imputé à Eras, je savais aussi que c'était en partie ma faute.

— Je suis désolée, les filles.

— Non, pas de soucis, répondit l'aînée. On n'a rien vu.

Je commençai à sourire, mais ma colère s'embrasa subitement. Ce fut le seul avertissement que je reçus avant de me retourner, juste à temps pour attraper le poignet d'Adira. Elle était sur le point de toucher mon épaule. Je laissai brûler dans mes yeux toute la rage que le Conseil et elle avaient créée.

Quand elle y vit les flammes, elle flancha et pâlit.

— Je vous ai prévenue de ne pas jouer avec moi, Adira. Ne me téléportez plus jamais sans ma permission. Est-ce que nous nous comprenons ?

— Oui. Parfaitement. Avec ta permission, j'aimerais vous téléporter tous les trois au manoir des Quill pour une réunion qui n'a que trop tardé.

— Non. Oanen a été absent pendant plusieurs jours. Il ne fera rien ce soir, à part passer du temps avec moi. Et je ne vérifierai plus de recrues pour vous, plus jamais. Uttira doit corriger son système d'éducation avant de mettre encore plus de cobayes en observation. Est-ce bien clair ?

— Oui. S'il vous plaît, retrouvez-nous à la première heure demain matin.

Je levai les yeux au ciel.

— Je viendrai quand ça m'arrangera. Maintenant, arrêtez de me presser.

Elle hocha la tête une fois, puis disparut.

Le téléphone d'Eliana vibra instantanément. Elle le regarda en fronçant les sourcils.

— Qu'y a-t-il ? demandai-je.

— C'est Adira pour Oanen. Elle dit qu'il doit garder un œil sur toi cette nuit.

J'affichai un grand sourire. Adira avait simplement confirmé ce dont je m'étais doutée au moment où elle avait blêmi. Le Conseil savait qu'il ne pouvait plus me contrôler. J'étais libre. Presque.

Oanen se rapprocha et referma ses bras autour de ma taille. Il pressa ses lèvres sur ma tempe dans un baiser rapide et regarda Eliana.

— J'avais déjà prévu de ne pas la quitter des yeux. Cette nuit et toutes les suivantes.

CHAPITRE VINGT-ET-UN

Je frictionnai mes cheveux une seconde fois avant d'ajouter de l'après-shampoing. À mes pieds, des morceaux d'algues tourbillonnaient près du trou d'évacuation.

— Je déteste les sirènes ! m'exclamai-je assez fort pour qu'Oanen entende.

Il m'aurait probablement entendue même sans hurler, mais je voulais que le volume transmette le dégoût que je ressentais.

— Les lacs aussi !

Je terminai ma douche et me rhabillai rapidement. Lorsque je le rejoignis dans la cuisine, il était appuyé contre le plan de travail, à m'attendre.

— Alors, une sortie de nuit en gondole est à proscrire ?

— Étant donné qu'on en trouve surtout en Italie, non. Je serais prête à supporter un peu d'eau pour ça. Mais nager dans le lac d'Uttira ? Hors de question.

Il s'éloigna du plan de travail et marcha jusqu'à moi. Mon ventre s'embrasa, cependant rien ne brûlait. Je n'arrivais toujours pas à croire que j'allais bien.

Il accrocha l'ourlet de ma chemise et m'attira lentement dans ses bras.

— A-t-on fini de se battre, maintenant ?

— Tu ne t'es jamais battu, dis-je avec un léger sourire.

— Furie têtue, réponds simplement à la question.

Je souris et me hissai sur la pointe des pieds pour un petit baiser.

— J'ai fini de combattre ce qu'il se passe entre nous.

— Bien.

Il me relâcha, puis m'attira vers la table où des sandwiches nous attendaient. J'avais également un brownie dans mon assiette.

— J'ai tellement faim, dis-je.

Je m'assis et pris une grosse bouchée, gémissant en sentant le goût de la mayonnaise et de la dinde.

— Je le pensais bien.

Ses lèvres frémirent tandis qu'il me regardait déglutir.

— Ce brownie vient du Michigan, c'est là que j'étais quand Eliana m'a appelé.

Je fronçai le nez et plissai les yeux.

— C'est maintenant que tu vas me faire la leçon ?

— Non.

Il prit son sandwich et avala une bouchée.

Je voyais bien qu'il voulait en dire plus et j'attendis qu'il finisse de mâcher. Il ne me fit pas patienter longtemps.

— Je suis trop futé pour agacer une furie en lui faisant la leçon.

— Je m'en souviendrai.

— Je n'en doute pas. Je suis désolé de ne pas avoir retrouvé ta mère, dit-il en changeant de sujet. Je chercherai à nouveau quand j'irai à New York.

— On cherchera tous les deux, dis-je après une nouvelle bouchée.

Il fronça les sourcils.

— As-tu déjà oublié ta promesse ? insistai-je. Ensemble à partir de maintenant. Tu te rappelles ?

— Ça posera sans doute un problème quand je devrai m'en aller pour les affaires du Conseil.

Je souris.

— Je ne pense pas. Primo, il n'y a aucune raison pour que le Conseil me garde de force ici. Je ne te brûle plus chaque fois que l'on se touche, et je n'ai pas tabassé Eras ce soir, même si j'étais en colère. Ce qui signifie que je me contrôle. Je n'aurai qu'à prévenir Adira demain. Deuxio, le Conseil ne te possède pas. C'est toi qui m'as dit de ne pas être un rouage dans les engrenages de leurs mensonges.

— Je ne me rappelle pas avoir dit ça de cette façon, répondit-il, un sourire aux lèvres.

— C'était sous-entendu. Quoi qu'il en soit, ils ne te possèdent pas, n'est-ce pas ? Alors, jusqu'à ce que j'obtienne ma marque, nous resterons ensemble. Et quand je l'aurai, si tu choisis de continuer à aider le Conseil, j'irai avec toi. Avec un peu de chance, nous pourrions finir par tomber sur ma mère.

— Tu souhaites toujours la retrouver ?

— Oui. Je veux savoir pourquoi elle ne pouvait pas rester cinq minutes pour tout m'expliquer au lieu de se faire la malle comme ça.

Nous terminâmes notre dîner tardif, puis nous nous rendîmes dans le salon pour regarder la télévision ensemble. Oanen me serra dans ses bras tout le temps, ses doigts errant le long de mon bras. Je m'arrêtai de fixer l'écran à plusieurs reprises pour tourner la tête et l'embrasser. Chaque fois, nous terminions à bout de souffle, avides d'aller plus loin. Mais pas de feu. Pas de brûlure.

Je regardai la maison des Quill. Je n'étais pas impatiente de débuter cette réunion.

— On peut toujours faire demi-tour, proposa Oanen.

Je partis d'un petit rire et secouai la tête.

— Il n'y a rien d'autre à faire dans cette ville à huit heures du matin.

— On pourrait se remettre au lit.

Je me tournai vers lui et arquai un sourcil. Nous avions passé la nuit confortablement endormis dans les bras l'un de l'autre. Cela avait été la meilleure nuit que j'avais eue depuis des lustres. Les baisers qu'il avait déposés dans ma nuque pour me réveiller avaient été merveilleux.

— J'aime la nouvelle toi, dit-il. Je sais quand tu penses à moi. Tes yeux commencent à briller en orange.

— Comment sais-tu que je n'étais pas simplement furieuse contre toi ?

— Ils luisent d'un orange plus intense quand tu es en colère.

Je levai les yeux au ciel en secouant la tête.

— J'ai beau avoir envie de réitérer ce qu'il s'est passé hier soir, j'ai aussi envie d'en finir avec ça.

Je regardai à nouveau la maison.

— Tu n'essaieras pas de m'en empêcher, n'est-ce pas ?

— Non. Je te soutiendrai, peu importe les décisions que tu prendras là-dedans. Même contre mes parents. Je te fais confiance, Megan.

— Très bien. Allons-y.

Nous sortîmes de la voiture et marchâmes sur le chemin recouvert de neige. Comme d'habitude, sa mère ouvrit la porte avant que nous arrivions.

— Bonjour, tous les deux, dit-elle avec un grand sourire.

Je fronçai les sourcils devant sa joie à peine contenue. Il ne fallait pas s'y fier.

— J'ai changé d'avis. On se tire, dis-je à voix basse, entrecroisant mes doigts avec ceux d'Oanen.

Madame Quill parut vexée.

— Je sais que ces dernières semaines ont été très difficiles pour toi...

— Non sans l'aide du Conseil et d'Adira, répliquai-je.

— Mais je veux que tu saches, continua-t-elle, que je n'aurais pas pu être plus heureuse du choix de compagne d'Oanen.

Oh, bien sûr. Maintenant, elle était contente.

Les doigts pressèrent gentiment les miens et je compris que je devais me montrer polie, pour son bien à lui.

— Merci.

C'était le mieux qu'elle puisse obtenir de moi après avoir essayé de nous séparer.

Elle sourit et se décala pour nous laisser entrer.

— La réunion est dans le bureau.

Oanen et moi empruntâmes le chemin familier. À notre arrivée, je fus surprise de voir plusieurs personnes déjà présentes. Tandis que je reconnaissais le père de Fenris, monsieur Quill et Adira, les autres m'étaient inconnus.

— Merci d'être venue, Megan, dit Adira en se tournant vers moi. Avec ta permission, ma sœur et moi aimerions poser nos mains sur toi.

Je regardai Oanen, me demandant ce qui allait se passer. La lueur amusée dans ses yeux et son hochement de tête m'encouragèrent. Il me lâcha la main et recula de quelques pas.

Madame Quill me toucha une épaule et Adira l'autre. Elles prononcèrent toutes deux des mots que je ne comprenais pas. Un éclat de douleur me brûla l'intérieur du poignet et je bondis hors de portée. Levant le bras, je distinguai la petite marque terre d'ombre de Mantirum sur ma peau.

— Félicitations, Megan, déclara Adira.

— Je ne comprends pas. Je pensais qu'il y avait tout un processus pour s'assurer que je sois prête. Des questions que le Conseil devait me poser.

— Le processus est différent pour chaque candidat. Tu as prouvé que tu pouvais te contrôler hier soir. Nous n'avons vu aucune raison de repousser l'apposition de ta marque. Maintenant, nous te demandons de quitter Uttira aussi vite que possible.

Ce point attira mon attention.

— Quoi ? Vous êtes sérieuse ? D'abord, vous vous démenez pour me séquestrer, et maintenant vous me fichez dehors ?

— Oui, répondit-elle. C'est la condition pour obtenir ta marque. Garder une furie mature en ville est dangereux pour les jeunes qui essaient toujours de retenir les règles de notre monde. Nous voulons nous assurer qu'ils ont une chance d'apprendre le bien avant d'être punis pour une erreur commise par ignorance. Oanen, tu es le bienvenu à tout moment, bien évidemment.

Ma colère se réveilla et l'orange de mes yeux se refléta sur la peau d'Adira.

— Non, déclarai-je fermement.

Tout le monde m'observa patiemment. Je pouvais sentir leur peur. Ils avaient peur de moi.

— Je vais m'en aller, mais je reviendrai quand il me plaira. Et je punirai les êtres malveillants si ça me chante. Si vous souhaitez vraiment protéger les jeunes, soyez de meilleurs exemples et commencez à leur enseigner les règles dès la naissance. Arrêtez ces cours stupides à l'académie. Apprenez-leur leur histoire et pourquoi ils ont besoin de rester dans le rang. Et faites-leur savoir que lorsqu'ils enfreignent les règles, il y a de pires conséquences qu'un simple bannissement d'Uttira. Je les conduirai en enfer.

Raiden inclina la tête.

— Oui, furie.

Tous les autres l'imitèrent.

Oanen me prit alors la main, réclamant mon attention.

— Tu veux rester encore un peu ou tu es déjà prête pour New York ?

— Je suis prête, répondis-je.

J'étais libre, enfin et réellement.

— Ce n'est pas juste, ronchonna Eliana en sortant un autre aliment du réfrigérateur pour le mettre dans la glacière. Enfin, c'est une bonne chose que tu aies ta marque, mais ce n'est pas juste qu'ils te fassent quitter la ville.

— Ils tiennent bien ta mère à l'écart, fis-je remarquer.

Elle partit d'un rire ironique.

— Ma mère garde ses distances parce que je le lui demande. Elle se fiche de ce qu'ils disent. Tu as ta marque, tu peux te déplacer comme bon te semble. Alors, reste ici.

Je lui souris. Je n'aurais jamais survécu à Uttira sans Eliana. Je ne comptais pas abandonner mon amie pour toujours.

— Je reviendrai, la rassurai-je.

— Alors, pourquoi emballer toutes tes affaires ?

— Parce que je ne vais pas rentrer tout de suite. Il me faudra du temps pour retrouver ma mère.

— Et qu'est-ce que je suis censée faire en ton absence ? Tu es ma seule amie.

— C'est faux. Tu as Ashlyn à présent. Et Kelsey, Zoé et Eugène.

Elle ricana.

— Ils ont peur de moi. Ils savent que je suis quelque chose, mais n'ont pas encore trouvé quoi. Quand ce sera le cas, ils commenceront à m'éviter, comme tous les autres.

— Très bien. Fenris, alors ? Il sait ce que tu es et il ne t'ignore pas.

Elle se tourna et leva les yeux au ciel.

— Fenris est la dernière personne avec qui j'ai envie de traîner.

— Je pense qu'il se sentirait blessé s'il t'entendait dire ça. Il est gentil.

— Il aime bien trop les femmes. Regarde tous les problèmes qu'il a causés parce qu'il ne voulait pas te lâcher.

Je cessai de le défendre. Il allait devoir trouver tout seul comment gagner les faveurs d'Eliana.

— Tout ira bien. Et si tu t'ennuies, tu peux m'appeler. Ou mieux, obtiens ta marque et tu pourras me rejoindre dans le monde réel.

Elle grommela et continua à vider le réfrigérateur pour remplir la glacière. Mon téléphone vibra et je lus le message d'Oanen.

J'espère que tu es prête. J'arrive dans vingt minutes.

— Si tu t'occupes de ça, je vais faire un dernier tour de la maison. Oanen sera là dans vingt minutes.

— Tu peux y aller, répondit-elle, la tête fourrée dans le réfrigérateur.

Je montai à l'étage et jetai un œil aux deux chambres. Je laissais l'endroit dans un meilleur état que celui où je l'avais trouvé. Du moins, je le laissais plus propre. C'était tout de même aussi triste et vide qu'auparavant. Combien de générations de furies s'étaient-elles succédé ici ?

— J'en ai fini avec le frigo, lança Eliana depuis le rez-de-chaussée. Je vais ranger la glacière dans la voiture.

Je redescendis juste au moment où la porte se fermait. Je vérifiai la salle de bain et m'assurai que j'avais bien emporté toutes mes affaires de toilette, puis je me retournai. La sonnette démontée de la porte d'entrée attira mon attention et me fit sourire. Cela n'avait pas été facile de vivre ici, mais c'était une aventure. Plusieurs, en fait.

Tournant les talons, je me dirigeai vers la cuisine. Je fis une pause devant la porte de la bibliothèque. Je ne voulais pas que l'endroit sente le renfermé si je ne revenais pas avant un moment. En ouvrant, je renversai malencontreusement un livre sur l'étagère.

J'entrai pour redresser le fin volume. Mes doigts glissèrent sur la tranche tandis que je lisais la couverture.

Le Livre des Furies.

L'incrédulité me submergea et je pris l'ouvrage sur l'étagère, commençant à le parcourir. Tout était là. Tout ce que j'avais besoin de savoir. Comment identifier les signes du pouvoir qui émergeait. Comment accepter la colère pour contrôler ce pouvoir. Quand il serait temps de laisser mon enfant derrière moi pour que nos pouvoirs ne se nourrissent pas l'un de l'autre.

Je le feuilletai jusqu'à la fin, où était mentionnée la phase ultime du développement de la furie, et j'y trouvai un bout de papier volant.

Je sais que ces informations sont loin d'être suffisantes pour répondre à toutes les questions que tu te poses à présent. J'en suis désolée. Voilà l'adresse de ton arrière-grand-mère. Elle t'attendra. Bonne chance. Appelle-moi lorsque ce sera fait.

Je t'aime, Maman.

Elle avait même écrit son numéro de téléphone. Je parcourus à nouveau le message. Appeler lorsque ce serait fait ? Je regardai la dernière page du livre et lus les mots qui firent naître une boule dans mon ventre.

Selon les lois des dieux, il ne peut y avoir que trois furies. Chaque nouvelle génération doit arracher la plus ancienne de sa position, afin d'embrasser pleinement ses propres pouvoirs.

— Oh mon Dieu, non ! m'exclamai-je en me laissant tomber lourdement sur la chaise.

— Megan ? fit Eliana sur le seuil. Tout va bien ?

Je levai les yeux du bout de papier et croisai le regard de ma meilleure amie.

— Je crois que je suis censée tuer mon arrière-grand-mère.

Et voilà ! Quel final ! Merci d'avoir lu ce deuxième tome de la série *Le Livre de Megan*. J'ai tout particulièrement apprécié écrire celui-ci. Comme Megan, je n'aime pas trop nager dans les lacs. J'espère qu'après ça, je ferai aussi réfléchir certains d'entre vous à deux fois. Il n'y a pas de quoi ! Il me tarde tellement de partager avec vous le dernier tome (Furie Suprême) de cette trilogie et d'entendre ce que vous en avez pensé. Laisser des commentaires, c'est bien, mais forcer vos amis à lire les histoires que vous aimez, c'est encore mieux. À quoi serviraient les amis, sinon ?

Assurez-vous de vous procurer un exemplaire du troisième tome pour savoir comment toute cette histoire se termine !

Livres par Melissa Haag
(traduits en français)

Le Livre De Megan
Instinct furieux
Divine fureur
Furie suprême

Le Jugement des Six
Hope(less)
(Mis)fortune

Livres par Melissa Haag
(en anglais)
Judgement of the Six Series
(and Companion Books) in order:
Hope(less)
*Clay's Hope**
(Mis)fortune
*Emmitt's Treasure**
(Un)wise
*Luke's Dream**
(Un)bidden
*Thomas' Treasure**
(Dis)content
*Carlos' Peace**
*(Sur)real***

* livret optionnel

** écrit en double point de vue